KB114667

마도천하

박현 新무협 판타지 소설
FANTASTIC ORIENTAL HEROES

魔道
天下

마도천하 2

박현 新무협 판타지 소설

초판 1쇄 찍은 날 § 2007년 6월 18일
초판 1쇄 펴낸 날 § 2007년 6월 28일

지은이 § 박현
펴낸이 § 서경석

편집장 § 문혜영
편집 § 서지현 · 심재영

펴낸곳 § 도서출판 청어람
등록번호 § 제1081-1-89호
등록일자 § 1999. 5. 31
어람번호 § 제2-1232호

주소 § 경기도 부천시 원미구 심곡1동 350-1 남성B/D 3F (우) 420-011
전화 § 032-656-4452 팩스 § 032-656-4453
http://www.chungeoram.com
E-mail § eoram99@chollian.net

ISBN 978-89-251-0761-5 04810
ISBN 978-89-251-0759-2 (세트)

박현 新무협 판타지 소설

마도천하

FANTASTIC ORIENTAL HEROES

[대폭발]

目次

제11장

고민

魔道

道

天下

천급(天級) 구역 가장 안쪽에 위치한 혈영동.

그곳에 많은 이들이 모여 있었다. 혈영노조를 비롯한 천금마옥 서열 이십위까지의 고수들이었다.

금초초가 급히 할 말이 있다고 하여 비상 소집된 그들은 처음엔 자신의 귀를 의심했다. 그러다가 금초초의 연이은 설명을 듣고 난 뒤 서서히 흥분하기 시작했다.

"그게 정말이오? 정말 후아가 빛을 봤단 말이오?"

"오오! 드디어 이곳을 빠져나갈 희망이 생겼구려! 드디어 강호로 되돌아갈 수 있게 됐단 말이오! 크하하하!"

마인들은 저마다 주먹을 불끈 움켜쥐며 감격에 젖었다. 하지만 몇 사람은 굳은 표정으로 한숨을 내쉬고 있었다.

흡혈시마 역시 그중 한 사람이었다.

그는 '하필이면 거기야?'라는 표정으로 고개를 설레설레 내젓다가 음풍마제 등의 시선을 받고는 마지못해 자리에서 일어났다.

"큼, 큼, 모두에게 죄송한 말이지만, 이번 일은 그렇게 기뻐할 일만은 아닙니다."

느닷없는 흡혈시마의 말에 모두 어리둥절한 표정을 지었다.

특히 금초초는 어이없다는 표정으로 흡혈시마를 노려봤다.

"아니, 그게 무슨 말씀이세요? 이 일이 기뻐할 일이 아니라니요?"

뾰족한 금초초의 말에 흡혈시마는 투덜거리는 목소리로 대답했다.

"니미, 나 역시 기뻐하고 싶지만 일이 그렇게 간단하지 않은 걸 어쩌라구."

그러면서 흡혈시마는 용암동굴에 있는 괴물들에 대해 이야기했다.

"…그만큼 무시무시한 괴물들이오. 후아야 기연을 얻어 별 영향을 안 받는다지만, 우리 같은 사람들은 그들과 마주치는 순간 생사를 장담할 수 없게 될 것이오."

어느 정도 과장을 덧붙이긴 했지만 이 중에서 만년오공과 화령신조를 직접 본 사람은 흡혈시마뿐이다. 그리고 복면인들이 쳐들어왔을 때 용암동굴 근처에서 마무리 공사를 하고 있던 이들이 모두 시체로 발견되었다는 것을 알고 있었기에 장내엔 한동안 침묵이 흘렀다.

그때 누군가가 주저하는 목소리로 말했다.

"그럼 그 괴물들을 다른 곳으로 유인해 버리면 되지 않을까요?"

"오! 그것 좋은 생각이오!"

"맞아. 그렇게 하면 되겠군."

몇 사람이 동조하는 기색을 보이자 흡혈시마는 자존심 상한 표정으로 눈알을 부라렸다.

"이런 빌어먹을! 냉면사신 네놈은 내 말을 개 콧구멍으로 들었느냐? 한 놈은 집채만 한 덩치에 독을 내뿜는 괴물이고, 다른 한 놈은 하늘을 날아다니며 마구 화염을 내뿜는 괴물이란 말이다. 그런 놈들을 무슨 수로 유인할 수 있단 말이냐? 네가 할래? 응? 네가 해볼 거냐구?"

그 말에 냉면사신이 당황한 표정으로 고개를 숙였고, 나머지 사람들 역시 머쓱한 표정으로 시선을 돌렸다. 이때 잠자코 있던 마뇌가 입을 열었다.

"흠… 들어보니 사공 호법의 말씀에 공감이 가긴 합니다만 이곳에 갇힌 지 십팔 년 만에 발견한 단서가 아닙니까? 그러니 미리부터 포기할 필요는 없을 것 같고, 일단 이런저런 방법을 써서 한번 조사해 보도록 하지요."

그러자 이번에는 흡혈시마가 고개를 숙였고, 나머지 사람들은 기대 어린 눈빛으로 마뇌를 쳐다봤다.

"그럼 어떤 방법을 써보는 게 좋을 것 같습니까?"

"글쎄요. 그건 좀 더 생각해 봐야 할 것 같고… 우선 그 괴물들의 힘이 어느 정도인지부터 파악해 봐야 될 것 같습니다. 그리고 난 뒤에 그곳이 정말 탈출로로 쓸 만한지 등을 조사해 보고 놈들을 다른 곳으로 유인하든지, 아니면 그들이 있는 곳 주변을 뚫어보든지 하면 될 것 같습니다."

"오! 일리있는 말씀이오. 사실 그 괴물들이 은신하고 있는 곳은 우리가 단 한 번도 조사해 보지 못한 곳이오. 따라서 그곳이 다른 곳에 비해 지반이 약할 확률이 높을 것이오."

그 말과 함께 사람들이 흥분하는 기색을 보이자 마뇌는 차분한 음성으로 몇 마디 우려를 덧붙였다.

"다들 기대가 크시겠지만 이번 일은 의외로 시간이 많이 소요될 겁니다. 설령 탈출로를 발견했다고 해도 그에 적응할 시간이 필요하니까요."

"아니, 그건 또 무슨 소리요?"

몇 사람이 어리둥절한 표정으로 묻자 마뇌가 가벼운 한숨을 내쉬며 대답했다.

"아시다시피 우리가 이곳에 갇힌 지 이미 십팔 년이 지났습니다. 그러니 탈출로를 판다고 해도 햇빛이 문제가 될 겁니다."

"끙, 그렇겠구려. 벌써 이십 년 가까운 세월을 어둠 속에서 지냈으니 햇빛만 봐도 다들 장님이 되고 말 것이오."

분위기가 다시 침울해졌다. 그러나 아무 희망도 없던 예전에 비하면 훨씬 나은 경우라고 생각했는지 다들 안색을 추스르기 시작했다.

잠시 후, 이런저런 잡담이 오가며 회의 분위기가 다소 느슨해지자 누군가가 지나가듯 묵자후 이야기를 꺼냈다.

"그런데 오늘 일도 그렇고, 요즘 들어 후아 녀석이 기특하기 짝이 없습니다. 듣자 하니 수련에도 꽤 열심인 것 같고 나름대로 생각도 깊어진 것 같습니다."

목소리의 주인공은 오보추혼 사무기였다.

예전부터 묵자후를 관심있게 지켜보던 그가 웃으면서 묵자후 이야기를 꺼내자 모두의 얼굴이 눈에 띄게 밝아졌다.

"하하, 저도 그 이야기를 들었습니다. 녀석이 어찌나 열심인지 천면인도(千面人屠)는 물론이고 혈추옹(血追翁)까지 밑천을 몽땅 털어 버렸다며 울상을 짓더군요."

"호, 천면인도에 혈추옹까지?"

묵자후 이야기가 나오자 그동안 침묵을 지키고 있던 혈영노조까지 관심을 보였다. 왜냐하면 천면인도나 혈추옹 같은 고수들은 본신 무공을 함부로 가르쳐 주지 않기 때문이다. 그 이유는 무공을 자칫 잘못 가르쳤다가는 자신의 비기(秘技)만 유출되는 경우가 생길 수 있고, 또 본신 절기의 경우 그 자신이 평생토록 갈고닦은 심득(心得)의 산물이기에 말로 설명하기가 매우 힘이 들었다. 그래서 가르치는 사람은 '아'라고 가르쳐도 배우는 사람은 '어'라고 받아들이는 경우가 비일비재하기에 우선은 기본공 위주로 가르치며 배우는 사람의 자질과 품성을 본다.

그리고 난 뒤에도 좀체 본신 절기를 가르쳐 주지 않는데, 이는 정파인들에 비해 거친 세파를 겪은 마도인들의 환경적인 영향 때문이었다. 그래서 제아무리 적전제자(嫡傳弟子)라 할지라도 최후의 순간이 오기 전까진 절대 비전을 가르쳐 주지 않는데, 그토록 깐깐하던 이들이 본신 절기까지 털려 버렸다니?

"녀석이 자꾸 상승 묘리에 대해 질문을 던지거나 각기 다른 초식끼리의 연계에 대해 물어와 어쩔 수 없었답니다."

"호! 벌써 상승 묘리와 각 초식 간의 연계에 대해 질문을 던져?"

"예, 그렇답니다."

"흠… 예상은 했었지만 벌써 그 정도라니……."

혈영노조는 흐뭇한 표정으로 고개를 끄덕였다.

사실 자신이 묵자후를 이곳 마인들의 공동 전인으로 선포했지만 그 성취가 어느 정도에 이를지는 묵자후 스스로의 노력에 달린 일이었다. 그런데 벌써 상승 묘리와 각 초식의 연계에 대해 눈을 뜨다니…….

'그렇다면 이제부터는 깊이있게 제대로 가르쳐야겠구나.'

이때까지는 묵자후의 나이를 감안해 하나를 깊이 아는 것보다는 다양한 무공을 배울 수 있도록 조치했다. 그러나 이제부터는 거기에서 한발 더 나아가야 할 것 같다.

"하지만 벌써 상승 무학을 가르치기엔 너무 이르지 않습니까? 자칫 잘못해서 주화입마에라도 빠지면 어쩌려고……."

누군가가 우려를 표명했지만 의외의 인물이 적극 찬성하고 나섰다.

"괜찮소! 내가 그 녀석을 맡아 세심히 가르쳐 주겠소!"

갑자기 자리에서 일어나 번뜩이는 눈빛으로 좌우를 둘러보는 사람.

그는 다름 아닌 음풍마제였다.

오보추혼 사무기가 묵자후 이야기를 꺼낼 때부터 촉각을 곤두세우고 있다가 마침 기회가 왔다 싶자 재빨리 일어난 것이었다. 그러자 무풍수라와 흡혈시마는 마른하늘에 날벼락을 맞은 듯한 표정으로 멍하니 앉아 있다가 뒤늦게 튕기듯 일어서며 앞 다퉈 소리쳤다.

"저도 가르쳐 주겠습니다!"

"저도요! 전 이미 녀석에게 내공까지 전수해 줬다구요!"

두 사람이 동시에 소리치자 음풍마제의 표정이 확 일그러졌다. 그리고 혈영노조를 비롯한 중인들은 어리둥절한 표정으로 세 사람을 번갈아가며 쳐다봤다.

평소 이곳 일에 비협조적이던 세 사람이, 그것도 항상 이기적인 자세로 쑥덕공론만 일삼던 이들이 갑자기 묵자후를 가르쳐 주겠다고 나서자 어안이 벙벙했던 것이다.

금초초 역시 마찬가지 표정이었다.

그동안 묵자후를 못 잡아먹어 안달하던 사람들이 갑자기 묵자후를 가르쳐 주겠다고 나서자 그 저의가 의심스러워 한동안 세 사람을 쳐다봤다.

'이런 빌어먹을!'

사람들이 모두 어리둥절한 표정으로 자신을 쳐다보자 음풍마제는 내심 당황했다. 저 망할 의제 놈들이 끼어드는 바람에 다 된 밥에 코를 빠뜨리게 된 것이다.

이대로 계속 밀어붙였다가는 모두의 의심만 사게 될 터.

할 수 없이 차선책을 강구해야 했다.

"험, 험! 다들 마찬가지겠지만, 나 역시 후아 녀석을 유심히 살펴보고 있었소. 벌써 역용술, 축골공, 귀식대법 등은 물론이고, 권법, 장법, 검법에 이르기까지 남다른 성취를 보이고 있더군요. 이런 녀석이 만약 나 같은 고수에게 상승 무학을 전수받아 강호로 나간다고 생각해 보시오. 과연 어떤 일이 벌어질 것 같소?"

음풍마제가 짐짓 미소를 띠며 부드러운 음성으로 이야기

하자 누군가가 웃으며 대답했다.

"아마 난리가 나겠지요."

음풍마제는 흥이 난 듯 고개를 끄덕였다.

"그렇지! 한바탕 난리가 날 게요. 내가 나선 이유도 바로 그 때문이오. 비록 나 자신은 뼈를 깎는 고통을 참으며 익힌 무공이지만 녀석을 위해 사심을 버리기로 한 것이오. 그 녀석이 내 무공을 배워 강호를 마구 휘젓고 다닐 생각을 하니 벌써부터 신이 나서 말이오."

"그렇죠. 다들 그런 기대 때문에 후아를 가르치고 있는 것 아닙니까?"

비록 자화자찬 가득한 말이었지만, 모두 같은 심정으로 묵자후를 지켜보고 있었던 터라 다들 웃으며 맞장구를 쳐줬다. 그러자 겨우 분위기를 띄웠다고 생각한 음풍마제는 사뭇 진지한 눈빛으로 좌우를 둘러봤다.

"옳은 말이오. 그래서 난 녀석에게 내 최고 절기를 가르쳐줄 작정이오. 다름 아닌 아수라파천무를 말이오."

"예엣? 아수라파천무를요?"

그 말에는 마인들뿐만 아니라 금초초마저 깜짝 놀라고 말았다.

'저 자존심 강한 양반이 아수라파천무를?'

다른 무공도 아닌 아수라파천무라면 음풍마제의 성명절기나 마찬가지였다. 그것도 혈영노조의 불사혈영신공과 함께 강호를 주름잡던 십대마공 중의 하나였다.

그런 무공을 묵자후에게 전수해 주겠다니?

도저히 이해가 되지 않았지만, 음풍마제 같은 고수가 이런 자리에서 허언을 내뱉을 리는 없다. 따라서 금초초는 이제까지의 의심을 풀고 다소 밝은 표정으로 음풍마제를 쳐다봤다.

혈영노조 역시 흐뭇한 표정으로 연신 고개를 끄덕이자 무풍수라와 흡혈시마는 내심 다급해졌다.

이러다간 죽도 밥도 안 되겠다 생각한 두 사람은 거의 동시에 소리쳤다.

"저는 둔겁탄마공과 폭혈신공(爆血神功)을 가르쳐 줄 생각이었습니다!"

"저는 마안섭혼공(魔眼攝魂功)과 유령환환신법(幽靈幻換身法)을 가르쳐 줄 겁니다!"

누가 먼저랄 것도 없이 발악하듯 소리치는 두 사람.

그 목소리에 중인들은 물론이고 혈영노조까지 귀를 틀어막으며 고개를 설레설레 내저었다. 두 사람이 기를 쓰며 동시에 묵자후를 가르치겠다고 나서자 결정을 내리기가 애매했던 것이다. 그래서 어찌할까 하는 표정으로 수염을 어루만지다가 문득 건너편에 앉아 있는 묵잠을 쳐다봤다.

"자네는 어찌했으면 좋겠는가?"

순간, 무풍수라와 흡혈시마의 어깨가 움찔 떨렸다.

예전부터 묵잠과 사이가 좋지 않았기 때문이다.

반면 음풍마제는 다소 느긋한 표정으로 묵잠을 쳐다봤다.

그 역시 묵잠과 그리 친한 건 아니었지만, 과거 묵자후의 병을 고쳐 준 사례가 있어 나름대로 자신이 있었던 것이다.

그런데 의외의 대답이 흘러나왔다.

"글쎄요, 그 결정은 제가 내리기보다는 후아 녀석이 직접 내리는 게 좋겠군요. 과연 세 분 중 어느 분께 무공을 배우고 싶은지……."

그 말에 세 사람은 일제히 어깨를 축 늘어뜨리고 말았다.

비무대회는 이제 두 달도 채 남지 않았는데 또다시 묵자후에게 매달릴 생각을 하니 눈앞이 캄캄했던 것이다.

그러나 다음날, 세 사람은 어린애처럼 환호성을 터뜨렸다.

묵자후가 자기들에게 무공을 배우겠다고 대답한 때문이었다. 물론 혼자가 아닌 세 사람 모두에게 배우겠다는 게 마음에 걸렸지만, 그쯤이야 아무려면 어떠랴.

세 사람은 곧 내공을 되찾을 수 있다는 기대에 들떠 연신 묵자후의 어깨를 두드리며 파안대소를 터뜨렸다.

묵자후의 하루 일과는 또다시 바빠졌다.

이른 새벽부터 음풍마제에게 아수라파천무를 배운 뒤, 점심 무렵부터는 무풍수라에게 마안섭혼공과 유령환환신법을 배워야 했다. 그리고 오후 늦게부터는 흡혈시마에게 둔겁탄마공과 폭혈신공을 배워야 했으니 그야말로 하루가 어떻게 지나가는지 모를 정도였다.

하지만 이미 마음에 결심한 바가 있어 진지한 태도로 수련에 임했다. 그렇게 두 달 정도 지나자 묵자후의 성취는 이제 어느 누구도 짐작할 수 없을 지경에 이르러 있었다.

벌써 세 사람의 무공을 거의 다 익혀 버린 건 물론이고, 무공 자체에 대한 안목까지 깊어져 무공을 배우는 시간보다 질문을 하거나 생각에 잠기는 시간이 더 많아졌다. 그러다 보니 세 사람은 예기치 않은 심마에 빠지게 됐다. 그 원인은 묵자후가 가끔 던지는 질문 때문이었다.

질문 자체는 단순했다.

그러나 하나같이 세 사람에게 심각한 고민을 안겨주는 질문들이었다.

예를 들어, 음풍마제는 이런 질문을 받게 됐다.

"아수라파천무를 시전하기 위해서는 꼭 호흡을 역으로 돌리고 억지로 손톱을 길게 빼내야 하나요?"

이 질문 때문에 음풍마제는 사흘 동안 잠 한숨 이루지 못했다.

아는 사람은 다 아는 사실이지만, 아수라파천무는 강시공에서 비롯된 무공이었다. 그러다 보니 음기와 시기(屍氣)를 적극 활용해야 했는데, 그렇게 하기 위해서는 호흡뿐만 아니라 기의 움직임까지 역으로 돌려야 했다.

그 결과, 강시공 특유의 파괴력과 상처 복원력은 증가했을

지 몰라도 무공을 지속적으로 펼칠 수 있는 시간에는 한계가 생겨 버렸다.

게다가 아수라파천무를 펼치고 난 뒤에 찾아오는 무기력증으로 인해 한동안 무방비 상태에 놓이기도 했다.

이는 인체를 억지로 변형시키고 기의 흐름마저 역으로 돌렸기 때문인데, 묵자후에게 질문을 받기 전까지는 한 번도 고쳐 볼 생각을 하지 못한 것들이었다.

'하긴 그렇군. 기를 역으로 돌리는 것만이 능사가 아닐 수도 있다. 굳이 신체를 강시화(殭屍化)시킬 게 아니라 검을 뽑듯 자연스럽게 기를 뽑아내면 손톱 대신 강기를 이용할 수도 있지 않을까?

검법이 극에 이르면 검강(劍罡)이 뿜어져 나오고 도법이 극에 이르면 도강(刀罡)이 뿜어져 나온다. 마찬가지로 지강(指罡)이라고 불가능할 건 없지 않은가?

'만약 그렇게 된다면 손톱 대신 열 자루의 검강을 휘두르는 것과 같은 결과를 얻게 될 것이다.'

하지만 음풍마제는 쉽게 결단을 내리지 못했다.

말이 쉬워 운기 방식을 바꾸는 것이지, 한번 운기 방식을 바꾸고 나면 이제껏 쌓은 무공이 모두 물거품이 되어버린다.

또 이미 익힌 운기법 대신 기를 폭발적으로 끌어올려 주는 새로운 운기법을 만들어야 하는데, 그러자면 아무래도 흡혈시마의 도움을 받아야 할 것 같았다. 그렇지 않고 혼자서 운기법을 만들자면 시간이 너무 소요되어 버리니.

'그러나 자존심이 있지, 어떻게 의제에게 내공심법을 배울 수 있단 말인가?'

차라리 죽었으면 죽었지 자존심 하나만큼은 절대 버릴 수 없는 음풍마제였다.

그에 비해 무풍수라나 흡혈시마는 자존심까지 내던져도 불가능한 경우였다. 말이 조금 이상한 것 같지만 사실이 그러했다.

"신법을 펼칠 때 왜 꼭 용천혈만 이용해야 해요? 그냥 발뒤꿈치를 이용하거나 새끼발가락 등을 이용하면 안 되나요?"

"폭혈신공은 왜 손가락을 폭사시키거나 몸 전체를 폭사시켜야 하죠? 그냥 살점만 똑 떼서 폭사시키면 안 될까요?"

묵자후가 이런 질문을 던져 왔을 때 두 사람은 꿀 먹은 벙어리처럼 한동안 말을 잃어버렸다.

무풍수라가 자랑하는 신법 유령환환신법은 강호에서 세 손가락 안에 드는 절정의 신법이었지만 거기엔 치명적인 약점이 있었다. 그게 뭐냐 하면, 쾌속무비하게 앞으로 내달리기만 할 뿐 후퇴나 방향 전환을 전혀 할 수 없다는 점이었다. 그래서 따로 보법을 배워 그 부족함을 메워야 했는데, 묵자후의 질문을 듣고 나니 그에 대한 보완책이 떠올랐다. 그래서 서둘러 시험해 보려 했는데,

'이런 빌어먹을!'

이미 두 발이 잘려 버린 무풍수라다. 그러니 보완책을 떠올려 봤자 어떻게 실험해 볼 방법이 없었다.

흡혈시마 역시 비슷한 경우였다.

그 스스로 최고의 무공이자 최후의 무공이라 자부하고 있는 폭혈신공. 거기에도 치명적인 단점이 있었다.

폭혈신공 자체가 동귀어진을 위한 무공이다 보니 자기 몸을 먼저 희생해야만 효과를 볼 수 있었다. 그래서 이제껏 배워놓고도 시전해 볼 엄두를 내지 못하고 있었는데, 묵자후의 질문을 듣고 보니 발상만 약간 바꾸면 전혀 새로운 무공으로 탈바꿈할 수 있을 것 같았다.

예를 들어, 손가락 전체를 끊어서 날리는 폭혈지(爆血指) 대신 살점만 약간 떼어서 날리면 연속 공격이 가능할 것 같았고, 몸 전체를 폭발시키는 천참폭혈(天斬爆血) 대신 머리카락이나 피부를 폭사시키면 사천당가의 전설적인 암기 초식이라는 만천화우(滿天花雨)가 부럽지 않을 것 같았다.

'거기다 운이 좋으면 핏방울을 뿌려 진기로 폭발시킬 수도 있을 것 같다.'

그렇게 희열에 젖어 있다가 막상 시험을 해보려 하니,

'이런 니미, 내 팔은 예전에 다 잘려 나가 버렸잖아?'

거기다 머리카락조차 거의 없는 대머리에 가까웠으니, 그저 한숨만 내쉴 수밖에 없는 흡혈시마였다.

그러나 세 사람은 시간이 나는 대로 묵자후가 지적한 부분을 연구해 각자의 단점을 보완해야겠다고 생각했다. 그리고 그 즈음부터 세 사람은 더 이상 묵자후에게 가르쳐 줄 게 없었다. 어느새 묵자후가 그들의 무공을 다 배워 버린 때문이었다.

자신들은 죽을 고생을 해가며 익힌 무공을 단 두 달 만에 다 배워 버리는 묵자후를 보고 내심 억울해했지만 세 사람은 그나마 이만하길 다행이라고 생각했다.

어차피 묵자후가 운기행공에 들어가면 잃어버린 내공을 모두 되찾을 수 있으니 그 정도 희생이야 불가피하다고 생각한 것이다.

그때부터 세 사람은 하루 종일 묵자후 곁을 서성거렸다.

혹시 묵자후가 운기행공에 들지 않을까 하는 기대감 때문이었다.

그러나 묵자후는 좀체 운기행공에 들어가지 않았다. 그저 세 사람에게 배운 무공을 동공(動功)으로 펼칠 뿐이었다.

'저놈은 왜 운기행공을 하지 않는단 말인가? 벌써 비무일이 코앞으로 다가왔는데…….'

세 사람은 애간장이 바짝바짝 타 들어가는 기분이었다.

가끔은 기다리다 못해 강제로 운기행공을 시켜볼까 하는 생각도 해봤지만 워낙 단기간에, 그것도 서로 다른 무공을 가르쳤기에 혹시라도 운기를 잘못해 버리면 어쩌나 싶어 이제나저제나 하며 발만 동동 구르고 있었다.

그런데 묵자후는 왜 동공만 펼치고 있는 것일까?

그 이유는 세 사람의 무공을 동시에 익히다 보니 문득 한 가지 생각이 떠올라서였다.

혹시 세 사람의 무공을 하나로 묶어볼 순 없을까 하는.

그러나 손에 잡힐 듯하면서도 가물가물한 것이 아무래도 단시간에는 힘들 것 같았다. 세 사람의 내공 운용 방식이 워낙 제각각이어서였다.

'휴… 이 무공들을 다 아우를 수 있는 내공심법만 배울 수 있다면 정말 멋진 일이 벌어질 텐데……'

그렇게 된다면 천하제일인도 꿈만은 아니리라.

하지만 그렇게 쉽게 얻을 수 있는 것이었다면 강호에서 구대문파가 그토록 존중받을 리 없다.

양기와 음기의 조화를 통해 상생상극을 도모하는 심법.

그게 바로 구대문파의 진정한 힘이었으니.

하지만 그마저도 한계가 있어 모든 무공을 다 포용할 수 없다고 하니, 각자 다른 무공을 아우를 수 있는 내공심법은 전설에서나 가능하리라.

그러나 묵자후는 자기가 그런 내공심법을 한번 만들어봐야겠다고 생각했다.

이미 천 명이 넘는 숙부들에게 무공을 배웠으니, 어느 한 군데에서 막히면 다른 무공으로 풀어보면 될 것이라고 생각했다. 그만큼 생각이 자유로운 묵자후였다.

'아무튼 시간이 많이 걸릴 듯하니 오늘은 이만 마무리해야 겠다.'

어느새 수련을 마친 묵자후는 세 사람에게 고개를 숙여 보인 뒤 연무장을 빠져나갔다. 그런 묵자후를 보며 세 사람은 땅이 꺼져라 한숨을 내쉬었다.

그렇게 사흘 정도 지나자 세 사람은 더 이상 기다리고만 있을 수는 없었다. 이제 이틀 뒤면 생사투가 벌어지기 때문이었다. 그래선지 그날도 하루 종일 동공만 펼친 뒤 연무장을 빠져나가는 묵자후를 보고 흡혈시마가 울상이 되어 소리쳤다.

"이놈아! 오늘도 그냥 가기냐?"

그 목소리가 어찌나 애처로웠던지 묵자후는 자기도 모르게 걸음을 멈췄다.

"어, 왜요? 제가 뭐 잘못한 거라도 있나요?"

"그게 아니라… 에라, 모르겠다!"

흡혈시마는 대답 대신 몸부터 날렸다. 사정이 급하니 일단 운기부터 해보라고 할 작정이었다. 하지만 그보다 더 빠른 사람이 있었다. 옆에서 눈치만 힐끔힐끔 보고 있던 무풍수라가 어느새 몸을 날려 흡혈시마를 앞질러 버린 것이다.

하지만 뛰는 놈 위에 나는 놈이 있다고, 음풍마제가 훨씬 더 빨리 움직였다.

"이놈들아! 찬물도 위아래가 있는 법이다!"

어느새 묵자후 곁에 선 음풍마제가 두 사람을 노려보며 호통을 지른 것이다.

'이런 제기랄!'

두 사람은 동시에 인상을 찌푸렸지만 순서를 양보할 수밖에 없었다. 그다음부터 상황은 일사천리로 흘러가는 듯했다.

"운기해 봐라. 배운 대로만 하면 된다."

"정말 배운 대로 해도 돼요?"

"물론이다! 배운 대로만 하면 된다!"

세 사람이 자신만만한 표정으로 대답하자 묵자후는 걱정스럽다는 듯 고개를 갸웃거리면서도 마지못해 운기행공에 들어갔다.

이윽고 음풍마제가 묵자후에게 달라붙었다.

그리고,

"끄아아아악!"

음풍마제에게서 느닷없는 비명이 튀어나왔다.

묵자후가 아수라심공을 운기하자마자 전신이 확 쪼그라들어 늙은 뼈마디로는 도저히 감당이 안 되었던 것이다.

그나마 예상보다 훨씬 더 많은 공력이 흘러들어 와 이를 악물고 버텼지만, 시간이 흐르고 보니 그마저도 자신이 쌓은 공력과 상극이 되는 양기와 독기인지라 그만 혼비백산하고 만 것이다.

결국 어찌어찌 운기를 끝내고, 혼절한 음풍마제를 돌봐준 묵자후가 다시 운기행공을 시작하자 이번에는 무풍수라가 비명을 질렀다.

"으갸갸갸!"

묵자후가 유령심결을 펼치자 마치 벼락을 맞은 듯한 표정으로 비명을 지르던 무풍수라는 어느 순간 약 먹은 파리처럼 축 늘어져 버렸다. 그리고 한동안 정신을 못 차리며 헤롱거리고 있었는데, 그 이유는 유령심결 자체가 섭혼술의 기반이 되는 심법이라 뇌에 엄청난 충격을 받고 만 때문이었다.

'아이고! 내공을 회복하는 것도 쉬운 일만은 아니구나.'

예상과 달리 두 사람이 천당과 지옥을 오가는 듯하자 흡혈시마는 덜컥 겁이 났다. 그래서 재빨리 머리를 굴렸다.

'저런 꼴이 되느니 차라리 녀석이 익힌 금강폭혈공을 받아들이는 게 낫겠다. 그러면 최소한 저들처럼 괴상한 상태는 되지 않겠지.'

그러나 그는 자신이 익힌 금강폭혈공과 묵자후가 익힌 금강폭혈공의 차이를 제대로 이해하지 못하고 있었다. 그래서 당장은 희희낙락한 표정으로 미소를 지었지만, 며칠 뒤 그는 두 사람보다 더한 비명을 질러야 했다.

아무튼, 우여곡절 끝에 겨우 내공을 회복한 세 사람.

그것도 두 사람은 몇 번이고 내공을 불어넣어 주고 나서야 겨우 정신을 차리자 묵자후는 속으로 투덜거렸다.

'쳇! 어째 우리 아버지보다 무공이 더 약하신 것 같아. 그런데 어떻게 서열은 더 높으실까? 연세들이 많으셔서 우대를 해주는 걸까?

그렇게 중얼거리며 슬쩍 손을 들어 보이는 묵자후.

그 손끝에 아지랑이 같은 기운이 맺혔다.

비록 미미한 기운이었지만 음풍마제가 그토록 고민하던 지강(指罡)의 실마리가 될 만한 기운이었다.

그리고 살짝 손가락을 튕기자 손톱 끝이 부러져 나가며 빠른 속도로 허공을 날아가다가 중간에서 픽! 하고 터졌다.

그 역시 흡혈시마가 고민하던 신(新) 폭혈지였다.

"쩝… 며칠 뒤면 생사투가 벌어진다던데, 이왕이면 이것들도 알려 드릴 걸 그랬나?"

그렇게 중얼거리며 고개를 갸웃거리던 묵자후.

한줄기 바람처럼 종유석 사이를 가로지르며 연무장을 빠져나간 신법은 무풍수라가 나중에 연구해 보려고 했던 신(新) 유령환환신법이었다.

이틀 뒤.

묵자후는 암벽 위에 엉덩이를 걸치고 앉았다.

발아래에는 벌써 많은 사람들이 모여 있었다.

혈영노조를 비롯해 천금마옥의 모든 마인들이 몰려와 온천을 중심으로 빙 둘러앉거나 서 있었던 것이다.

온천 옆에는 낮고 평평한, 그러나 둘레가 삼 장쯤 되는 넓은 바위가 놓여져 있었다. 그 위에는 세 사람이 서 있었는데,

그중 한 사람은 좀처럼 얼굴 보기가 힘든 사람이었다.

'와아! 광풍창(狂風槍) 한비(韓丕) 아저씨다! 저분이 진행을 맡으신 모양이네?'

그랬다. 예전에는 서열 백위권 밖의 고수가 진행을 맡았지만 오늘은 생사투라 그런지 이곳 서열 십위에 올라 있는 광풍창 한비가 진행을 맡았다.

'저 아저씨의 창법은 거의 무적이라던데, 언제쯤 배울 수 있으려나.'

묵자후는 호기심 어린 눈길로 광풍창을 쳐다보다가 이내 시선을 돌려 나머지 두 사람을 쳐다봤다.

첫 출전자들은 묵자후도 익히 아는 사람들이었다.

양 주먹을 우두둑 꺾으며 상대를 노려보고 있는 사람은 독랄한 장법의 소유자로 알려진 화골장(化骨掌) 섭부득(攝副得)이었고, 그 맞은편에 서 있는 호리호리한 체구의 중년인은 쾌검의 달인이라 불리는 귀수검혼(鬼手劍魂) 마익덕(馬益德)이었다.

둘 다 오백위권 밖의 마인들이었지만 그들이 내뿜는 기세는 사뭇 날카로웠다.

아마도 귀수검혼의 손에 이제껏 봐오던 죽봉 대신 한 자루 검이 쥐어져 있어 더 그런 기분이 드는 건지도 몰랐다.

지금 귀수검혼이 들고 있는 검은 얼마 전부터 지급되기 시작한 병장기 중의 하나로, 이번 비무대회부터 사용이 허락되었다. 그 때문인지 귀수검혼의 얼굴엔 왠지 모를 자신감이 넘쳐 보였고, 화골장의 얼굴은 약간 경직되어 있었다.

잠시 후 비무가 선언되자 두 사람은 숨 막히는 살기를 내뿜었다.

묵자후는 긴장한 표정으로 두 사람을 쳐다봤다.

이제껏 한솥밥을 먹던 사이인데 정말 생사의 대결을 벌일까 싶어서였다.

그러나 비무가 시작되자마자 알 수 있었다, 사람들이 왜 이번 비무를 생사투라고 부르는지.

"타하압!"

"끼야압!"

비무가 시작되자마자 두 사람은 거침없는 살수를 뿌리기 시작했다. 그것도 복면인들을 상대할 때처럼 전력을 다해 상대를 공격하고 있었다.

'아아……!'

묵자후는 기이한 전율이 등줄기를 타고 오르는 걸 느꼈다.

뭐랄까?

전신 세포가 올올이 곤두서는 기분이랄까?

상대가 누가 됐든 전력을 다해 싸우는 것.

그게 진정한 무공이었다.

화려한 모양새나 뽐내는 죽은 무공이 아니라 피와 땀을 흠뻑 뒤집어쓴, 그래서 펄펄 살아 움직이는 무공이 저 안에 숨어 있었다.

'저게 진짜다! 저게 진짜 승부다!'

그때부터 묵자후의 눈에 기이한 열기가 어렸다.

시간이 갈수록 호흡이 가빠지고 자기도 모르게 비무에 흠뻑 빠져들기 시작한 것이었다.

'아, 저게 아닌데. 저기선 곧바로 장력을 날릴 게 아니라 후퇴하면서 장력을 날리는 게 나은데······.'

'윽! 저기서 왜 저렇게 검을 뻗을까? 차라리 삼환투월(三環套月)의 수법으로 상대를 현혹시키는 게 낫잖아.'

'아! 저건 미처 예상치 못한 수법인걸! 운수하식(雲手下式)을 저렇게도 사용할 수 있구나!'

그렇게 한숨과 탄성을 번갈아가며 내뱉던 묵자후는 어느 순간부터 스스로 화골장이 되기도 하고 귀수검혼이 되기도 하면서 상대 공격에 대한 파해법을 떠올려 보기도 하고, 그에 맞서는 수비 초식을 고민해 보기도 했다. 그러다 보니 어느새 한 손으로는 장법을 펼치고 다른 한 손으로는 검법을 펼치며 무아지경에 빠져들었다.

이는 예전에 배운 분심공의 묘용이 극도로 발휘된 때문이었는데, 양손으로 비무를 벌이다 보니 차츰 두 사람의 승패를 예상할 수 있었다.

'아직 병장기가 손에 익지 않아서 그런지 쾌검이 쾌검답지 않아. 계속 반 박자 정도 차이가 나.'

예상은 한 치의 오차도 없이 딱 맞아떨어졌다.

땡그랑!

"쿨럭! 내가… 졌소……."

귀수검혼 마익덕이 시커먼 피를 토하며 바닥으로 쓰러지고 만 것이었다.

그런 상황이 두 번 정도 반복되자 세 번째부터는 비무의 승패를 알아맞히는 대신 각 출전자들의 무공을 파악해 그 약점에 대한 보완책을 궁리하기 시작했다.

이는 얼마 전 음풍마제 등에게 무공을 배우면서 '이 무공을 이렇게 바꿔보면 어떨까, 저 무공을 저렇게 바꿔보면 어떨까?' 하며 보완책을 만들어본 것과 마찬가지 방법이었다.

하지만 이번에는 쉽지 않았다.

그때는 두 달 동안 고민하면서 만든 것이었지만 지금은 눈으로 보는 즉시 만들어내려고 하니 자꾸만 손발이 뒤엉켰다.

그러나 언뜻언뜻 펼쳐 보이는 수법만 해도 벌써 상당한 경지에 이르러 각 출전자들이 봤다면 입에 거품을 물 정도였다.

묵자후가 벌써 이 정도 경지에까지 이를 수 있었던 것은 생각이 자유로웠기 때문이다.

원래 창의력이란 생각이 사유로운 가운데에서 나온다.

이미 걸음마를 시작할 때부터 수많은 마인들에게 둘러싸여 지내다 보니 각자 다른 사고방식과 행동 방식에 익숙해질 대로 익숙한 묵자후다. 또한 한 가지 무공을 배우더라도 가르쳐 준 대로만 따라 하는 게 아니라 여러 가지 상상력을 동원해 가며 자기만의 방식으로 재해석하다 보니 인생에서 여러 가지 풍파를 겪어 사고(思考)가 경직될 수밖에 없는 마인들에 비해 생각하는 것이나 행동하는 것이 훨씬 자유로웠다.

물론 그 이면에는 아무 사심 없이 무공을 가르쳐 준 수많은 이들의 노력과, 어린 시절 생사의 고비를 넘기면서 얻은 기연들 때문이었겠지만 나름대로 결심한 바가 있어 수련에 혼신의 힘을 기울인 묵자후 스스로의 노력도 간과할 순 없었다.

그렇게 스스로 이런저런 초식을 만들어가며 무아지경에 빠져 있는 묵자후를 보고 남몰래 고개를 끄덕이는 사람이 있었다.

그는 바로 생사도 묵잠이었다.

세상에 자기 자식 안 예뻐 보이는 부모가 어디 있겠냐만, 지금 묵잠이 느끼는 감정은 매우 특별했다.

아무런 빛도 희망도 없는 곳, 그리하여 절망과 탄식만이 가득하던 이 지옥 같은 곳에서 태어나 제대로 먹지도 입지도 못하고 자란 녀석이 바로 묵자후였다.

그것도 병약하게 태어나 어린 시절부터 많은 이들에게 폐를 끼치고, 또 많은 사람들의 보살핌을 받으면서도 한동안 삐뚤게 나가 보는 이로 하여금 조바심을 느끼게 만들었던 생때 같은 아들이었다.

물론 어른들의 과도한 기대 때문에, 그리고 이 척박하고 외로운 환경 때문에 그랬겠지만, 이제는 그 모든 걸 딛고 일어나 저런 대견한 모습을 보이고 있다.

묵잠은 생사도라는 별호에 걸맞게 이미 무의 궁극을 바라보는 사람.

따라서 아들의 현재 성취가 어느 정도이고 훗날의 성취가 어느 정도에 이를지 대충 짐작이 갔다.

당금 강호에서 묵자후 나이에 저 정도 성취를 이룬 사람이 과연 몇이나 될까?

그런 기특한 아들임에도 불구하고 묵잠은 단 한 번도 웃음을 보여준 적이 없다. 아니, 따스한 시선조차 건네준 적이 없다.

이미 감정선을 다쳐 버려 웃어주고 싶어도 웃어주질 못하니 오히려 더 무뚝뚝하게 대했는지도 모르겠지만, 그럼에도 불구하고 녀석은 단 한 번도 섭섭하다는 기색을 내비친 적이 없다. 속으로는 어떻게 생각하고 있는지 몰라도 겉으로는 분명 그랬다. 그만큼 속이 깊고 착한 녀석이 바로 저 녀석이었다.

그런데 녀석의 무위가 점점 일취월장하더니 벌써 각 무공의 요결을 꿰뚫어 볼 정도가 되자 묵잠은 괜히 걱정이 됐다.

일찍 핀 꽃이 일찍 시든다는 말처럼, 이제 조금만 지나면 더 이상 녀석을 가르칠 사람이 없게 된다. 그러면 그때부터는 자기 자신과의 혹독한 싸움이 시작될 텐데 과연 이 좁고 답답한 곳에서 어떻게 스스로를 다스릴 수 있을까?

'녀석을 위해서라도 하루빨리 강호로 나가야 할 텐데……'

그러나 얼마 전, 용암동굴을 답사해 보고 난 뒤로는 오히려 마음이 더 무거워졌다.

'절대 세상에 나타나서는 안 되는 괴물들……'

함께 간 스무 명의 고수 중 대반이 식물인간이 됐다.

그것도 흡혈시마가 이야기하던 영물들 중 하나만 상대했을 뿐인데…….

'결국 그곳을 포기하고 다른 곳을 뚫고 있지만, 그 괴물들의 이목을 신경 쓰면서 작업하니 속도가 날 리가 없지.'

그나마 다행이라면 예전과 달리 쇠로 만든 도구를 사용할 수 있다는 것.

'부디 암반이 예상처럼 무르기만 바랄 뿐이다.'

그렇게 생각에 잠겨 있는데 누군가가 손을 잡아왔다.

금초초였다.

"드디어 재미있는 비무가 벌어질 텐데 어딜 보고 계세요?"

그 말에 퍼뜩 고개를 돌려보니 흡혈시마가 비무대 위에 올라 있었다. 그리고 그의 시선을 정면으로 받고 있는 사람은 천면인도 왕호였다.

대담하게도 서열 팔십위권의 마인이 금옥 팔마존 중 한 사람에게 생사투를 신청하는 전대미문의 사건이 발생한 것이다.

"가가께선 어떻게 보세요?"

금초초의 물음에 묵잠은 눈꼬리를 파르르 떨었다.

기가 막혀 웃고 싶은데 감정 표현을 못하니 견디다 못한 눈꼬리가 떨린 것이다.

"아무리 예전 같지 않다지만 시마 선배는 금옥 팔마존 중 한 사람이오. 그리고……."

그의 기세가 왠지 달라 보인다고 말하려는 순간, 비무가 시작됐다.

천면인도 왕호는 덩치가 컸다.

흡혈시마보다 키만 약간 작을 뿐, 돌덩이 같은 근육을 지닌 우람한 체구였다.

거기다 폭이 넓고 끝이 날카롭게 휜 스무 근짜리 도를 들고 있었는데, 그런 덩치가 삐딱한 눈빛으로 자신을 노려보자 흡혈시마는 내심 찜찜한 기분이 들었다.

하지만 이미 묵자후의 도움으로 내공을 회복한 상태였기에 저놈쯤이야 가볍게 밟아줄 수 있을 것이라 생각한 흡혈시마는 잔뜩 거드름을 피웠다.

"흐흐흐, 왕호! 네놈이 감히 날 장기판의 졸로 봤단 말이지? 좋아! 그 용기를 높이 사서 선공(先攻)을 양보해 주마! 어디 마음껏 재롱을 부려봐라!"

그때까지만 해도 흡혈시마는 자신만만했다.

십성에 이른 둔겁탄마공을 믿은 것이다.

그러나 그 생각이 착각에 불과했다는 걸 깨닫는 데는 그리 오랜 시간이 걸리지 않았다.

"타압!"

왕호가 시퍼런 살기를 번뜩이며 도를 날려오는 순간, 흡혈시마는 하늘이 노래지는 기분이었다.

'캑! 이, 이게 아닌데?'

원래 흡혈시마가 익힌 내공은 폭기혈기를 그 기반으로 한다. 즉, 기를 폭발적으로 끌어올려 온몸을 강철같이 만든 상태에서 공격을 하거나 수비에 임한다는 말이다.

반면, 묵자후가 익힌 내공은 취기흡기를 기본으로 한다. 그러다 보니 전신을 개방해 주변의 기를 흡수한 뒤 차츰 본연의 기와 동화시켜 나간다.

그런데 지금 흡혈시마는 묵자후에게 배운 금강폭혈공으로 둔겁탄마공을 펼치고 있었다.

상대는 전력을 다해 시퍼런 도기를 뿌리고 있는데 온몸의 기운을 개방해 버리면?

깡!

'끄아악! 이마, 이마가 쪼개지는 것 같다아아…….'

그랬다.

이제껏 쌓은 공력이 있어 그나마 도를 튕겨내긴 했지만 흡혈시마는 이마가 산산이 부서져 나가는 듯한 통증에 눈물을 찔끔거려야만 했다.

그리고 그때부터 수난이 시작되었다. 흡혈시마가 고통에 못 이겨 눈물을 찔끔거리는 사이, 왕호가 잇달아 도를 날려온 것이었다.

깡! 깡! 깡!

'큭! 끄악! 으아악! 아프다. 너무너무 아프다. 크흑흑!'

그러나 죽었으면 죽었지 비명을 지를 수 없는 흡혈시마다.

그의 장기가 둔겁탄마공이란 걸 모두가 알고 있는데 하수의 칼질에 비명이나 지른다면 그 무슨 망신이란 말인가?

'끄허허허헝!'

결국 흡혈시마는 악으로 깡으로 버틸 수밖에 없었다.

"헉, 헉……!"

힘들기는 왕호 역시 마찬가지였다.

비록 지금은 어리버리한 모습을 보이고 있다지만, 자신의 상대는 얼마 전까지만 해도 무시무시한 괴력을 선보이던 흡혈시마이다.

그런 고수를 상대로 생사투를 벌이고 있었으니 상황이 우세하다고 해서 절대 방심할 순 없었다. 그래서 전력을 다해 도를 휘두르고 있었는데, 문제는 흡혈시마의 이마를 내리찍는 순간마다 알게 모르게 내공이 조금씩 사라진다는 것이었다. 때문에 시간이 흐를수록 점점 도가 무겁게 느껴지는 왕호였다.

하지만 모처럼 잡은 기회를 놓칠 수 없어 왕호는 죽어라고 도를 휘둘렀다.

한 사람은 죽어라고 도를 내리찍고 있고, 다른 한 사람은 눈물을 찔끔거리면서도 죽어라고 버티고 있고…….

'한때는 강호에서 이름깨나 날렸다는 사람들이 저게 무슨 짓이야? 막싸움이나 개싸움도 저것보단 낫겠다. 쯧쯧.'

사람들은 모두 어이없다는 표정으로 혀를 찼다.

음풍마제와 무풍수라 역시 마찬가지 표정이었다.

'저 자식은 저래서 안 돼. 비무란 모름지기 살벌한 맛이 있어야 하는데 저 자식은 너무 겉멋에만 치중하고 있어.'

두 사람은 속사정도 모르고 한심하다는 표정으로 흡혈시마를 노려봤다.

그렇게 모두의 차가운 시선 속에 지루하게 이어지던 비무는 내공의 고갈을 더 이상 견디지 못한 왕호가 두어 걸음 뒤로 물러나면서부터 급변했다.

"어훙! 이놈!"

왕호가 뒤로 물러나는 순간, 겨우 한숨을 돌린 흡혈시마가 괴성을 지르며 이마로 왕호의 얼굴을 들이받아 버린 것이다.

쾅지끈!

"끄아악!"

느닷없는 공격에 안면을 허용하고 만 왕호.

얼굴을 감싸 쥐며 바닥을 나뒹구는 그의 양 손가락 사이로 피가 철철 흘러내렸다. 흡혈시마가 펼친 철두공(鐵頭功)에 의해 안면이 움푹 꺼져 버리고 만 것이었다.

그러나 흡혈시마는 그 정도로는 분이 풀리지 않았는지 씨근벌떡거리며 왕호에게 다가갔다. 그리고 그의 목을 단숨에 짓밟아 버리려는 순간,

쐐애액!

갑자기 등 뒤에서 날카로운 파공음이 들려왔다.

깜짝 놀라 뒤로 물러서니 시커먼 창이 불꽃을 튀기며 바닥에 들어박혔다.

"이미 승부가 났소이다. 그만 자리로 돌아가시지요."

어느새 나타났는지 광풍창 한비가 싸늘한 눈빛으로 앞을 막아서고 있었다.

"제기랄! 난 저놈에게 수십 대나 맞았단 말이야!"

흡혈시마는 눈물을 글썽이며 자기 이마를 들이밀어 보였다.

과연 그의 이마에는 시뻘건 혹이 숭숭 나 있었다.

그러나 광풍창은 전혀 표정의 변화가 없었다.

아무리 생사투라지만 승부가 난 다음에 목숨을 취하는 것은 허락되지 않았기 때문이다.

"에라이!"

흡혈시마는 순순히 뒤돌아서는 척하다가 왕호의 허리를 냅다 걸어차 버렸다.

"캐액!"

구슬픈 비명을 지르면서 저만치 나가떨어지는 왕호.

사지를 부들부들 떨며 좀체 일어나지를 못하는 걸 보니 아마도 늑골이 부러진 모양이었다.

"이게 무슨 짓이오? 어서 제자리로 돌아가시오!"

흡혈시마는 광풍창의 성난 눈길을 받으며 힘없이 비무대를 내려왔다. 거의 일방적으로 얻어맞기만 하다가 겨우 놈을 물리쳤으니 남 보기 부끄러워 차마 얼굴을 들 수 없었던 것이다. 이럴 줄 알았다면 차라리 예전 공력으로 싸울걸.

"에이, 눈만 버렸군."

"쯧쯧, 저것도 실력이라고……."

귓전으로 핀잔을 던져 오는 의형들이 오늘따라 더 야속하게 느껴지는 흡혈시마였다.

"아유, 정말 정이 안 가는 사람이에요. 기껏 허풍만 치다가

저게 무슨 꼴이에요?'

금초가 눈살을 찌푸리며 묵잠을 돌아봤다.

"겨우 저 정도 무공으로 이제껏 위세를 부리고, 또 우리 후 아에게 무슨 대단한 무공이나 가르쳐 주는 듯 큰소리를 쳤다 니, 왠지 속은 기분이에요. 가가 생각은 어떠세요?'

"뭘 말이오?'

"화가 나시지 않느냐는 말이에요. 겨우 저런 사람에게 후 아를 맡겼으니……."

"글쎄… 그렇게까지 나빠 보이진 않는데?'

"나빠 보이지 않는다구요?'

"그렇소. 얼핏 보기엔 시마 선배가 일방적으로 당한 것 같 지만 뭐랄까, 천면인도가 제풀에 나가떨어지는 걸 보니 어쩌 면 흡성대법류(吸星大法類)의 새로운 내공을 익히고 있는지도 모르겠소."

"옛? 흡성대법이라구요?'

흡성대법이라면 아득한 과거, 천마 이극창이 활동하기 이전의 시대에 상대의 내공을 전문적으로 갈취하며 강호를 피로 물들인 구천신마(九天神魔)의 저주받은 무공이 아닌 가?

"쳇! 말도 안 돼요. 시마 선배의 장기는 반탄강기라구요."

"하긴… 내가 잘못 본 것일지도……."

비록 눈썰미가 날카로운 묵잠이었지만 흡성대법류의 내공

심법은 단 한 번도 겪어본 적이 없었기에 슬며시 말꼬리를 흐려 버렸다. 그러자 금초초가 배시시 웃으며 그의 어깨에 머리를 기댔다.

"저기요… 이번에는 가가께서 한번 나서보시는 게 어때요?"

"음? 그게 무슨 소리요?"

금초초는 눈을 찡긋하며 흡혈시마 곁에 앉아 있는 무풍수라를 가리켰다.

"무풍수라 선배 말이에요. 저 선배도 예전 같지 않아 보이잖이요. 그러니 한번 비무를 신청해 보세요. 네?"

묵잠은 잠시 침묵을 지키고 있다가 천천히 고개를 내저었다.

"아무리 그래도 내겐 대선배들이오. 어찌 감히 생사투를 신청할 수 있겠소."

"치, 예전에는 잘만 싸우셨잖아요. 그때나 지금이나 뭐가 달라요?"

"그땐 저분들이 한사코 우릴 해치려고 하니 어쩔 수 없이 싸운 것이오. 그것과 생사투가 어찌 같을 수 있겠소?"

묵잠이 금초초의 머리카락을 쓰다듬으며 고개를 가로젓는 순간, 한 사람이 비무대 위로 올라갔다.

지금 마인 중 최고수라 불리는 잔지괴마(殘肢怪魔)였다.

"이번에는 제가 무풍수라 선배께 생사투를 신청하겠소!"

순간, 무풍수라의 안색이 와락 일그러졌다.

설마하니 잔지괴마 따위가 자신에게 비무를 신청할 줄이야?

'쯧쯧, 하필이면 건드릴 사람이 없어서 저놈을 건드리냐?'

음풍마제는 측은하다는 눈빛으로 잔지괴마를 쳐다봤다.

그가 잔지괴마를 보며 혀를 차는 이유는, 묵자후에게 내공을 전해 받은 뒤부터 한동안 해롱거리고 있던 무풍수라가 어제저녁부터 갑자기 이상한 증세를 보이기 시작한 때문이었다.

괜히 지나가는 박쥐 떼를 붙잡아 날개를 갈가리 찢어버리거나 애꿎은 바퀴벌레를 짓밟아 버리는 등, 안절부절못하고 있었기 때문이다.

아무래도 뇌에 갑작스런 충격을 받아 성격이 더 잔인해진 것 같은데, 그런 무풍수라에게 도전을 신청했으니 잔지괴마의 앞날이 훤히 내다보인 것이다.

'아마 시마 녀석의 무기력한 모습을 보고 그 나물에 그 밥이라고 생각한 모양인데, 쯧쯧, 보는 눈이 저렇게 없어서야……'

예상은 딱 맞아떨어졌다.

잔지괴마의 도전을 받자 자존심 상한 표정으로 몸을 훌쩍 날린 무풍수라.

"이놈! 그 건방진 혓바닥을 뽑아주마!"

으스스한 호통을 터뜨리며 마안섭혼공을 펼쳐, 잔지괴마가 미처 자세를 잡기도 전에 그의 혼백을 마비시켜 놓았다. 그리고는 유령 같은 몸놀림으로 잔지괴마의 공격을 피한 뒤 쇠갈퀴 같은 손가락으로 잔지괴마의 목줄기를 움켜잡아 버렸다.

"컥, 커컥!"

깜짝 놀란 잔지괴마가 사지를 버둥거리고, 광풍창 한비가 급히 창을 날려 비무를 중지시키려는 순간,

우두둑!

무풍수라의 손가락이 잔지괴마의 목줄기를 잡아 뜯어버렸다.

"끄으으……"

피에 젖은 새끼줄처럼 목울대를 덜렁거리며 가늘게 경련을 일으키던 잔지괴마.

무풍수라가 다른 손으로 그의 혓바닥마저 뽑아버리자, 눈자위를 하얗게 까뒤집으며 결국 절명하고 말았다.

'아!'

인정사정없는 무풍수라의 손속에 묵자후는 정신이 번쩍 들었다.

과연 생사투였다.

오늘 하루 여섯 명이 비무대에 올라 다섯 명이 중상을 입고 마지막 한 사람은 목숨까지 잃어버렸다.

그러나 어느 누구도 이의를 제기하거나 항의하는 사람이 없었다. 서로 목숨을 걸고 싸우는 비무였기에 조금이라도 빈틈을 보이면 곧바로 목을 내놔야 했다. 그게 바로 생사투였다.

물론 무풍수라의 경우 다소 지나친 감이 없진 않았지만, 딱히 비겁한 수를 쓴 게 아니었기에 비무 진행을 맡은 광풍창도 어떻게 손을 쓸 방도가 없었다.

그렇게 약육강식의 법칙이 철저히 지켜지는 생사투를 보며 묵자후는 주먹을 불끈 움켜쥐었다.

'나도 얼른 열여섯 살이 되었으면 좋겠다.'

남자 나이 열여섯.

마도에서는 그때부터 전사(戰士)로 인정을 받아 비무에 참가할 자격이 주어진다.

'거칠고 빠르게, 그리고 비정하게! 나중에 생사투에 나설 때 그 세 가지를 절대 잊지 말아야겠다.'

마음속으로 다짐을 하며 묵자후는 자리를 떴다. 오늘 배운 무공을 완전히 소화하기 위해서였다.

묵잠은 어둠 속으로 사라져 가는 아들을 보며 생각에 잠겼다.

아무리 자식이 성장을 해도 부모 눈에는 어리게만 보일 뿐이다.

묵잠은 혹시 잔지괴마의 죽음을 보고 묵자후가 충격을 받지 않았을까 내심 걱정이 됐다.

금초초는 묵잠을 따라 고개를 돌리다가 나직이 한숨을 내쉬었다.

"설마 또 거기 가는 건 아닐까요?"

금초초가 말한 거기란 용암동굴이었다.

남들은 모두 가까이 가기도 두려워하는 용암동굴을 묵자후는 제집 안방처럼 들락거렸다. 그래서 한 빈은 묵자후에게 괴물들을 유인해 보라고 하면 어떨까 싶어 말을 꺼냈다가 묵잠에게 한바탕 혼이 났다. 그다음부터는 두 번 다시 그런 말을 꺼내지 않았지만 묵자후가 자꾸 용암동굴에 관심을 가지니 금초초도 은근히 걱정이 됐다. 혹시 그 괴물들에게 해코지를 당하거나 실수로 용암에 빠지기라도 하면 어쩌나 싶어서였다.

"글쎄… 방향을 보니 그건 아닌 것 같소."

그러면서 묵잠은 화제를 돌렸다.

"그건 그렇고, 오늘 비무를 보니 다들 많이 강해진 것 같지 않소?"

"그래요. 대부분 내공을 많이 회복한 것 같아요."

"당신은 어떻소?"

"아직 칠 할 정도밖에 회복하지 못했어요."

"칠 할이라……. 대단하구려. 녀석을 키우느라 시간이 많지 않았을 텐데……."

묵잠의 목소리가 끝머리에서 살짝 떨려 나왔다.

지금 자기 어깨에 머리를 기대고 있는 여인.

남들은 마도요화니 사갈마녀니 떠들어대도 자신에겐 더없이 소중한 여인이었다.

강호와 전혀 상관이 없는 대부호의 딸로 태어나 금이야 옥이야 떠받듦을 받고 살던 여인.

우연한 기회에 강호에 발을 들이게 되면서 자신과 운명적인 사랑에 빠지게 됐다.

오해로 시작된 이틀간의 비무.

그 결과, 서로 떼려야 뗄 수 없는 사이가 되어버린 것이다.

그리고 그토록 아름답던 그녀의 얼굴이 저렇게 흉측하게 변해 버린 데에는 남모를 사연이 숨겨져 있었다.

세상 어디나 마찬가지지만, 정파인들 중에도 인면수심(人面獸心)의 무리가 있게 마련.

그래서 마정대전이 끝난 후, 행여 그들에게 몸을 더럽히게 될까 봐 그녀는 스스로 얼굴을 그어버렸다. 그리고 자살 소동까지 벌여가며 한사코 자신과 함께 갇히길 소원했다.

그 고집에 질렸을까, 아니면 그 사랑에 감동했을까?

소림사 원로 중 한 사람이던 불마성승(佛磨聖僧)의 배려로 그녀 역시 이곳에 갇히게 됐다.

마도인치고 정조를 소중히 여기는 여자가 과연 몇이나 될까? 그리고 스스로의 용모를 훼손시킬 때 그 심정이 어떠했을까?

그런 사연을 고려한 덕분인지 남자들만 우글거리는 이곳에서도 별다른 분란이 일어나지 않았다. 기껏해야 흡혈시마나 무풍수라가 찝쩍거렸을 정도였다.

물론 그 이면에는 혈영노조를 비롯한 폭마 등의 보호가 있었기 때문이지만 그녀 스스로의 성질도 무시할 수 없었다.

예전에 폭마가 이야기했듯이 수틀리면 지옥 끝까지 따라가서 복수하고 한 번 은혜를 입으면 열 배로 되갚아주는 성질.

거기다 이곳 서열 이십위 안에 들 만큼 고강한 무공을 지녔으니 어느 누가 섣불리 건드릴 수 있었겠는가?

그러나 그 모든 걸 다 감안하더라도 그녀는 자신에게 너무나 과분한 정을 베풀고 있다.

처음 만나던 그날부터 지금 이 순간까지 그녀는 항상 자신에게 헌신적이었다.

남들에겐 그렇게 표독하게 굴면서도 자신에게만은 평생 갚아도 다 갚을 수 없는 정을 베풀고 있는 것이다.

이런 어여쁜 여인에게 어떻게 하면 행복을 안겨줄 수 있을까?

　'푸른 하늘, 따스한 햇볕, 호수가 내려다 보이는 그림 같은 집…….'

　오늘따라 강호가 무척 그리워지는 묵잠이었다.

제12장

열일곱

魔道

天下

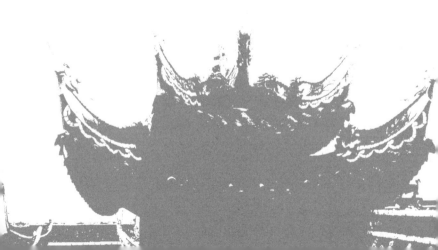

캉! 캉! 캉!

묵직한 망치질 소리가 메아리쳤다.

불끈 솟은 근육이 망치를 휘두를 때마다 천장에서 흙 부스러기가 떨어져 내렸다. 그러나 어느 지점에 이르러 정(釘)이 더 이상 앞으로 나아가지 못하고 파란 불꽃만 일으키자 거친 쇳소리와 함께 망치가 바닥으로 내동댕이쳐졌다.

"제기랄!"

누군가가 아래로 훌쩍 뛰어내리며 신경질적으로 머리를 흔들었다. 그러자 얼굴 전체를 가리고 있던 머리카락이 어깨 뒤로 넘어가며 땀 범벅이 되어 있는 한 사내의 얼굴이 드러났다.

짙은 검미(劒眉)에 흑백 뚜렷한 눈망울.

조각 같은 콧날에 한일자로 꽉 다물린 입술.

거기다 약간 마른 듯 보이지만 허리에 굵은 쇠사슬을 동여매고 상의를 약간 풀어헤쳐 탄탄한 가슴 근육을 내보이고 있는 이는 다름 아닌 묵자후였다.

불과 몇 년 전까지만 해도 치기 어리던 소년이 어느새 열일곱 미장부가 되어 잔뜩 찡그린 얼굴로 천장을 바라보고 있는 것이다.

"휴, 여기도 마찬가지군."

묵자후는 고개를 설레설레 흔들며 한숨을 내쉬었다.

도대체 무슨 광물로 이루어져 있는지 몰라도 천장이 도무지 뚫리질 않아서였다. 때문에 함께 일하고 있던 사람들은 이미 몇 달 전에 자리를 떠 이제 이곳에서 일하고 있는 사람은 묵자후 혼자뿐이었다.

그러나 묵자후는 단 하루도 쉬지 않고 이곳에서 정과 망치를 휘둘러댔다.

사정 모르는 사람들은 끈기가 있다며 칭찬을 했지만 묵자후에겐 이것 말고는 달리 할 일이 없었다.

이 년 전부터였던가? 그때쯤부터 혈영노조를 제외한 모두에게 무공을 배워 더 이상 배울 무공이 없었다. 그래서 답답하고 무료한 시간을 달래기 위해 동굴 천장을 뚫기 시작한 것인데, 오늘은 괜한 짜증이 치밀어 더 이상 일할 의욕이 생기지 않았다.

아무리 노력해도 뚫리지 않는 천장도 천장이었지만, 그보다는 오늘 아침에 나눈 부친과의 대화가 그 원인이었다.

"결국 올해도 출전을 못한단 말인가?"

내일이면 일 년에 두 번씩 치러지는 생사투가 벌어진다.

그런데 작년과 마찬가지로 부친이 극력 반대하고 나섰다.

사실 부친의 말에도 일리가 없는 건 아니었다.

이곳에 있는 이들 모두가 숙부나 마찬가지인 데다 다들 자신에게 무공을 가르쳐 준 인연이 있으니 사부라고 우겨도 할 말이 없을 정도였다. 그런데 어찌 생사투를 신청해 서열을 바꾸자고 할 수 있겠는가?

혹시 자신이 지면 다행이지만, 만약 이겨 버리기라도 하면 서로의 관계가 애매해져 버리게 되는 것이다.

하지만 묵자후는 한창 피가 끓어오르는 나이.

더구나 최근 들어 무공 성취가 제자리를 걷고 있어 생사투에 꼭 출전해 보고 싶었다.

서로 목숨을 걸고 싸우는 비무를 통해 어떤 영감을 받으면 이 답답한 정체 상태에서 벗어날 수 있을 것 같았다.

지금까지 묵자후가 배운 무공은 삼천여 가지.

그중에서 최고라고 느낀 무공은 몇 되지 않았다.

검법이 다섯 개, 도법이 네 개, 권장지각과 창봉술이 세 개.

그러다 보니 언젠가부터 한계에 부딪쳤다. 그래서 이미 배운 무공을 토대로 새로운 무공이나 창안해 보려고 했는데 그마저도 진도가 나가지 않았던 것이다.

소위 말하는 깨달음의 벽에 부딪친 것인데, 마치 머리 위에 두터운 장막이 드리운 듯 아무리 수련해도 더 이상 발전이 없었다. 그때부터 기분 전환 삼아 작업장에 나오기 시작했고, 오늘에 이른 것이다.

그런데 내일이 비무일이라 아침부터 부친을 졸라봤지만 돌아온 대답은 이전과 마찬가지였고, 천장을 뚫는 일 역시 지지부진하니 울컥 화가 치밀어 망치를 집어 던져 버린 것이다.

묵자후는 씁쓸한 표정으로 다시 망치를 집어 들었다. 그러자 망치 끝에서 어슴푸레한 기운이 맺혔다. 그 기운은 시간이 갈수록 뚜렷한 형체를 이루더니 급기야는 은은한 광채를 발하기 시작했다.

만약 누군가가 이 자리에 있어 그 광경을 지켜봤다면 그는 자기 눈을 의심했으리라.

세상에! 망치로 강기를 일으키다니?

이는 강호인이라면 누구나가 소원한다는 이기생형(以氣生型)의 경지가 아닌가?

그런데도 당사자인 묵자후는 시무룩한 표정이었다.

"젠장! 뜻이 일면 마음이 일고 마음이 일면 기가 움직인다. 그래, 그것까진 알겠어. 그런데 그 기를 어떻게 하면 좀 더 자유자재로 움직일 수 있느냐 말이야!"

묵자후의 최근 고민이 바로 이것이었다.

기로써 형을 만드는 초보적인 강기는 이미 이 년 전에 깨달았다. 그러나 그 이상의, 보다 정제되고 압축된 강기를 일으키는 게 쉽지 않았다. 더욱이 각기 다른 내공으로 번갈아가며 강기를 내뿜는 건 더더욱 힘들었고.

묵자후는 인상을 찌푸리며 다시 운기를 했다.

그러자 이번에는 망치에 하얀 서리가 끼었다.

못마땅한 눈빛으로 그 모습을 바라보던 묵자후는 망치를 등 뒤로 집어 던져 버렸다.

"휴, 고작 이게 다야. 연달아 공력을 바꾸진 못하고 호흡을 새로 바꿔야 하니 이대로는 실전에서 써먹을 수가 없어."

누가 들으면 기절초풍할 말이었다.

아무리 무흔지체에 창통지체를 이룬 몸이라 하나 서로 다른 유형의 기를 이렇게 자유롭게 운기하다니?

그러나 묵자후는 스스로에게 만족하지 못하고 있었다.

상대(?)는 나날이 발전하고 있는데 자기만 뒤처지고 있는 것 같아 견딜 수가 없었다.

묵자후 스스로 영원한 맞수라고 여기고 있는 상대 만년오공은 최근 들어 무섭게 변하고 있었다. 마치 승천을 준비하기라도 하듯 몸에 잠자리 날개 같은 작은 날개가 돋아났고 몸도 조금씩 작아지기 시작했다. 그리고 탈태환골을 겪고 있는지 온몸에서 끈적끈적한 분비물이 흘러내렸고, 그 사이로 가끔 투명한 서기가 흘러나오곤 했다.

"쳇! 생각난 김에 녀석에게나 놀러 가볼까?"

언젠가부터 묵자후는 간간이 지네 동굴을 찾았다.

어른들이 강호에 나가기 전에 반드시 빛에 적응해야 한다고 하도 엄포를 놓아 더 자주 찾게 되었는지도 모른다.

그 때문인지 작년쯤부터는 더 이상 빛이 두렵지 않았다.

물론 정면으로 바라보면 눈이 터질 듯 아파왔지만, 환한 빛이 아닌 은은한 빛이 비치면 한동안은 견딜 수 있었다.

엄마는 그걸 달빛이라고 이야기했지만 아직 한 번도 달을 보지 못한 묵자후는 그저 약한 빛을 내뿜어 그나마 빛에 적응할 수 있게 해주니 무척 고마운 물체라고만 생각했다.

아무튼 묵자후가 찾아오자 만년오공은 기분 나쁜 표정으로 '키잇!' 하는 괴성을 흘렸다. 그러나 이전처럼 드러내 놓고 살기를 내뿜진 않았다. 그저 경계의 눈빛으로 노려보기만 했다.

그런데도 묵자후는 예전보다 더 긴장했다.

녀석이 점점 기이하게 변하고 있어 왠지 오싹했던 것이다.

'흉물스러운 놈……'

묵자후는 놈에게 위축되기 싫어 슬그머니 만년오공을 쏘아봤다. 그러자 놈이 몸을 움찔하며 강렬한 살기를 뿜어왔다.

그 역시 묵자후에게 위축되는 기분을 느끼는지 억지로 살기를 끌어올리고 있었던 것이다.

'쳇! 정말 만만치 않군. 이젠 저 녀석을 유인해서 어떻게 탈출해 보겠다는 생각도 버려야겠군.'

묵자후는 속으로 투덜거리며 가부좌를 틀었다.

얼마 전부터 시작한 수련의 일종이었다.

일명 죽음을 각오한 명상 훈련.

만년오공이 등 뒤에서 살기를 내뿜고 있는 가운데 명상에 잠기니 한 치의 방심도 허락되지 않았다.

이 수련법을 통해 묵자후는 의외의 효과를 봤다.

놈이 등 뒤에서 언제 덮칠지 모르니 명상에 잠긴 와중에도 계속 공력을 끌어올려야 했다. 그러다 보니 집중력과 육감이 무섭게 발달했다. 그 덕에 이젠 어떤 상황에 처하더라도 냉정을 유지할 수 있을 것 같았다.

'그러면 뭘 해? 실전을 겪어보지 않는 이상 확인해 볼 수도 없는데……'

그렇게 투덜거리며 묵자후는 무아지경에 빠져들었다.

남의 집에 와서 태연히 운기조식을 취하고 있는 묵자후를 보고 만년오공은 한동안 자존심 상한 표정을 지었다.

하지만 어쩌겠는가?

자기가 환골탈태를 이루기 전까지는 도저히 감당이 안 되는 인간인 것을……

*　　　*　　　*

혈영노조는 모처럼 죽림 사이를 거닐었다.

강호에선 전혀 볼 수 없는 거무튀튀한 빛깔의 대나무 군락.

그러나 이젠 그마저도 얼마 남지 않았다.

병장기 대용으로, 혹은 화탄을 만드는 데 쓰느라 하나둘 베어내다 보니 이젠 손가락으로 셀 수 있을 정도만 남아 황량한 느낌만 전해주고 있었다.

혈영노조는 잠시 대나무를 어루만지다가 시선을 온천 쪽으로 돌렸다.

희뿌연 수증기 너머로 몇 사람의 얼굴이 보였다.

모두 땀을 뻘뻘 흘리며 널따란 바위를 옮기고 있었다.

내일 비무에 쓰일 바위였다.

"휴우!"

혈영노조는 의미 모를 한숨을 내쉬며 우울한 표정을 지었다.

벌써 오 년째로 접어든 생사투.

그러나 최근 들어 긴장감이 사라지고 있었다.

탈출에 대한 기대감이 점점 흐려지고 있어서일까?

모두의 눈에 예전과 같은 정열을 찾아보기가 힘들었다. 그 때문인지 생사투를 준비하면서도 다들 활력을 잃은 눈빛이었다.

'이러다가 놈들이라도 나타나면 어쩌려고 그러는지……'

그러나 복면인들도 그때 이후론 모습을 드러내지 않고 있었다.

'이젠 그들도 포기한 것일까?'

그렇다면 다행이지만 식량이 계속 내려오고 있는 걸 보니 자신들을 완전히 잊고 있는 건 아닌 것 같았다.

'휴… 더 늦기 전에 어떻게든 결론을 내려야 할 텐데……'

벌써 자신의 나이도 아흔에 이르렀다.

살 날이 얼마 남지 않았으니 탈출 문제도 그렇고 후계자 문제 역시 조만간에 결론을 내려야 한다.

혈영노조는 동굴 한쪽에 쌓여 있는 탈출용 사다리를 보며 천천히 머리카락을 쓸어 넘겼다. 그러자 머리카락 사이에 가려져 있던 이마가 드러났다.

화상투성이인 데다가 끔찍한 흉터가 새겨져 있는 이마.

"내년쯤엔 지존령을 꺼내야겠어."

혈영노조는 이마의 상처를 쓰다듬으며 혼잣말을 중얼거렸다.

철혈마제 이후 공석이 되어버린 마도지존좌(魔道至尊座).

그 자리의 주인공을 결정하기 위해서는 지존령이 필요하다.

혈영노조는 다시 머리카락을 늘어뜨렸다. 그리고는 막 자리를 뜨려다 멀리서 온천 쪽으로 다가오고 있는 한 사람을 발견하게 됐다. 어깨를 축 늘어뜨리고 있는 묵자후였다.

"흠… 저 녀석이 왜 저리 축 처져 있지?"

그러고 보니 녀석과 이야기를 나눠본 지도 무척 오래됐다.

혈영노조는 희미한 미소를 지으며 묵자후 쪽으로 다가갔다.

그런데 녀석이 갑자기 바닥에 쪼그리고 앉더니 뭔가를 유심히 쳐다보기 시작했다.

'뭘 보고 있는 거지?'

가까이 다가가 보니 녀석이 정신없이 땅바닥을 쳐다보고 있다.

"뭘 보고 있는 게냐?"

혈영노조의 물음에 묵자후는 퍼뜩 고개를 치켜들었다.

"아! 이 녀석들을 보고 있었어요."

묵자후를 따라 고개를 숙여보니 딱정벌레 한 마리가 개미떼와 치열한 전투를 벌이고 있었다.

"허허, 갑자기 병정놀이를 하고 싶었더냐?"

"아뇨. 그냥… 무료해서요."

"무료하다?"

"…네."

"흠."

혈영노조는 알 것 같다는 표정으로 고개를 끄덕였다.

"저 딱정벌레처럼 신나게 싸워보고 싶으냐?"

묵자후의 어깨가 순간적으로 움찔했다. 그리고 한참 뒤에 대답이 흘러나왔다.

"…네."

혈영노조는 웃으며의 묵자후 옆에 쪼그리고 앉았다. 그리고 묵자후와 함께 딱정벌레와 개미 간의 싸움을 유심히 지켜봤다.

딱정벌레는 원래 생명력이 강할 뿐만 아니라 무척 전투적인 곤충으로 알려져 있다.

그중 어떤 놈은 개미집을 자기 집처럼 여기기도 하는데 이놈 역시 마찬가지인 듯했다. 집단전이라면 타의 추종을 불허하는 개미들이 놈의 공격에 우왕좌왕하고 있었다.

"저놈, 중과부적인데도 무척 잘 싸우는구나."

혈영노조의 중얼거림에 묵자후는 어색한 표정으로 혈영노조를 쳐다봤다. 그리고는 미소를 지으며 이내 시선을 바닥으로 향했다.

나란히 앉아 땅바닥만 바라보고 있는 두 사람.

마치 다정한 조손(祖孫) 같았다.

그날 저녁.

묵잠은 느닷없는 혈영노조의 호출을 받게 됐다.

무슨 일인가 싶어 급히 달려가 보니 묵자후가 혈영노조의 어깨를 주물러 주며 싱글벙글 웃고 있었다.

'아니, 저 녀석이?'

묵잠은 금방 사태를 짐작했다.

아니나 다를까?

혈영노조가 웃으며 명을 내렸다.

"자네 마음은 알겠네만, 올해는 이 녀석도 참가시키게. 다들 웃으며 이해할 걸세."

어느 누구의 명이라고 감히 불복할까?

묵잠은 말없이 고개를 숙여 보였다.

잠시 후, 무뚝뚝한 표정으로 뒤돌아서는 부친을 보며 묵자후는 미안한 표정으로 머리를 긁적였다. 그러자 혈영노조가 버럭 호통을 쳤다.

"이 녀석, 왜 주무르다 말어?"

묵자후는 얼른 혈영노조의 어깨를 주물렀다.

묵자후의 얼굴에 모처럼 미소가 어려 있었다.

그날 밤.

묵자후는 부친이 보는 앞에서 생사도법과 필생필사의 보법을 펼쳐 보였다.

이미 열네 살 때부터 배운 것이었지만 부친이 지켜보고 있으니 잔뜩 긴장이 됐다.

그러나 도법과 보법을 다 펼치고 나자 부친이 말없이 고개를 끄덕였다.

금초초는 그 모습을 보고 눈물을 글썽였다.

"우리 아들, 이젠 정말 다 컸구나. 꼭 네 아빠가 펼치는 것 같았어."

"……."

묵자후는 말없이 고개만 끄덕였다.

감정 선을 다치는 바람에 전혀 감정 표현을 못하는 부친이 었지만 오늘은 왠지 눈가에 희미한 미소가 어린 듯한 착각이 들었다. 그래서 자칫 입을 열면 눈물이 쏟아질까 봐 묵자후는 억지로 이를 악물었다.

그런 묵자후를 보며 금초초는 또 한 번 눈시울을 붉혔다.

그러나 생사투 전날이니 불길하게 눈물을 보일 순 없었다.

금초초는 밝게 웃으며 소리쳤다.

"그럼 아들, 아빠에겐 허락을 받았으니 이젠 엄마를 만족 시켜 줘야지?"

"예!"

우렁찬 대답과 함께 묵자후는 금초초에게 배운 은한탈혼(銀 漢奪魂)을 펼쳐 보였다.

휘리리리링!

묵자후의 손을 벗어난 서른여섯 개의 바늘이 유등에 반사 되어 영롱한 광채를 뿌렸다. 정말 혼을 뺏는 은하수 같았다.

묵잠과 금초초는 눈앞을 아름답게 수놓고 있는 빛무리와 그 속에서 무아지경으로 움직이고 있는 묵자후를 보며 서로 손을 마주 잡았다.

천금마옥의 아침은 여전한 어둠이었다.

그러나 기분 탓인지 오늘따라 밝고 상쾌한 기분이 들었다.

묵자후는 한동안 운기조식에 몰두하다가 천천히 병장기를 챙겨 들었다.

동굴을 나서자 심장이 두근거렸다.

호흡이 가빠오고 두 발은 허공에 뜬 듯 몽롱했다.

그토록 기다려 왔던 생사투여서 그럴까?

자꾸 등이 스멀거리고 알 수 없는 흥분이 고조되었다.

'휴, 내가 왜 이러지? 갑자기 어린애가 된 것 같잖아?'

심호흡을 해봤지만 좀체 진정이 되질 않았다.

할 수 없이 허리에 감긴 쇠사슬을 만져 봤다.

차갑고 섬뜩한 느낌.

그 때문인지 조금 진정이 된 것 같았다.

'그런데 이놈까지 쓸 일이 있으려나?'

지금으로선 알 수 없는 일이다.

그저 최선을 다해볼밖에.

눈앞에 비무대가 보였다.

부친을 비롯한 금옥 팔마존과 많은 사람들이 이미 자리를 잡고 있었다.

묵자후가 다가가자 모두의 시선이 그를 향했다.

벌써 소문이 돌았는지 다들 흥미로운 표정으로 묵자후를 쳐다봤다.

묵자후는 주변을 향해 가볍게 목례를 취한 뒤 천천히 앞쪽으로 가 자리를 잡았다.

비무 진행은 이번에도 광풍창 한비가 맡았다.

그는 무심한 표정으로 주의 사항을 전달했다. 그리고 좌우를 둘러보며 신청자를 받았다.

몇 사람이 자리에서 일어났다.

그러나 묵자후가 가장 먼저 비무대에 올랐다.

자신의 서열이 제일 낮다고 생각해 먼저 비무대 위로 뛰어오른 것이다.

묵자후가 긴 머리카락을 찰랑거리며 비무대에 오르자 다른 출전자들은 웃으며 순서를 양보했고, 주위에서 요란한 박수와 함성이 흘러나왔다.

묵자후는 잠시 얼굴을 붉히며 서 있다가 이내 안색을 가다듬은 뒤 사방을 향해 포권을 취해 보였다.

"묵자후입니다. 생사투를 신청하러 나왔습니다."

그 말이 끝나자 사방에서 와자한 웃음소리가 들려왔다.

광풍창 역시 희미한 미소를 띠며 고개를 끄덕였다.

아무 별호도 없이 자기소개를 하는 묵자후를 보자 왠지 웃음이 나왔기 때문이다.

"그래, 누구에게 도전하겠느냐?"

광풍창이 미소 띤 표정으로 묻자 묵자후는 잠시 호흡을 골랐다. 그리고는 천천히 입을 열었다.

"독지금강(獨指金剛) 마흠(馬鑫) 숙부님께 도전을 신청하겠습니다."

순간, 비무대 아래에서 '아!' 하는 탄성이 들려왔다.

독지금강 마흠은 서열 칠백위권의 고수였다.

비록 인급(人級) 구역에 머물고 있다지만 별호 그대로 지법을 수련하기 위해 아홉 개의 손가락을 잘라 버린 독한 심성의 소유자였다. 더구나 각법의 달인이기도 하니 다들 만만치 않겠다고 생각한 것이다.

그러나 당사자인 독지금강 마흠은 감개무량한 표정으로 비무대에 올랐다.

"그래, 드디어 이날이 왔구나."

마흠은 흐뭇한 눈빛으로 말을 이어나갔다.

"부디 나 정도는 단숨에 꺾어야 한다. 그래서 나중에는 저분들까지 꺾어 날 부끄럽지 않게 해다오."

마흠은 눈짓으로 상석에 앉아 있는 금옥 팔마존들을 가리켜 보였다.

"아저씨……."

묵자후가 찰랑이는 눈빛으로 뭐라고 말하려는 순간, 마흠이 사나운 눈길로 호통을 쳤다.

"갈! 눈빛이 왜 그따위냐? 싸움에 임하는 순간부터 무인은 정을 끊어야 하는 법! 지금 이 순간부터 넌 내 목숨을 노리는 벌레만도 못한 놈이다! 나 역시 네게 있어 마찬가지 존재고!"

그 말에 묵자후는 안색을 가다듬었다.

"후읍! 알겠습니다. 그럼."

묵자후가 선공을 펼치겠다는 뜻으로 포권을 취하는 순간,

쉬이익!

느닷없는 지풍이 하체를 노려왔다. 묵자후는 이미 예상했다는 듯 신형을 틀었다. 그러자 마흠이 득달같이 쇄도해 왔다.

파파파팡!

묵직한 파공음을 울리며 찰나간에 십여 개의 발 그림자가 날아들었다. 이런 경우, 보통은 뒤로 물러나 수비에 임하게 마련이다. 그러나 묵자후는 오히려 그 안으로 뛰어들며 손목을 기이한 각도로 움직였다. 허초(虛招) 속에 숨어 있는 실초(實招)를 파악해 그의 혈도를 짚으려는 의도였다.

그 광경을 보고 금초초가 함박웃음을 지었다.

"보세요. 당신 보법이네요."

묵잠은 아니라는 듯 고개를 저었다.

"내 보법에 무풍수라 선배의 보법까지 동시에 펼쳐졌소."

그러자 등 뒤에서 흐뭇한 웃음소리가 들려왔다.

힐끔 고개를 돌려보니 무풍수라가 입이 찢어져라 웃고 있

었다.

'쳇! 그냥 생사보법만 펼칠 것이지 뭐 하러…….'

금초초가 입술을 삐죽이는 순간, 비무대에서 나직한 신음이 들려왔다.

"크윽…….."

묵자후의 안면을 노리고 질풍마환각(疾風魔幻脚)을 펼치던 마흠이 오히려 복사뼈 아래에 있는 공손혈(公孫穴)을 짚인 것이다. 그로 인해 전신에 일시적인 마비가 왔지만, 마흠은 이를 악물며 지풍을 날렸다.

쒜액!

오늘의 마흠을 있게 한 독지섬(獨指閃)이란 이름의 지풍이한 가닥 혈선을 이루며 묵자후의 겨드랑이 아래를 파고들었다.

그러나 지풍이 묵자후의 몸을 파고들기도 전에 마흠은 중도에서 손을 멈춰야 했다. 어느새 묵자후에게 손가락을 잡혀버린 것이다.

"잘 배웠습니다."

그 말과 함께 묵자후는 마흠의 손가락을 우두둑 꺾어버렸다. 그리고는 한 발로 엉거주춤하게 서 있는 마흠의 종아리를 후려차 버렸다.

"끄윽!"

결국 마흠이 쓰러지고 승부가 끝났다.

"묵자후 승(勝)!

"와아아! 역시!"

예상외로 싱겁게 끝난 승부였지만 많은 이들이 박수를 보냈다. 다들 산전수전 다 겪은 무인이다 보니 방금 묵자후의 반격이 보기엔 쉬워 보여도 웬만한 담력과 판단력이 없으면 펼치기 힘든 초식이라는 걸 알아차린 것이다.

마흠 역시 그런 사실을 알고 있는 듯 다리를 절룩이며 묵자후에게 축하를 보냈다.

"좋은 수법이었다. 그러나 앞으론 손에 정을 남기지 마라."

그 말과 함께 마흠의 신형이 푹 꺼져 버렸다. 동시에 주저앉은 왼쪽 다리를 축으로 하여 묵자후의 발뒤꿈치를 쓸어왔다.

마치 발목을 날려 버릴 듯한 암습.

그러나 마흠의 철퇴 같은 다리가 묵자후의 발목에 닿으려는 순간, 묵자후의 눈썹이 칼처럼 곤두섰다.

뒤이어,

콰지직!

"끄아악!"

뼈 부러지는 소리와 함께 마흠이 비명을 질렀다.

"좀 전엔 숙부님께 예의를 지킨 것이었고, 이번이 진짭니다. 그래도 마음에 들지 않으신다면……."

묵자후가 발목을 짓밟은 채 다시 주먹을 날리려 하자 마흠은 두 눈을 부릅뜨며 황급히 고개를 내저었다.

"아, 아니다. 좋다. 매우 좋다. 끄응……."

고통에 몸서리를 치면서도 마흠은 억지로 미소를 지었다. 그리고는 다리를 질질 끌며 비무대 아래로 사라졌다.

첫 비무가 끝나자 광풍창은 묵자후의 어깨를 두드려 준 뒤 다음 출전자를 호명하려 했다.

"그럼 다음 출전자는……."

그때, 묵자후가 한 발 앞으로 다가서며 불쑥 말했다.

"잠깐만요. 전 아직 끝나지 않았습니다."

"음? 그게 무슨 소리냐?"

광풍창이 어리둥절한 표정으로 묻자 묵자후가 담담한 표정으로 대답했다.

"한 번 더 도전하겠습니다."

"한 번 더?"

"예."

광풍창은 잠시 생각하다가 이내 고개를 끄덕였다. 생사투의 경우 하루 세 번까지는 도전이 가능하다는 사실을 떠올린 것이다.

"그래, 이번에는 누구에게 도전할 생각이냐?"

묵자후는 대답 대신 광풍창을 쳐다봤다.

"……?"

광풍창이 의아한 표정으로 재차 질문을 던지려는 순간, 묵자후가 두어 걸음 뒤로 물러서며 그에게 포권을 취했다.

"건방진 요청인 줄 압니다만, 이번에는 숙부님께 가르침을 받고 싶습니다."

"뭐라고?"

광풍창은 순간적으로 자기 귀를 의심했다.

"방금 뭐라고 했느냐? 내게 도전을 신청하겠다고?"

"예."

광풍창은 그만 할 말을 잃어버렸다.

자기 상식으로는 도저히 있을 수 없는 일이 벌어진 것이다.

좌중의 반응도 별다르지 않았다.

"광오하다!"

"용기는 가상하다만 어찌 광풍창에게?"

"저 녀석이 한 번 이기고 나더니 너무 기고만장한 거 아냐?"

사람들은 모두 황당하다는 표정으로 묵자후를 쳐다봤다.

광풍창의 무위가 그만큼 엄청났기 때문이다.

그에 비해 상석의 반응은 각양각색이었다.

금초초는 기가 막힌다는 표정으로 묵자후를 노려보고 있었고, 묵잠은 무뚝뚝한 표정으로 눈을 끔뻑였다.

혈영노조는 태연한 표정으로 수염을 쓰다듬고 있었고, 음풍마제는 어이없다는 표정으로 고개를 설레설레 흔들고 있었다.

하지만 흡혈시마나 무풍수라는 재미있다는 표정으로 눈을

반짝이고 있었고, 귀검은 덤덤한 표정으로, 폭마나 마뇌 등은 걱정스러운 눈빛으로 사태의 추이를 지켜보고 있었다.

그런 다양한 반응들에도 불구하고 묵자후는 태연히 광풍창의 대답만 기다렸다.

광풍창은 한동안 대답을 미뤘다.

설마하니 묵자후가 자신에게 도전을 신청하리라곤 꿈에도 생각지 못한 때문이었다.

'도대체 이 일을 어찌하면 좋은가?

광풍창은 묵자후의 도전이 그렇게 불쾌하다는 생각은 들지 않았다. 다만 이제껏 비무를 진행하면서 이런 경우는 처음이었기에 약간 당혹스러웠다.

사실 생사투에서 두 사람의 서열 차이가 너무 심하면 도전을 받아주지 않아도 되었다.

결과가 뻔히 예상되는 싸움이기에 굳이 도전을 받아줄 필요가 없었기 때문이다.

하지만 상대가 그 이후에도 도전을 신청해 온다면 그땐 어쩔 수 없이 받아줘야만 했다. 그 이유는 연이어 도전을 신청할 정도라면 이미 목숨을 버릴 각오가 되어 있다는 뜻이니 그 마음을 높이 사주는 것이다.

그런데 이번 경우가 바로 그에 속할 듯했다.

녀석의 눈빛을 보니 장난이 아닐뿐더러, 이번에 거절하더라도 언젠가는 또다시 도전해 올 눈빛이었다.

'그렇다면 차라리 이번에 녀석의 콧대를 눌러 정신을 번쩍 차리게 만들어주면 어떨까?'

하지만 선불리 결정할 일이 아니었다.

자신의 창법은 오로지 살초 위주로만 구성되어 있어 녀석의 안위가 걱정되었던 것이다.

또한 오늘 같은 일이 반복되면 앞으로 비무를 진행하기가 곤란했다. 그래서 어찌할까 하는 표정으로 상석을 쳐다봤다. 혈영노조의 의중을 파악하기 위해서였는데, 혈영노조는 아무 말 없이 귀검에게 눈짓을 해 보였다. 그러자 귀검이 자리에서 일어나 비무대로 나아왔다.

'승낙하신다는 뜻이로군. 그렇다면 망설일 이유가 없지.'

광풍창은 천천히 창을 집어 들었다.

"도전을 받아주마. 병장기를 준비해라."

"맙소사!"

좌중이 한바탕 술렁이는 가운데 묵자후는 천천히 검을 꺼내 들었다.

"그걸로 되겠느냐?"

광풍창은 눈짓으로 묵자후의 허리에 감겨 있는 쇠사슬을 가리켰다. 아무래도 창을 상대하자면 검보다는 쇠사슬이 낫지 않을까 해서였다.

그러나 묵자후는 웃으며 고개를 가로저었다.

"이것으로 충분할 것 같습니다."

'그걸로 충분하다고?'

광풍창은 살짝 인상을 굳혔다. 동시에 그의 손이 순간적으로 번뜩였다.

쐐애액!

사전의 예고조차 없는 벼락같은 급습.

창날이 무서운 속도로 바람을 갈라왔다.

순간, 묵자후에게서 한줄기 검광이 피어올랐다.

카앙!

날카로운 쇳소리가 울려 퍼지고 불똥이 정신없이 허공으로 날아올랐다. 뒤이어 창과 검이 동시에 진동을 일으키며 대기에 기이한 공명을 울렸다.

지이이잉!

윙윙윙윙!

손아귀에서 격렬한 진동을 일으키는 창대를 보며 광풍창은 희미한 미소를 지었다.

"좋아, 좋은 비무가 되겠어."

그 말과 함께 광풍창은 창을 거둬들였다. 그리고는 등 뒤로 창을 휘돌리며 한 발 앞으로 나아갔다.

묵자후는 천천히 검을 세워 들었다.

'그래, 바로 이 느낌이야.'

심장이 두근거리고 전신 세포가 올올이 깨어나는 느낌.

이대로 땅을 박차면 하늘 끝까지라도 날아오를 듯했다.

'좋아, 이제야 살아 있는 느낌이야.'

묵자후는 희미하게 웃으며 검을 세워 들었다.

두 사람의 거리가 서서히 가까워졌다.

서로의 숨소리마저 들을 수 있을 것 같은 거리였다.

그때부터 두 사람은 서로를 노려보며 빙글빙글 원을 돌기 시작했다. 그로 인해 팽팽한 긴장감이 느껴지자 사람들은 손에 땀을 쥐고 두 사람을 쳐다봤다.

혈영노조는 그런 두 사람을 보며 혼잣말처럼 중얼거렸다.

"오늘은 날씨가 무척 습한 것 같군."

음풍마제는 그 말을 듣고 심드렁한 표정을 지었다.

"뭐, 벌써 팔월쯤 됐으니 장마가 올 때도 되지 않았소? 그런데 대장로께서도 긴장하실 때가 다 있는 모양이오? 좀체 안 흘리던 땀을 다 흘리시고."

아닌 게 아니라 혈영노조의 이마엔 약간의 땀이 배어 있었다. 그래서 비아냥조로 이야기한 것인데, 혈영노조는 허공을 보며 고개를 가로저었다.

"긴장한 게 아니라 정말 공기가 습해서 그런다네. 아마 바깥에선 비가 오고 있나보이."

"쳇! 아닌 밤중에 홍두깨라더니, 갑자기 웬 비타령이람."

그러면서도 음풍마제는 까마득한 천장을 바라봤다.

잔뜩 찌푸린 얼굴로 천장을 바라보는 음풍마제의 눈엔 아련한 그리움이 어려 있었다.

*　　　　*　　　　*

쏴아아!

비가 내렸다.

온 하늘을 뒤덮는 장대 같은 비였다. 그 여파로 파도가 넘실거리고 짙은 안개가 끼었지만, 섬 가장자리에 도열해 있는 무인들은 한 치의 미동도 없이 안개 너머만 쳐다보고 있었다.

몰아치는 비바람과 석상처럼 서 있는 회색빛 무복 차림의 사내들.

서로 묘한 조화를 이루며 음산한 느낌을 더해줄 무렵, 강한 비바람이 불어와 시야를 가로막고 있던 안개를 산산이 흩어버렸다. 그러자 저 먼바다 끝이 흐릿하게 보였고, 누군가가 안광을 빛내며 소리쳤다.

"온다!"

그 말이 떨어지기가 무섭게 허공으로 한줄기 불꽃이 피어올랐다.

슈우웃, 퍼퍼펑!

폭우를 뚫고 화려하게 터진 불꽃은 마치 피보라처럼 사방을 벌겋게 물들여 갔다.

*   *   *

"간닷!"

쩌렁쩌렁한 기합성과 함께 섬광이 번쩍였다.

철통같은 방어막을 뚫고 광풍처럼 날아오는 공세.

묵자후는 침착한 눈빛으로 연거푸 검을 휘둘렀다.

카카카카캉!

고막을 뒤흔드는 날카로운 소음.

상대의 공세를 막은 대가로 손아귀가 얼얼하다고 느낄 즈음, 발목 부근에서 섬뜩한 경기가 날아왔다.

부와앙!

이제껏 자창식(刺槍式)으로 전신 요혈을 찔러오던 광풍창이 갑자기 초식을 바꿔 휘창식(揮槍式)으로 발목을 노려온 것이었다.

파팟!

묵자후는 지체없이 신형을 솟구쳤다. 그러자 창날이 발끝을 아슬아슬하게 스쳐 가고, 연이어 창끝이 허리를 가격해 왔다.

묵자후는 허공에 뜬 상태 그대로 신형을 비틀었다. 마치 잉어가 폭포를 거스르듯 역동적인 움직임이었다. 그 결과, 창끝이 옷자락을 스치며 지나가고 상대의 빈 어깨가 눈에 들어왔다.

쉭!

묵자후는 망설임없이 그곳으로 검을 찔러 넣었다.

섬뜩한 경기를 동반한 벼락같은 쾌검.

광풍창의 안색이 순간적으로 굳어갔다.

'이런!'

아무 지탱할 곳 없는 허공에서 저런 쾌검을 날리다니?

미처 몸을 피할 겨를이 없다.

수비 초식을 쓰려 해도 이미 늦어버린 상황.

'어쩔 수 없군!'

광풍창은 이를 악물며 전력으로 창을 휘둘렀다.

촤악!

눈앞에서 피가 튀고 검신을 통해 꿈틀거리는 이물감이 느껴졌다.

광풍창 같은 고수라면 당연히 몸을 피할 수 있을 것이라 생각했는데…….

묵자후는 자기도 모르게 손을 멈칫했다.

이대로 계속 검을 찔러가면 광풍창의 어깨가 완전히 망가져 버리기에 순간적으로 손을 멈춘 것이다.

그런데,

쾌애애애액!

오싹한 기음과 함께 머리 쪽으로 무시무시한 경기가 날아
왔다. 광풍창이 양패구상을 각오하며 창을 휘둘러 온 것이다.

'아차!'

몸을 피하거나 검으로 막기엔 이미 늦어버렸다.

'그렇다면?'

묵자후는 입술을 질끈 깨물며 왼손을 들어 올렸다.

카앙!

팔뚝에 무시무시한 통증이 느껴졌다. 그러나 재빨리 손목
을 비틀어 팔뚝 아래로 창을 끼워 버렸다. 동시에 광풍창의
목을 향해 사선으로 검을 내리그었다.

순간, 장내에서 '아!' 하는 탄성이 흘러나왔고, 광풍창의
안색이 하얗게 질려갔다.

'이놈의 무위가 이 정도였다니!'

조금 전의 쾌검도 그렇지만, 이런 치명적인 살수를 뿌려오
다니?

눈앞이 캄캄했다.

원래 이런 상황에서는 무조건 뒤로 물러나야 한다. 그러나
자신의 창이 묵자후에게 잡혀 있으니 이대로 물러난다는 건
곧 병장기를 포기해야 한다는 말.

'안 돼!'

절대 있을 수 없는 일이었다.

녀석에게 하늘 밖에 하늘이 있음을 보여주기 위해 나섰는

데 십 초도 지나기 전에 병장기를 빼앗겨 버리면 무슨 면목으로 계속 싸울 수 있겠는가?

'그렇다면······.'

광풍창은 또다시 이를 악물었다.

승부수를 띄워보기로 한 것이었다.

만약 묵자후가 이대로 검을 그어 내리면 자신은 치명상을 입고 말지만, 녀석이 조금 전처럼 손을 멈칫거리기라도 한다면?

모험이었다.

그러나 이것 외에는 방법이 없었다.

'녀석은 아직 실전 경험이 약하니 절대 이대로 검을 그어 내릴 리 없다!'

그렇게 확신하며 광풍창은 창을 지렛대 삼아 몸을 띄웠다. 그리고는 섬전각(閃電脚)의 수법으로 묵자후의 낭심을 후려 찼다.

실로 극단적인 승부수였다.

자기 팔이 날아가든지, 아니면 묵자후가 검을 멈추고 낭심을 걷어차이든지······.

'놈! 어찌할 것이냐?'

그런 눈빛으로 묵자후를 노려보니 그의 눈매가 파르르 떨리고 있었다.

광풍창은 '그러면 그렇지!' 하는 표정으로 미소를 지었다.

그러나 묵자후의 입술이 갑자기 꽉 다물리는 것을 본 순간, 그는 더 이상 웃지 못했다.

슈각!

섬뜩한 음향이 귓전을 스침과 동시에 화끈한 통증이 엄습한 때문이었다. 그리고 눈앞이 빙글 돌더니 머리 뒤쪽으로 강한 충격이 느껴졌다.

쿠당탕!

"크윽!"

광풍창은 피를 쏟으며 바닥에 뒤통수를 찧고 말았다.

"안 돼!"

귀검을 비롯한 몇 사람이 그 모습을 보고 놀란 표정으로 달려왔다.

"끄응……."

잠시 후, 광풍창은 귀검의 부축을 받으며 천천히 몸을 일으켰다.

그나마 다행이었다.

어깨와 겨드랑이 부근에서 피가 줄줄 흘러내리고 있었지만 목숨이 위태롭거나 팔이 완전히 날아가 버린 건 아니었다.

"휴, 십년감수했군."

광풍창은 씁쓸한 표정으로 안도의 한숨을 내쉬다가 이내 묵자후를 노려봤다.

"바보 같은 놈! 손에 사정을 두지 말라고 그만큼 이야기했거늘!"

괜한 호통에 묵자후는 머쓱한 표정으로 뒤통수를 긁적였다.

"상대가 적이었다면 단칼에 베어버렸겠지만 숙부님은 적이 아니잖아요."

광풍창은 뭐라 반박할 말이 없었다.

녀석이 조금 전에 검을 멈추지 않은 것만 해도 이미 가슴이 철렁 내려앉았으니.

"휴우! 정말 대단한 승부였어!"

"난 아직도 내 눈이 믿기질 않아!"

광풍창이 어깨를 감싸 쥐며 비무대를 내려가자 모두들 꿈에서 깬 듯 저마다 엄지를 치켜 보이며 탄성을 터뜨렸다.

그 광경을 보며 금초초는 기쁨을 주체 못했고, 무풍수라와 흡혈시마는 기대 이상이라는 표정으로 눈을 휘둥그레 떴다.

'녀석……'

귀검은 감탄한 표정으로 고개를 끄덕였다.

사실 그는 묵자후가 용등호약(龍騰虎躍)의 신법으로 광풍창의 반격을 피할 때까지만 해도 광풍창이 근소한 차이로 우위를 보일 것이라고 생각했다.

그러나 묵자후가 금리도천파(金鯉倒穿波)의 신법으로 몸을 틀고 연이어 검을 날리는 순간, 자신이 묵자후의 무위를 오판하고 있었다는 걸 깨달았다.

그리고 광풍창이 묵자후를 상대로 이대도강(李代桃僵)의 수법을 펼치려다 오히려 역습을 허용하는 걸 보고는 그만 혼비백산하고 말았다.

하지만 비무를 중지시키기엔 이미 늦어버린 상황.

결국 가슴을 졸이며 달려왔는데, 다행히 참극은 면했다.

'멀리서 볼 땐 팔이 아니라 가슴까지 쪼개 버릴 기세였는데, 그 긴박한 순간에 공력을 회수해 겨드랑이만 살짝 베어버리다니……'

실로 대단한 순발력이었다. 때문에 광풍창은 누가 말해주지 않는 이상 하마터면 자신이 죽을 뻔했다는 사실을 절대 깨닫지 못할 것이다.

'그건 그렇고……'

이제 이 일을 어떻게 처리해야 할지가 고민이었다.

이대로 묵자후의 승리를 선언하고 서열을 올려주자니 전례가 없는 일이라 형평성에 문제가 있을 것 같았다.

그렇다고 따로 검증 절차를 밟자니 이미 생사투를 치른 녀석에게 너무 매정한 조치인 것 같고.

그래서 일단 묵자후를 내려 보낸 뒤 여러 사람의 의견을 들어보려고 하는데,

"아뇨. 한 번 더 도전하겠습니다."

귀검은 자기가 잘못 들었나 싶어 멍하니 묵자후를 쳐다봤다.

그러나 묵자후는 이미 상석을 쳐다보고 있었다.

묵자후와 눈이 마주치자 묵잠은 어깨를 으쓱했고, 폭마는 웃으며 고개를 가로저었다.

흡혈시마는 찔끔한 표정으로 눈을 부라렸고, 무풍수라는 손으로 얼굴을 가리며 딴청을 피웠다. 그러다가 음풍마제와 눈이 마주치자 묵자후는 꾸벅 고개를 숙였다.

"음풍마제 할아버지께 도전을 신청하겠습니다."

순간, 느긋한 표정으로 웃고 있던 음풍마제의 안색이 확 굳어버렸다.

"맙소사!"

사람들은 어찌나 놀랐는지 모두 눈을 부릅뜬 채 기절초풍하고 말았다.

제13장

몰살계

魔道

天下

"음풍마제와 혈영노조라고 했소? 그깟 폐물들쯤이야 한 끼 해장거리도 안 되지."

누군가가 비웃음 띤 목소리로 말했다.

비바람이 휘몰아치는 바다.

집채만 한 파도가 하얀 물보라를 일으키고, 뿌연 안개가 바람 따라 몰려다니는 광경이 한눈에 내려다 보이는 섬 정상(頂上)에 두 사람이 팔짱을 낀 채 서 있다.

그들 발아래엔 거대한 웅덩이 모양의 분화구가 패어 있고, 그 주변으로 몇 채의 작은 건물이 동서남북으로 둘러선 가운데, 분화구 중심부에는 거무튀튀한 사각형의 구조물이 세워

져 있다.

그곳이 바로 육중한 쇳덩이와 기관으로 막혀 있는 천금마옥의 천장 부분이었다.

"아무튼 그동안 이야기로만 전해 듣다가 직접 와보니 실로 기가 막힌 곳이로군요. 이건 뭐, 천험의 요새가 따로 없을 지경이니……."

복면인이 갑자기 고개를 돌리며 과장된 몸짓으로 연신 휘파람을 불자 그 옆에 서 있던 회색빛 무복 차림의 중년인은 불쾌한 눈빛으로 그를 쳐다봤다.

"그러면 진정으로 내려가 보시겠다는 말씀이오?"

복면인은 당연하다는 듯 고개를 끄덕였다.

"그렇소! 우리가 이곳까지 온 이유가 뭔지 아시지 않소?"

"그래도 본대가 올 때까지 기다리시는 것이……."

"아니오. 명을 받았으니 우리끼리라도 먼저 움직여야겠소."

단호한 복면인의 말에 중년인은 눈살을 찌푸렸다.

"하지만 그리 서두를 필요까지는 없지 않습니까? 어차피 하루 이틀 늦어진다고 해서 어디 달아날 놈들도 아니고, 또……."

"됐소! 호금단주(護禁團主)께서 뭘 우려하시는지는 알겠으나, 명이 내려진 이상 어떤 상황에서도 집행되어야 한다는 게 내 생각이오. 비록 상대가 전대의 거마들이라고는 하나 우리 아이들도 만만치 않으니 아마 좋은 승부가 될 것이오."

거만한 복면인의 말에 호금단주라 불린 중년인은 속으로 긴 한숨을 내쉬었다.

'휴, 척마단(斥魔團)의 자부심이 하늘을 찌른다더니 이 작자는 아예 한술 더 뜨는구나. 내일이나 모레쯤이면 비가 그치고 본대가 도착할 것인데 왜 이리 서두른단 말인가?

아무리 명이 내려졌다지만 상대는 혈영노조나 음풍마제 같은 전대의 거마(巨魔)들이다. 그래서 본성에서조차 세 개의 무력 부대로 이루어진 척마단 전체를 파견할 정도로 신경을 곤두세우고 있는데 왜 저리 조바심을 낸단 말인가?

호금단주는 고개를 설레설레 흔들며 자신이 건네준 수감 명부를 쳐다봤다.

저 명부를 작성하기까지 걸린 시간이 그 얼마였던가.

그런데도 저자는 그들이 내공을 잃고 있다는 말에 더 이상 읽어볼 생각도 않고 대충 겨드랑이 사이에 끼우고 있다.

'아무리 승진에 눈이 멀어도 그렇지……'

그러나 더 이상 말릴 명분이 없었다.

비록 직급은 자신이 더 높다고 해도 이번 일의 책임자는 저자를 비롯한 척마단의 령주들이었으니.

"정 그렇다면 은검령주(銀劍令主)께서 알아서 하시지요. 대신 안에서 무슨 문제가 생겼다 싶으면 지체없이 신호를 보내주시고."

그 말에 복면인은 웃으며 고개를 끄덕였다.

"알겠소. 그럼 반 시진 뒤에 기관을 해체해 주시오."

호금단주는 이맛살을 찌푸리며 고개를 끄덕였다.

'정말 어쩔 수 없는 작자로군. 긴급 신호가 뭔지 묻지도 않다니……'

호금단주는 분명히 기억하고 있었다. 자기가 이곳을 맡기 전에 이미 이곳을 맡고 있던 구대문파의 고수들이 걱정스러운 표정으로 신신당부하던 말을.

그리고 몇 년 전, 본성에서 온 비밀 조직이 그들에게 많은 피해를 입었다며 허탈한 표정으로 떠나가던 광경을.

그러나 기분이 상해 더 이상 알려주기도 싫었다.

호금단주는 싸늘히 등을 돌리며 수하들에게 신호를 보냈다.

*　　　　*　　　　*

"이런 하룻강아지 같은 놈! 감히 나에게 도전을 신청해?"

음풍마제는 잔뜩 기분이 상해 노호성을 터뜨리며 자리에서 일어났다. 그 서슬에 무풍수라와 흡혈시마가 흠칫한 표정을 지었고, 금초초나 폭마 등은 아예 사색이 되어 묵자후에게 연신 눈짓을 보냈다. 심지어는 혈영노조까지 의외라는 표정으로 묵자후를 쳐다봤지만 묵자후는 한 치의 동요도 없이 쇠사슬을 풀어 들었다.

"음?"

묵자후가 쇠사슬을 풀어 들자 좌중이 술렁거렸다.

음풍마제 역시 벌겋게 달아올라 있던 안색을 누그러뜨리며 고개를 갸웃거렸다.

'저 녀석은 이때까지 쇠사슬로 싸운 적이 없었는데?'

아주 예전부터 그랬다.

묵자후는 남들 앞에서 단 한 번도 쇠사슬을 무기로 쓴 적이 없었다. 소위 좌조기(佐助器)라 불리는 선승투색(線繩套索)류의 무공을 배울 때도 그랬다.

'그만큼 애지중지하던 물건을 풀어 들다니, 그만큼 내가 두려웠다는 말인가?'

그렇게 생각하니 조금 기분이 풀어졌다.

"좋다! 네 녀석이 그렇게 원한다니 이 몸이 한 수 가르쳐 주마!"

그 말이 끝나기가 무섭게 음풍마제의 전신이 고목나무처럼 비쩍 말라가기 시작했다.

촤라랑!

음풍마제가 아수라파천무를 끌어올리며 다가오자 묵자후는 양손으로 쇠사슬을 잡아당기며 그를 맞을 준비를 했다.

서로를 향해 공력을 끌어올리는 두 사람.

좌중은 긴장과 흥분으로 침을 꿀꺽 삼켰다.

저벅, 저벅…….

묵직한 발자국 소리가 울려 퍼졌다.

저마다 형형한 안광을 내뿜으며 일사불란하게 움직이는 오백 명의 복면인들.

그들은 마치 전장에 나가는 군사들처럼 검을 뽑아 들고 있었다. 그중 선두에 있던 복면인이 위압적인 음성으로 소리쳤다.

"기관을 열어!"

경계무인들은 후닥닥 기관을 작동했다.

끼리리릭!

거친 쇳소리와 함께 육중한 기관이 움직였다.

시커먼 쇳덩어리가 양쪽으로 벌어지자 그 사이로 하얀 연기가 새어 나왔다.

*　　　*　　　*

콰앙!

돌가루가 튀고 바닥이 부서졌다.

막강한 경풍을 동반한 쇠사슬이 시야에서 멀어지자 음풍

마제는 뺨을 씰룩였다.

'이 녀석이 정말 해보자는 건가?

장난이 아니었다. 묵자후가 휘두르는 쇠사슬은 섬전을 방불케 할 정도로 빨랐고 가공할 경력이 담겨 있었다.

더구나 원거리에서 핑핑 날아오는 데다 녀석의 보법마저 빨라 맞받아치기가 쉽지 않았다.

'제기랄! 거리만 좁히면 단숨에 낚아챌 수 있을 텐데……'

물론 괜한 핑계라는 건 스스로도 알고 있다. 뭔가 특단의 대책을 세우지 않는다면 계속 이렇게 몰릴 수밖에 없으리라.

'하지만……'

기다리다 보면 언젠가 기회가 올 것이다.

벌써 바닥 곳곳이 패어 있어 운신하기가 쉽지 않을 테니.

'흑흑! 이건 전혀 예상 밖의 대응인데?'

묵자후는 점점 호흡이 가빠왔다.

자신이 아는 음풍마제라면 벌써 공격을 펼쳐 와야 했다.

그런데도 차분히 기다리기만 하니 저 사람이 과연 자기가 알던 음풍마제가 맞나 싶을 정도였다.

'이러다가 내가 먼저 무리수를 두게 되는 거 아냐?'

그렇게 걱정할 정도로 공력의 소모가 컸다. 벌써 무영색(無影鎍), 만리색(萬里鎍), 추풍색(追風鎍)을 넘어 추혼색(追魂鎍)을 펼치고 있었으니…

'이대론 안 되겠어. 조금 위험하더라도 거리를 좁혀야겠다.'

원래 쇠사슬 같은 병기는 원거리 공격에 쓰인다.

그런데 공력만 소모될 뿐 도저히 공격의 실마리가 풀리지 않으니 무리를 해서라도 거리를 좁히는 게 낫다는 생각이 들었다.

'쇠사슬을 양손으로 나눠 쥐면 빠른 연환 공격이 가능해.'

결심과 동시에 묵자후는 앞으로 나아갔다.

나름대로 보법에 자신이 있어서였는데, 상대를 견제하면서 움직이다 보니 음풍마제의 예상처럼 움푹 패인 구덩이에 발목이 빠져 버렸다. 그로 인해 순간적으로 몸을 휘청거리는 찰나,

"이놈! 기다렸다!"

호통 소리와 함께 음풍마제의 신형이 갑자기 사라져 버렸다.

'위다!'

묵자후는 본능적으로 자세를 낮췄다. 그러나 막강한 경력이 어느새 가슴을 스치고 지나갔다.

"쿨럭!"

묵자후는 기침을 내뱉으면서도 팽이처럼 신형을 회전했다.

나름대로 충격을 완화시키려는 의도였지만, 음풍마제는

그리 호락호락하지 않았다.

"어림없다, 이놈!"

어느새 지면으로 착지했는지, 시퍼런 손톱이 아래에서 위로 칼날처럼 얼굴을 그어왔다.

"웃?"

묵자후는 다급히 쇠사슬을 펼쳐 들었다.

촤앙!

눈앞에서 불똥이 튀고 양 손목이 얼얼했다. 동시에 쇠사슬 전체가 출렁거리며 시야를 가리는 찰나, 허벅지 쪽으로 섬뜩한 경기가 날아왔다.

'이크!'

묵자후는 급히 뒤로 물러났다. 하지만 음풍마제가 그림자처럼 따라붙으며 연달아 손을 뻗어왔다. 낭심과 목을 동시에 찍어오는 무시무시한 공격이었다.

묵자후는 안색을 굳히며 양손으로 쇠사슬을 휘둘렀다.

휘리릭, 카카캉!

또 한 번 쇠사슬이 출렁이고, 그때부터 위험천만한 근거리 박투가 시작되었다. 음풍마제가 유령처럼 달라붙으며 접근전을 시도한 때문이었다.

파파팟! 펑!

휘리릭, 카카카카캉!

이젠 누구라도 한 발만 삐끗하면 치명상을 입을 정도로 흉험한 격투가 벌어졌다.

사람들은 모두 손에 땀을 쥐었다. 두 사람 다 순식간에 자리를 바꿔 누가 누구인지 분간이 가지 않는 것이다. 그저 희끗하게 보이는 그림자는 음풍마제고, 그 맞은편에서 바람처럼 움직이는 검은 그림자는 묵자후인가보다 짐작할 뿐이었다.

그러던 어느 순간,

콰앙!

일진 폭음이 울리더니 두 사람이 동시에 뒤로 물러났다.

사람들은 급히 두 사람을 쳐다봤다.

다행히 둘 다 멀쩡해 보였다.

묵자후는 조금 지친 표정이었고, 음풍마제는 약간 놀란 듯했을 뿐 큰 내상을 입거나 다친 건 아니었다.

'그런데 왜?'

사람들은 의아한 표정으로 서로를 봤다. 왜냐하면 근거리 박투는 다른 싸움과 달리 웬만하면 승부가 나게 되어 있었다.

서로 전력을 다해 손을 쓰기에 적어도 어느 한쪽은 패색을 드러내야 정상인데 약속이나 한 듯 동시에 뒤로 물러서다니?

더욱이 두 사람의 표정이 왠지 이상했다.

좀 전의 살기는 온데간데없고, 뭔가에 정신을 팔린 듯 귀를 쫑긋하고 있었다.

금옥 팔마존들의 행동 역시 이상했다.

다들 안색을 굳히며 천천히 자리에서 일어나고 있었다.

'뭐야? 뭐가 어떻게 돌아가는 거야?'

모두가 의아한 표정으로 고개를 갸웃거릴 때였다.

끼이이익!

어디선가 육중한 소리가 들려왔다. 뒤이어 '철커덩!' 하는 쇳소리가 들리더니 갑자기 환한 빛이 내리쬐었다.

밖에서 보면 무척 흐린 빛이었겠지만 이곳 마인들에게는 태양보다 밝은 빛이었다.

"놈들이다! 놈들이 쳐들어왔다아아!"

누군가의 고함 소리를 시작으로 장내는 삽시간에 아수라장으로 변해 버렸다.

묵자후는 심장이 쿵쿵 뛰었다.

난생처음 보는 시리도록 환한 빛.

그 사이로 가느다란 빗줄기와 하얀 독 가루가 휘날리고 수십 개의 밧줄이 연달아 떨어져 내렸다. 뒤이어 검은 복면인들이 밧줄을 타고 끊임없이 내려왔다.

그토록 기다려 왔던 순간!

묵자후는 심호흡과 함께 쇠사슬을 말아 쥐었다. 그리고는 오른손에 검을 움켜쥔 뒤 천천히 걸음을 옮겼다.

벌써 앞쪽에는 치열한 전투가 벌어지고 있었다. 요란한 병장기 소리와 처절한 비명 소리가 메아리처럼 들려왔다.

"후아야, 안 돼! 가지 마!"

누군가가 등 뒤에서 고함을 질렀다.

뒤돌아보니 엄마였다.

파리하게 질린 금초초를 향해 희미한 미소를 지어 보인 묵자후는 곧바로 신형을 박찼다.

"싸울 수 있겠느냐?"

옆에서 누군가가 물어왔다.

음풍마제가 자신과 어깨를 나란히 하며 걱정스런 눈빛을 보내고 있었다.

묵자후는 힘껏 고개를 끄덕인 뒤 재차 지면을 박찼다.

"끼야아아압!"

자신의 기합성에 놀랐는지 몇몇 복면인들이 고개를 돌려 왔다. 묵자후는 망설임없이 검을 내리그었다.

쾌애애애애액!

마치 벼락처럼 날아가는 검기.

복면인들이 눈을 휘둥그레 뜨며 마주 병장기를 날려왔다. 그러나 묵자후는 결과도 보지 않고 이번에는 왼손을 떨쳐 냈다.

챠르르륵!

묵직한 쇠사슬이 팔뚝을 벗어나 지면으로 내리꽂혔다.

콰지지직!

"끄아악!"

"으아악!"

요란한 비명이 흘러나왔다. 그리고 복면인들이 피를 흘리며 풀썩풀썩 쓰러졌다.

"요 녀석! 그러고 보니 나랑 싸울 때 전력을 다하지 않았구나!"

등 뒤에서 음풍마제가 소리쳤다.

그는 말하는 와중에도 연신 손을 떨치고 있었는데, 그가 양손을 움직이자마자 처절한 비명이 흘러나왔다.

"쳇! 할아버지도 마찬가지였으면서 왜 그래요?"

묵자후는 한마디를 콕 쏘아준 뒤 몰래 토악질을 했다.

"욱, 욱!"

아무리 강심장이라지만 아직 사람을 죽인다는 게 낯설기만 한 묵자후였다.

하지만 자신이 손을 망설이면 숙부들이 대신 죽어간다는 사실을 알고 있었기에 토악질을 마치자마자 다시 복면인들을 향해 날아갔다.

"타아앗!"

또다시 쇠사슬이 날았다. 그리고 시퍼런 검기가 그 뒤를 따르자 사방에서 아비규환의 비명이 들려왔다.

그러나 복면인들도 무기력하게 당하고만 있진 않았다.

"저 새끼, 죽여! 합공을 펼쳐서라도 죽여 버려!"

누군가가 고함치자 복면인들이 떼거리로 몰려왔다. 하지

만 가까이에서 공격하는 게 아니라 멀리서 암기부터 날려왔다. 그리고 묵자후가 암기를 피하거나 막는 틈을 타 교대로 기습을 가해왔다.

슈가각!

쾌애애액! 피피핑!

귓전을 스치는 섬뜩한 음향.

가슴 철렁한 살기가 연달아 날아오자 묵자후의 손발이 정신없이 바빠졌다. 또 그렇게 정신없이 싸우다 보니 어느새 복면인들의 포위망 한가운데 갇혀 버렸고, 온몸에 크고 작은 상처가 생기기 시작했다.

그러나 묵자후는 오히려 회심의 미소를 지었다.

조금 전까지는 암기를 방어하느라 미처 쇠사슬을 사용할 겨를이 없었는데, 놈들이 자진해서 다가와 주니 이보다 고마운 일이 어디 있을까?

"끼아압!"

묵자후는 소름 끼치는 기합성을 터뜨리며 벼락같이 쇠사슬을 떨쳐 냈다. 핏빛 쇠사슬이 기이한 음향을 토하며 크게 원을 그리자 사방에서 뼈 부러지는 소리와 함께 섬뜩한 파육음이 울렸다.

뼈버버버벅!

"끄아악!"

"크으으!"

애처로운 신음이 여기저기서 흘러나오는 가운데 포위망 앞쪽이 완전히 허물어져 버렸다. 그러나 묵자후는 추호도 인정사정을 봐주지 않았다.

"우우우우!"

괴성을 터뜨리며 튕기듯 앞으로 나아간 묵자후는 굶주린 야수처럼 복면인들 사이를 마구 휘젓고 다녔다.

"저, 저 미친놈이?"

"으아악! 피해!"

"끄으윽!"

또다시 비명이 메아리쳤고, 얼마 지나지 않아 포위망이 완전히 괴멸되어 버렸다.

음풍마제는 그 모습을 보고 내심 감탄을 터뜨렸다.

'휘유! 대단하군.'

혹시나 싶어 싸우는 와중에도 계속 묵자후를 지켜보고 있었는데 예상보다 훨씬 잘 싸우고 있었다.

'이젠 더 이상 뒤를 봐주지 않아도 되겠어.'

적진 속에서 마구 날뛰는 묵자후가 걱정됐는지 어느새 묵잠과 금초초가 와 있었다. 그들이 함께 있으니 더 이상 자신이 뒤를 돌봐줄 필요가 없다.

마치 성난 호랑이처럼 복면인들을 공격하는 묵자후.

그 뒤에서 일도양단의 기세로 도를 날리는 묵잠.

그리고 두 사람 사이에서 연신 암기를 뿌려대는 금초초.

그 세 사람이 함께 움직이자 주변에 있던 복면인들이 썩은 짚단처럼 와르르 허물어지고 있었다.

"실로 대단한 가족이야. 저들이 함께 움직이니 거칠 게 없군."

음풍마제는 혼잣말을 중얼거리다가 옆구리를 찔러오는 복면인의 머리를 부숴 버렸다. 그리고는 잠시 전황을 살펴보다가 복면인들이 많이 몰려 있는 쪽으로 신형을 날렸다.

영웅성 산하 최고 무력 부대인 척마단.

그중에서 은검령(銀劍令) 령주 직을 맡고 있는 무정검(無情劍) 좌엽(左曄)은 눈앞의 상황이 도저히 믿어지지가 않았다.

'도대체 이게 어찌 된 일이야? 내공을 전폐당해 다 죽어간다던 놈들이 왜 저리 쌩쌩하게 움직인단 말인가? 그리고 변변한 무기조차 없이 죽봉이나 들고 다닌다던 놈들이 왜 하나같이 무기를 들고 있단 말인가?'

거기다 지형도 들은 바와 완전히 달라 자칫 잘못하면 오히려 자신들이 몰살당할 위기에 처해 버렸다.

'이럴 줄 알았다면 본대와 함께 움직일걸. 아니, 만약의 사태에 대비해 화탄이라도 챙겨올걸.'

뒤늦게 후회했지만 이미 때는 늦어버렸다.

벌써 수하들의 삼분지 일 정도가 시체로 변해 있고, 나머지도 현격한 열세에 처해 있다.

'제기랄! 이 난국을 어떻게 헤쳐 나가지?'

너무 당황스럽다 보니 별다른 대안도 떠오르지 않았다. 그저 드는 생각이라곤 본대가 올 때까지 최대한 버텨야겠다는 것뿐.

무정검 좌엽은 수하들을 향해 빠르게 명을 내렸다.

"모두 원형팔로진(圓型八路陣)을 형성하라! 그리고 광풍대(狂風隊)와 질풍대(疾風隊)는 반오행진(反五行陣)을 펼치고, 호풍대(呼風隊)는 속히 위로 올라가 지원을 요청하라!"

명이 떨어지자 복면인들이 다급히 진을 구축했다. 동시에 오십여 명의 복면인들이 전면을 사수하는 동안, 스무 명가량의 복면인들이 뒤로 물러나 밧줄을 기어오르기 시작했다.

"앗! 저놈들이?"

복면인들이 싸우다 말고 갑자기 위쪽에 지원을 요청하려 하자 마인들은 모두 당황했다.

비록 지금은 자신들이 우세한 상황이지만 놈들의 지원 병력이 오게 되면 상황이 어찌 될지 모른다.

하지만 어떻게 막을 수 있는 방법이 없어 발만 동동 구르고 있는데, 한 사람이 갑자기 땅속을 파고들었다. 동시에 몇 사람의 다급한 고함 소리가 들려왔다.

"후아야, 안 돼!"

"이놈! 도대체 혼자서 무슨 짓을······?"

그러나 그 소리는 장내의 소음에 묻혀 버렸다. 그리고 잠시 시간이 흐르자 원진을 형성하고 있던 복면인들 뒤쪽에서 한 사람이 불쑥 튀어나왔다.

묵자후였다.

지둔술을 이용해 놈들의 방어막을 가볍게 통과한 묵자후는 곧바로 신형을 날려 밧줄을 기어오르고 있는 복면인들을 급습했다.

"헉?"

"으악!"

갑자기 발밑에서 무시무시한 검기가 날아오자 복면인들은 비명을 지르며 하나둘 바닥으로 추락했다.

무정검 좌엽은 그 모습을 보고 깜짝 놀랐다.

'아니, 저놈이 언제 저기 숨어 있었지?'

그나마 한 놈이라 안심이었다. 그렇지 않았더라면 자칫 뒤를 내줄 뻔했다.

"저 새끼 잡아! 잡아서 죽여 버려!"

좌엽이 인상을 찌푸리며 명을 내리자 십여 명의 복면인이 득달같이 몸을 날렸다. 하지만 그들 정도로는 역부족이었다.

"이놈, 거기 서랏!"

그들이 암기까지 뿌리며 묵자후를 뒤쫓았지만, 이 밧줄 저 밧줄 옮겨 다니며 암기를 피해 버린 묵자후가 오히려 주변에 있던 밧줄을 잘라 버리자 놈들은 비명을 지르며 맥없이 추락하고 말았다.

"으드득! 저 바보 같은 놈들!"

무정검 좌엽은 그 광경을 보고 눈에 불을 튀겼다.

하지만 묵자후는 이미 어둠 속으로 사라져 버린 뒤였고, 때맞춰 혈영노조 등이 총공격을 감행해 와 더 이상 묵자후에게 신경을 쓸 여력이 없었다.

좌엽은 할 수 없이 심복인 뇌풍대 대주를 불렀다.

강호에서도 초일류고수로 통하는 뇌풍대 대주라면 저 다람쥐 같은 녀석을 금방 처치할 수 있을 것이라고 생각한 좌엽은 그에게 묵자후를 처치할 것을 명한 뒤 곧바로 앞쪽으로 달려가 수하들을 진두지휘했다.

칠 척 거한의 무인 뇌풍대 대주는 불만스런 표정으로 좌엽을 쳐다보다가 바닥에 쓰러져 있는 수하들을 깨웠다. 그리고는 수하들과 함께 끙끙거리며 벽호공을 펼쳐 묵자후의 뒤를 쫓기 시작했다.

후두둑, 툭.

귓전으로 들릴락말락한 낯선 소음이 들렸다.

"음? 이게 무슨 소리지?"

방랍은 천금마옥 입구 부분에 등을 기대고 있다가 퍼뜩 고개를 돌렸다.

긴장한 표정으로 잠시 정신을 집중해 보니 저 천금마옥 아래에서 뭔가에 억눌린 듯한 애절한 신음이 들려왔다.

방랍은 무슨 일인가 싶어 철창 사이로 고개를 들이밀었다. 그리고 방랍은 이내 자기 눈을 의심했다.

저 어둠 속에서 한 낯선 사내가 쇠사슬로 누군가의 목을 조이고 있는 게 아닌가?

조금 더 안력을 모아보니 목을 졸리고 있는 사람은 얼마 전에 봤던 복면인 중 한 사람이었다. 그것도 무슨 대의 대주를 맡고 있다던 칠 척의 거한이라 기억에도 선명했다.

깜짝 놀란 방랍은 즉시 동료들에게 눈짓을 보냈다. 그리고는 비수를 꺼내 슬그머니 철창 아래로 내려갔다.

철창에 매달린 밧줄을 타고 얼마나 내려갔을까?

갑자기 시야에서 낯선 사내의 모습이 사라져 버렸다. 동시에 '으아악!' 하는 비명과 함께 칠 척 거한이 아스라한 어둠 속으로 사라져 버렸다. 그 광경을 보자 방랍은 가슴이 철렁 내려앉았다.

다른 사람도 아닌 은검령의 대주를 저리 쉽게 처치해 버린 놈이라면 그 무위가 만만치 않을 것 같아서였다.

더구나 이렇게 칠흑 같은 곳에서 모습을 감춰 버렸으니 아무래도 자신이 너무 섣불리 움직인 것 같아 등골이 오싹했다.

방랍은 잠시 아래쪽을 살펴보다가 서둘러 위로 기어올라가기 시작했다.

바로 그때,

스윽!

방랍이 매달려 있던 밧줄 뒤에서 흙더미가 들썩이더니, 그 사이로 하얀 손이 튀어나와 방랍의 입을 틀어막아 버렸다.

'읍, 읍!'

방랍이 거칠게 몸부림을 쳤지만,

서걱!

시퍼런 검광이 번쩍이자 목 잃은 방랍의 시신은 저 어둠 속으로 사라져 갔다.

'휴, 결국 일이 틀어져 버렸군.'

묵자후는 아쉬운 표정으로 위를 쳐다봤다.

애초의 목적은 놈들을 조용히 처치해 버리는 것이었는데, 한 놈의 덩치가 워낙 크고 지난바 무위도 보통이 아니다 보니 그만 꼬리를 밟히고 말았다.

어느새 머리 위로 환한 빛이 내리쬐고, 아스라이 보이는 철창 너머로 놈들의 그림자가 어른거리기 시작한다.

이제 잠시 후면 놈들이 떼거리로 몰려올 터.

그 숫자가 과연 얼마나 될지 모르겠지만 시간이 갈수록 자기들 쪽이 불리해질 것이란 건 불을 보듯 명확했다.

'할 수 없이 저들까지 쓸어버려야 하나?'

은근히 고민이 되었다.

이제껏 수많은 아저씨들이 도전했지만 모두 실패했다고 들었다. 게다가 저렇게 환한 곳에서 싸운다는 게 왠지 망설여졌다.

하지만 상황은 길게 고민할 틈이 없었다.

"방랍이 왜 이리 안 올라와?"

"혹시 밑에서 무슨 일이 생긴 거 아냐?"

두런거리는 목소리가 들리더니 철창이 끼익 하고 열렸다.

묵자후는 재빨리 벽에 달라붙어 사태의 추이를 지켜봤다.

아니나 다를까?

몇 놈이 밧줄을 흔들어보더니 고개를 갸웃거렸다.

"음? 뭔가 이상한데?"

"그러게 말이야. 밧줄이 짧아진 것 같아."

더 이상 망설일 시간이 없었다.

묵자후는 천천히 쇠사슬을 움켜쥐었다.

장호는 심각한 표정으로 고개를 돌렸다.

"아무래도 우리가 내려가 봐야겠어."

그러자 왕삼이 고개를 끄덕이며 먼저 몸을 일으켰다.

바로 그때,

촤르릉!

갑자기 눈앞에서 뭔가가 번쩍 날아왔다. 동시에 장호의 머리가 뻑! 하고 터지더니 시뻘건 피가 얼굴을 덮쳐 왔다.

"헉! 자, 장호?"

왕삼은 기겁성을 토하며 급히 장호를 부축했다.

그러나,

촤아악!

시커먼 물체가 장호의 목을 휘어 감더니 저 어둠 속으로 그를 끌고 가버렸다.

왕삼은 일순간 정신이 혼란스러워 멍하니 서 있었다. 그러다가 이내 상황을 유추할 수 있었다.

"놈들이다! 놈들이 올라오려고 한다!"

왕삼은 고함을 지르며 급히 뒤로 물러났다. 그리고는 허리에 찬 검을 뽑아 들며 천금마옥 입구를 노려봤다. 바로 그때,

퍼퍼펑!

갑자기 철창이 산산이 부서져 나갔다. 동시에 왕삼의 이마에 날카로운 파편이 틀어박혔다.

"끄으으……"

왕삼이 시뻘건 피를 흘리며 쓰러지자 앞 다퉈 달려오던 경계무인들이 서둘러 기관 장치를 발동했다.

그그그궁!

거친 쇳소리와 함께 육중한 철문이 내려왔다. 그제야 안심이 된 경계무인들은 서둘러 왕삼에게 달려갔다. 그리고 그의 시신을 수습하려는 찰나,

콰—앙!

엄청난 폭음과 함께 철문이 들썩였다. 뒤이어 철문에 쩌억 금이 가기 시작했다.

경계무인들은 깜짝 놀라 급히 철문을 에워쌌다.

"모두 발검 준비! 누군가가 위로 올라오고 있다!"

경계무인들은 일제히 자세를 낮추며 검병(劍柄)을 움켜잡았다.

쾅, 쾅—!

연이은 굉음이 터져 나오고, 철문이 산산이 부서졌다.

경계무인들은 침을 꿀꺽 삼키며 전신 공력을 끌어올렸다.

긴장된 순간,

누군가가 나타나면 곧바로 검을 뿌릴 생각이었다.

그러나 한참을 기다려도 아무 기척이 없었다.

경계무인들의 이마에 땀방울이 맺힐 무렵,

촤촤촹!

기이한 음향과 함께 뭔가가 불쑥 튀어나왔다.

"이야압!"

"타아앗!"

경계무인들은 일제히 검을 날렸다.

카카카캉!

채채채챙!

불꽃이 정신없이 튀어 오르는 가운데 위로 솟구쳤던 물체가 다시 아래로 사라져 버렸다. 그리고 경계무인들의 검이 대부분 이가 나가거나 크게 망가지고 말았다.

"이런?"

"속았다."

경계무인들이 허탈한 표정으로 서로를 바라보는 순간,

촤아앙!

또다시 뭔가가 튀어나왔다.

깜짝 놀란 경계무인들이 재차 검을 날리려는 순간, 누군가의 호통 소리가 들려왔다.

"이런 바보들! 쇠사슬을 상대로 검을 날려봐야 뭐 하나? 우선 밧줄부터 끊어버려! 그리고 암기와 석회 가루를 있는 대로 뿌려!"

어느새 달려왔는지 호금단주가 눈을 부라리고 있었다.

찔끔한 경계무인들은 서둘러 밧줄을 끊고, 지니고 있던 암기와 석회 가루를 몽땅 뿌려 넣었다. 그러고 나자 한동안 정적이 흘렀다.

'확인해 봐!'

호금단주가 한 사람에게 눈짓을 보내자 그가 머뭇거리며 아래쪽을 쳐다봤다.

바로 그때,

촤르릉!

"크악!"

처절한 비명과 함께 피분수가 사방으로 튀었다. 그리고 아래쪽을 쳐다보던 경계무인은 머리가 터져 나간 상태로 사지를 부들부들 떨다가 이내 어둠 속으로 추락하고 말았다.

"이런! 놈이 아직 살아 있다! 모두 조심해!"

호금단주가 인상을 굳히며 주의를 주는 순간,

퍼퍼펑!

누군가가 부서진 철문을 헤치며 불쑥 튀어나왔다. 동시에 시커먼 쇠사슬이 벼락처럼 경계무인들을 휩쓸어갔다.

뻐버버버벅!

"커헉!"

"으악!"

느닷없는 공격에 몇몇 경계무인이 피를 뿌리며 쓰러졌다.

간신히 쇠사슬을 튕겨낸 나머지 경계무인들은 급히 반격을 펼치려 했지만 이미 묵자후는 어둠 속으로 사라져 버린 뒤였다.

'이럴 수가!'

호금단주는 내심 긴장했다.

자신이 직접 지켜보고 있는 가운데 유령처럼 나타났다가 유령처럼 사라지는 놈이라니?

'으음… 보통 놈이 아니다. 더 이상 피해가 생기기 전에 입구를 완전 봉쇄시켜 버리는 게 낫겠다.'

호금단주는 인상을 찌푸리며 수하들에게 명을 내렸다. 그러자 누군가가 놀란 표정으로 아래쪽을 가리켰다.

"단주님, 그렇게 되면 저 밑에 있는 척마단이……."

호금단주는 한숨을 내쉬며 고개를 내저었다.

"어쩔 수 없다. 놈이 벌써 여기까지 올라올 정도라면 그들은 이미 끝장났다고 봐야 한다. 그러니 놈들이 더 몰려오기 전에 어서 기관을 작동시켜 입구를 봉쇄해 버려!"

"존명!"

결국 입구가 봉쇄되고 모든 기관 장치가 발동됐다.

갑작스런 묵자후의 출현에 호금단주가 그만 상황을 오판하고 만 것이었다.

그그그긍!

머리 위에서 들려오는 낯선 소음.

무정검 좌엽은 순간적으로 가슴이 덜컥했다.

'설마 이 소리는……?'

떨리는 눈빛으로 천장을 바라보던 좌엽은 자기도 모르게 그 자리에서 굳어버렸다.

쒜애애액!

퓨퓨퓨퓻!

갑자기 사방이 암흑 천지로 변하더니, 천장에서 무시무시한 광채가 쏟아진 것이었다.

"으아악!"

"크아악!"

뒤이어 여기저기서 비명이 들려왔다.

처절한 비명을 지르며 시체로 변해가는 수하들.

무정검 좌엽은 어쩌나 충격을 받았던지 아무 말도 못하고 사지만 벌벌 떨었다.

전황이 너무 열세에 몰려 있어 구원을 요청하기 위해 뇌풍대 대주까지 파견했건만 어째서 이런 어이없는 결과가 나타났단 말인가?

"으아아! 이 개자식들아! 갑자기 왜 기관을 발동시켜 버리는 거야? 그리고 입구를 닫아버리면 우린 어떻게 빠져나가란 거야? 으아아아아!"

좌엽이 입에 거품을 물며 분통을 터뜨렸지만 그런다고 해서 닫힌 문이 열릴 리는 없었다. 또 그런다고 해서 이미 열세를 보이고 있는 전황이 뒤바뀔 리도 없었다.

이미 사태를 파악했는지 환호성을 지르며 노도처럼 몰려오는 마인들.

무정검 좌엽은 본능적으로 죽음을 예감했다.

그러나 쉽게 목을 내줄 순 없었다. 강호의 미래를 위해서라도 놈들을 하나라도 더 죽여야 했다. 그래야 자신의 죽음이 헛되지 않는다.

"은검령들이여, 들으라! 우린 이미 강호를 위해 모든 것을 바친 척마단이다! 다들 알겠지만 우리에겐 희망이 없다! 남은 게 있다면 나와 가문을 위해, 그리고 본 성의 명예와 강호의 미래를 위해 최후의 한 사람까지 싸우는 것! 자, 나와 함께 놈들을 죽이러 가자!"

무정검 좌엽이 결연한 표정으로 부르짖자 복면인들이 '와!' 하는 함성을 지르며 미친 듯이 앞으로 달려나갔다.

제14장

지존령

魔道

天下

"와아아아!"

함성이 울렸다.

가슴 벅찬 승리의 함성이었다.

그 함성이 울려 퍼지기까지 얼마나 많은 이들이 죽고 얼마나 많은 이들이 살아남았을까?

그러나 마인들은 어느 누구도 뒤를 돌아보는 사람이 없었다. 오직 이겼다는 승리감에 젖어 미친 듯이 환호성을 질렀다.

그런 수하들을 보며 음풍마제는 종유석에 기대 잠시 휴식을 취했다. 그러다가 저 멀리서 다가오는 묵자후를 보고 애써 몸을 일으켰다.

"녀석, 이미 죽은 줄 알았더니 용케 살아 있었구나."

음풍마제는 환한 표정으로 묵자후를 반겼다.

묵자후가 놈들의 퇴로를 차단해 주는 바람에 대승을 거둘 수 있었기 때문이다.

그러나 묵자후는 마치 죄인이라도 된 것처럼 고개를 푹 숙이고 말았다.

"왜? 어디 다치기라도 했냐?"

"그게 아니라… 저 때문에 일이 복잡하게 꼬여 버린 것 같아서요."

음풍마제는 어이없다는 표정으로 묵자후의 머리를 쥐어박았다.

"예끼, 이놈아! 저놈의 천장이야 항상 닫혀 있던 곳인데 또 닫혔다고 해서 무슨 상관이냐? 그리고 그 때문에 놈들을 힘 안 들이고 처치할 수 있었으니 오히려 잘된 일이지 않느냐?"

그러나 묵자후는 좀체 표정을 풀지 않았다.

왠지 예전과 다른 기분이 들어서였다.

뭐랄까, 이곳 전체가 갑자기 무덤처럼 변한 기분이랄까?

주변에 널브러져 있는 시체들을 봐서 그런지 알 수 없는 불안감이 가슴을 짓눌러 왔다.

그런 기분은 묵잠과 금초초가 달려와 수고했다며 어깨를 감싸 안을 때까지도 좀체 가시지 않았다.

'휴우우…….'

혈영노조는 꽉 닫힌 천장을 보며 남몰래 한숨을 내쉬었다.

이미 산전수전을 다 겪어 앞날을 훤히 내다보는 혈영노조.

그는 다른 사람들처럼 눈앞의 승리에만 도취되어 있지 않았다. 놈들이 갑자기 쳐들어올 때부터, 그리고 천장이 닫히고 기관이 발동하는 광경을 지켜보면서 그는 직감적으로 무슨 사단이 벌어졌다는 걸 느낄 수 있었다.

'이번에 온 놈들은 예전처럼 우릴 시험해 보려고 온 게 아니야. 놈들의 검엔 예전과 다른 필살의 각오가 담겨 있었어.'

드디어 우려했던 파멸의 시작일까?

그동안 절치부심 기다려 왔던 적들을 몰살시켰음에도 뒷맛이 개운치 않은 것은 방금 전에 들은 무풍수라의 전음 때문인지도 몰랐다.

포로로 잡은 몇 놈을 족쳐 본 결과, 오늘 쳐들어온 놈들은 본대가 아니라 일개 선발대에 불과하다는 이야기.

그리고 오늘 쳐들어왔던 놈들보다 더 강한 놈들이 곧 몰려올 것이란 이야기.

'결국 봉인을 해제할 때가 온 것이란 말인가? 이렇게 급작스럽게?'

혈영노조는 어두운 표정으로 이마를 어루만졌다.

긴 상처 자국이 나 있는 이마에는 오늘따라 굵은 땀방울이 맺혀 있었다.

＊　　　＊　　　＊

촤아아!

뱃머리가 물살을 갈랐다.

가도 가도 끝없는 바다.

좌우의 노가 힘차게 움직이고 팽팽하게 부푼 돛이 바람에 펄럭이자 몰아치던 파도는 산산이 부서지고 흘러가던 구름은 도망치듯 멀어져 갔다.

어느새 비가 그친 이른 새벽.

저 멀리 보이는 수평선에서 뿌연 먼동이 틀 무렵, 빠른 속도로 물살을 가르고 있는 십여 척의 선단 중 지휘선으로 보이는 돛대 위 망루에서 누군가가 고함을 질렀다.

"섬입니다! 드디어 섬이 보입니다!"

그 소리가 울려 퍼지자 선실 문이 덜컥 열렸다. 뒤이어 십여 명의 그림자가 갑판으로 나와 좌우를 둘러봤다.

하나같이 강인한 기도를 풍기고 있는 사람들이었다.

그중 한 사람이 뱃머리로 나아왔다.

탐스런 수염을 가슴까지 기른 대춧빛 안색의 노인이었다.

"실로 대단하군! 저 안개로 둘러싸인 섬이 바로 천금마옥이란 말인가?"

바람에 날리는 하얀 머리카락을 쓸어 올리며 노인이 감탄한 표정으로 묻자 등 뒤에 서 있던 한 사람이 공손한 목소리로 대답했다.

"그렇습니다. 저곳이 바로 천금마옥입니다."

목소리의 주인공은 오십대 후반가량의 초로인이었다.

그는 날카로운 눈매에 이글거리는 안광을 지니고 있었는데, 그 신분이 범상치 않아 보였다.

그가 입을 열며 앞으로 나서자 그의 등 뒤에 서 있던 냉막한 표정의 중년인 두 사람이 그림자처럼 따라붙으며 호위에 나섰다.

그러나 노인은 그 모습을 보고 눈살을 찌푸리기는커녕 오히려 미소를 지어 보였다.

"그렇구려! 과연 멀고도 험한 곳이오. 덕분에 일정을 이틀이나 단축할 수 있었으니 문주의 호의에 재삼 감사를 드려야겠소."

노인이 가볍게 포권을 취하자 초로인은 당황한 표정으로 마주 예를 취했다.

"무슨 말씀을, 다른 분도 아니고 검웅(劍雄)께서 친히 나서신 일 아닙니까? 더구나 강호의 정기를 바로 세우는 일인데 어찌 수고를 아낄 수 있겠습니까?"

겸양 어린 초로인의 말에 노인은 고개를 내저었다.

"아니오. 설령 노부가 나섰다 한들 문주의 호의가 없었다면 어찌 이리 빨리 올 수 있었겠소? 더구나 일파의 종주(宗主)께서 친히 힘을 보태주시겠다 하니 이보다 더한 성의가 어디 있단 말이오."

"아, 아닙니다. 마침 본 문이 한가하여 나들이 삼아 온 것이니 검옹께선 너무 염두에 두지 않으셔도……."

순간, 노인이 가가대소를 터뜨렸다.

"껄껄껄! 남해신검(南海神劍)의 배포가 천하제일이라더니 과연 감탄을 금치 못하겠구려! 과거, 천하를 도탄에 빠뜨렸던 삼두육비의 마인들을 치러 가면서도 나들이 삼아 가신다니, 정녕 문주의 배포는 저 바다와 견주어도 손색이 없을 것 같소!"

"어이쿠! 신검이라니요? 당대의 검신(劍神)께서 그리 말씀하시면 제가 부끄러워서 낯을 들 수가 없지 않습니까?"

서로 주거니 받거니 찬사를 나누었다. 그런데도 뒤에 있는 이들은 눈살 한 번 찌푸리지 않았다.

그도 그럴 것이, 방금 노인이 남해신검이라고 지칭한 사람은 다름 아닌 남해의 절대자, 흔히 해남검파(海南劍派)라고도 불리는 남해검문(南海劍門)의 당대 장문인이었으니.

그리고 남해검문은 대륙에서 두 번째로 큰 섬, 아니, 섬이라고 부르기엔 미안할 정도로 넓고 커 가끔 농담 삼아 성(省)이라고 부르는 사람이 있을 정도로 큰 해남도(海南島) 제일의 문파였으니 노인의 말이 딱히 과장된 건 아니라고 생각한 것이다.

그런데 그런 남해신검에게 극공의 예우를 받고 있는 대춧빛 안색의 노인은 대체 누구란 말인가?

검웅(劍雄) 이시백(李是白)!

강호에선 검절(劍絶)이란 칭호로 더 잘 알려진 그는 당금 강호의 십대고수 중 한 사람이자, 과거 정사대전 때 경천동지할 무위를 선보인 뇌존 휘하 삼십육천강(三十六天剛) 중의 한 사람이었다.

또한 그는 영웅성의 아홉 장로 중 한 사람으로 척마단의 후견인 역할을 맡고 있기도 했는데, 그를 아는 사람들은 십대고수 중의 한 사람이라는 뜻인 검절이라고 부르는 대신, 당시의 별호였던 검웅이라고 부르며 정사대전 당시에 보여준 그의 무위를 높이 추앙(推仰)하곤 했다.

"아무튼 이제 반나절만 더 가면 천금마옥입니다. 여기서부터는 해류의 움직임이 매우 급하니 모두 선실로 돌아가셔서 휴식을 취하고 계십시오. 섬에 도착하고 나면 아이들을 보내 따로 기별을 드리도록 하겠습니다."

남해신검 왕세유(王世惟)가 웃으며 말하자 검웅 이시백을 비롯한 영웅성의 고수들은 고개를 끄덕이며 각자 선실로 향했다. 그때, 망루 위에서 또다시 고함 소리가 들려왔다.

"문주님, 섬에서 웬 연기가 치솟고 있습니다!"

"뭐라고? 연기가?"

모두의 발길이 동시에 멈췄다.

과연 저 안개 너머로 은은한 붉은 연기가 보였다.

'으음! 저 신호는……?'

연기를 발견한 순간, 검웅 이시백의 표정이 눈에 띄게 굳어 갔다.

*　　　*　　　*

장내엔 묵직한 침묵이 흘렀다.

아직 전장의 피도 채 마르지 않은 상황에서 혈영노조가 갑자기 전체 회합을 명한 때문이었다. 그래서 마인들은 긴장한 표정으로 상석을 주시했다.

잠시 시간이 흐르자 혈영노조를 비롯한 금옥 팔마존이 나타났다.

그들은 따로 회의를 가졌는지 모두 굳은 표정을 짓고 있었다. 그리고 평소 같으면 마뇌가 나서서 전체 회합을 소집한 이유와 개괄적인 의제를 설명해 주며 주의를 환기시켰을 것이나, 오늘은 그런 과정 없이 곧바로 혈영노조가 나섰다.

혈영노조는 모두의 시선을 받으며 근엄한 목소리로 말했다.

"다들 들으라! 지금 이 순간부터 그동안 봉인해 두었던 지존령을 발동하겠으니, 피로 철혈의 법을 따르기로 맹세한 자,

지존령의 현신 앞에 엎드려 경배를 표하라!"

그 말과 함께 혈영노조가 백발을 쓸어 넘겼다. 뒤이어 몸속에 틀어박혀 있던 검을 뽑아 상처투성이인 이마를 그어갔다.

촤아악!

이마에서 피가 솟구치고, 좌우에 시립해 있던 음풍마제와 귀검이 떨리는 손으로 혈영노조의 이마 부위를 열었다.

잠시 후 혈영노조의 머릿속에서 피에 젖은 영패가 나오자 마인들은 경악한 표정으로 일제히 무릎을 꿇었다. 뒤이어 혈영노조가 이마에 피를 철철 흘리면서 지존령을 받아 들자 마인들은 감격한 표정으로 저마다 눈물을 흘렸다.

살아 평생 두 번 다시는 보지 못할 줄 알았던 지존령을 보게 되자 모두 감격에 북받친 것이다.

이윽고 혈영노조가 지존령을 치켜들며 위엄 어린 눈길로 좌우를 둘러보자 마인들은 오체투지의 자세로 이마를 쿵쿵 찧으며 한목소리로 외쳤다.

"지존강림(至尊降臨)! 만마앙복(萬魔仰伏)!"

"지존출세(至尊出世)! 마도천하(魔道天下)!"

천금마옥을 뒤흔드는 쩌렁쩌렁한 고함 소리.

음풍마제는 그 소리를 듣고 눈물을 글썽였다. 그리고 한동안 뺨을 씰룩이고 있다가 털썩 혈영노조 앞에 무릎을 꿇었다.

"속하 음풍마제, 지존령을 뵈오이다!"

떨리는 목소리로 이마를 쿵쿵 찧는 음풍마제.

무풍수라와 흡혈시마는 눈을 휘둥그레 떴다.

'아무리 지존령이 현신했다지만 대형이 속하라는 표현까지 써가며 이마를 찧으시다니?'

자신들이 아는 음풍마제는 자존심이 하늘을 찌르는 사람이다.

그래서 철혈마제를 대할 때도 오체투지는 하되 이마까지는 찧지 않는데, 철혈마제 본인도 아닌 지존령 앞에서, 더구나 그의 경쟁자나 마찬가지인 혈영노조 앞에서 이마를 찧을 줄이야.

'설마하니 대형께서 벌써 노망이……?'

그러나 그게 아니었다.

지금 이 순간, 음풍마제는 혈영노조에게 진심으로 감복하고 있었다.

아직도 머리에 피를 철철 흘리고 있는 혈영노조.

그 충성심에, 그 집념에 가슴이 멘 것이다.

아무리 불사혈영신공을 익혀 고통에 무감각한 혈영노조라지만 다른 것도 아닌 쇳덩이를 이십여 년 동안 머릿속에 보관하다니!

그 고통이 어떠했을지는 짐작조차 가지 않았다.

그런데도 혈영노조는 말 한마디 없이 오늘날까지 견뎌왔다.

그것도 자기를 비롯한 수하들의 숱한 오해를 받으면서.

그 신념을 넘어선 의지는 도저히 따를 엄두가 나지 않았다. 아니, 저런 사람을 이제껏 의심했다는 사실 자체가 부끄러워 견딜 수가 없었다. 그래서 고개를 숙인 것이다.

지존령이 아니라 혈영노조의 저 지극한 의지 앞에서.

그날 밤, 마인들은 결의에 찬 표정으로 전원 매복(埋伏)에 들어갔다.

혈영노조가 지존령을 통해 내린 명령이 바로 그것이었다.

놈들이 쳐들어올 때까지 전원 매복 상태로 대기할 것.

그런데 혈영노조가 고작 매복이나 시키려고 지존령을 꺼낸 것일까?

당연히 그건 아니었다. 곧 있을 결전을 대비해 모두의 사기를 고취시키려는 의도였다.

혈영노조가 무풍수라를 통해 들은 놈들의 정보.

거기엔 가슴 철렁한 인물이 포함되어 있었다.

'검웅 이시백……'

그는 혈영노조로서도 승부를 장담할 수 없는 초절정고수였다. 과거 그에게 패한 사연이 있었기에 그의 무위에 대해서는 어느 누구보다 잘 알고 있었다.

그런 고수가 직접 나섰다고 하니 놈들을 상대하기 위해서는 이전과 다른 각오가 필요했다.

다행히 놈들의 선발대를 상대로 이미 승리감을 맛본 수하들이다. 거기다 지존령까지 발동하면 사기가 충천해 필사의 각오로 싸움에 임할 것이다. 모두가 피로 맹세한 지존령에는 그만한 힘을 내게 만들어주는 신비한 능력이 있었으니.

'그러면 승산이 약간 높아지게 될지도……'

물론 그래 봐야 삼 할도 되지 않는 승산이었다.

하지만 혈영노조는 내심 기대하는 게 있었다.

'동굴 속의 그 괴물들……'

최악의 경우, 그놈들을 불러내면 양패구상은 할 수 있을 것이다. 물론 그래도 안 된다면 그땐 최후의 방법을 동원해야겠지만.

'제발 그 방법까지는 사용하지 않게 되기를……'

그러나 강호에선 예기치 못한 변수가 자주 일어나니 그에 대한 대비도 해두어야 한다.

"가서 그 아이를 데려오게."

혈영노조는 굳은 표정으로 귀검에게 명을 내렸다.

묵자후는 인급 구역과 지급 구역의 경계 지점에 매복하고 있었다.

그 옆에는 금초초와 묵잠이 매복하고 있었고, 그들 뒤에는 무풍수라와 흡혈시마가 몸을 숨기고 있었다.

아무래도 이번 전투가 최후의 결전이 될 확률이 높기에 가족끼리 매복하고 있는 것인데, 눈치없게도 무풍수라와 흡혈시마가 은근슬쩍 끼어든 것이다.

그런 두 사람을 보고 금초초가 눈을 흘겼지만 두 사람은 어색한 미소를 지으면서도 꿋꿋이 자리를 지키고 있었다.

불과 얼마 전까지만 해도 서로 앙숙지간이던 네 사람이 한군데에서 매복하고 있었으니 서로 마음이 편할 리 없다.

하지만 근래 들어 묵은 감정들이 많이 해소되고 있었기에 금초초는 어이없다는 표정을 지으면서도 결국 고개를 설레설레 내젓고 말았다.

자신을 향해 눈웃음을 치는 두 사람이 너무 징그러워 보인다나 어쨌다나 하면서.

그렇게 어색한 분위기 속에서 매복에 임하고 있는데, 갑자기 부친이 전음을 보내왔다.

'후아야, 두렵지 않으냐?'

묵자후는 잠깐 생각해 보다가 고개를 내저었다.

고작해야 만년오공이나 음풍마제에게 두려움을 느껴봤을까, 그 외에는 두렵다는 감정을 느껴본 적이 거의 없었다.

더구나 열여섯 살이 되면서부터는 그 누구도 두려워해 본 적이 없었다.

마도 나이 열여섯이면 전사(戰士)가 될 수 있는 나이.

전사가 두려움을 가진다는 건 있을 수 없다고 생각했기에 더더욱 자신만만했는지도 모른다.

'그래, 놈들이 몰려오더라도 의연히 대처하거라.'

부친의 전음에 묵자후는 웃으며 고개를 끄덕였다. 드디어 부친이 자신을 인정해 주는 것 같아 기분이 좋았던 것이다. 그래선지 뿌듯한 표정으로 허리에 찬 쇠사슬을 어루만지고 있을 때, 귀검이 찾아왔다.

"대장로께서 부르신다."

그 말만 하고 어디론가 사라지는 귀검.

'이 상황에서 웬 호출이람?'

묵자후는 고개를 갸웃거렸지만, 묵잠은 무슨 일인지 대충 짐작한 듯 그의 어깨를 두드려 줬다.

금초초는 환한 표정으로 묵자후를 끌어안았고, 뒤에 있던 무풍수라와 흡혈시마는 부러운 눈빛으로 묵자후를 쳐다봤다.

그리고 묵자후가 어둠 속으로 사라져 가는 동안 많은 사람들이 그의 뒷모습을 쳐다봤다. 다들 부러워하면서도 흐뭇해하는 묘한 표정들이었다.

묵자후가 혈영동을 방문할 즈음, 혈영노조는 운기조식을 취하고 있었다. 그리고 음풍마제가 그 옆에서 호법을 서고 있었다.

묵자후는 그 모습을 보고 또 한 번 고개를 갸웃거렸다.

설마하니 음풍마제가 혈영노조의 호법을 서고 있을 것이라고는 단 한 번도 생각해 본 적이 없었기 때문이다.

그러나 혈영노조의 안색을 보니 그럴 만도 하겠다는 생각이 들었다.

아무런 사전 조치 없이 머리를 열어젖힌 혈영노조다. 그러니 제아무리 불사신공을 익혔다 하더라도 공기 감염을 막을 방법이 없다.

그 후유증 때문인지 혈영노조의 안색은 초췌하기 이를 데 없었다. 게다가 한 번 갈라진 이마에는 피딱지가 그대로 묻어 있고, 머리카락이나 옷자락에도 점점이 피가 묻어 있어 위엄 어린 예전의 모습은 전혀 찾아볼 길이 없었다.

묵자후는 혈영노조를 한참 처다보다가 그 앞에 공손히 무릎을 꿇었다.

이윽고 혈영노조가 운기조식을 마치고 깨어났다.

그의 눈에 흐릿한 신광이 맺혔다가 찰나간에 사라져 버리는 모습을 보면서 묵자후는 가슴 한구석이 저려왔다.

그토록 강하시던 분이 하루 만에 약해져 버린 것 같아 보기 안쓰러웠던 것이다.

혈영노조는 그런 심정을 알아차린 듯 온화한 표정으로 말했다.

"녀석, 내 나이가 벌써 아흔이다. 이만하면 살 만큼 살지 않았느냐?"

그 말에 묵자후는 고개를 번쩍 치켜들었다.

"아니에요. 대장로 할아버지는 그 누구보다 오래도록 건강하게 사실 거예요. 그러니 괜히 약한 소리 하지 마세요."

약간 버릇없고 맹랑한 말이었지만, 혈영노조는 허허 웃으며 음풍마제를 돌아봤다.

"어떤가? 이 녀석의 효심이 대단하지 않은가?"

음풍마제는 '흥' 하며 코웃음을 쳤다.

"그 녀석이 무슨 손자라도 된답니까? 효심은 무슨 얼어죽을 놈의……."

말은 그렇게 했지만 음풍마제의 눈에 은근한 질투가 어렸다. 그만큼 두 사람이 가까워 보였기 때문이다.

혈영노조는 그 심정을 헤아린 듯 너털웃음을 터뜨렸다.

"원, 사람 하고는. 나이가 드니 머리까지 굳어버렸나? 자네와 내가 이 녀석에게 이름을 지어주지 않았던가? 그러니 우리가 바로 이 녀석의 할아비나 마찬가지지. 안 그러냐, 후아야?"

"맞아요. 그래서 제가 두 분을 할아버지라고 부르잖아요."

묵자후가 냉큼 장단을 맞추자 음풍마제는 또 한 번 코웃음을 쳤다. 그러나 이전보다는 확연히 누그러진 기색이었다.

혈영노조는 그 모습을 보며 희미한 미소를 짓다가 천천히 묵자후를 돌아봤다.

"그래, 네가 날 할아버지라고 인정하니 내친김에 한 가지 부탁을 해야겠구나."

"무슨 부탁인데요?"

혈영노조는 대답 대신 손을 내밀었다.

깡마르고 주름진 손.

그 안에 지존령이 쥐어져 있었다.

"윽! 그건 지존령이잖아요?"

묵자후가 깜짝 놀라 얼른 고개를 숙이려 하자 혈영노조가 웃으며 손사래를 치더니 부드러운 음성으로 말했다.

"네게 부탁할 건 다름이 아니라 이놈을 좀 보관하고 있었으면 해서란다."

"예엣?"

묵자후는 어찌나 놀랐는지 자리에서 벌떡 일어나고 말았다.

그런 묵자후를 보며 혈영노조가 재차 입을 열었다.

"아무리 생각해 봐도 너뿐이더구나, 이놈을 안심하고 맡길 수 있는 사람은."

묵자후는 그게 무슨 말인지 도무지 이해가 되지 않았다. 그래서 완강히 고개를 저으며 말했다.

"지금 무슨 말씀을 하시는 거예요? 지존령을 제게 맡기신다니요? 대장로 할아버지, 혹시 갑자기 머리가 아프시다거나 몸이 불편하시다거나… 그런 증상이 있으신 게 아니에요?"

"뭐라고? 이놈이 지금 나더러 노망이 났다는 게야?"

혈영노조가 짐짓 호통을 지르자 묵자후는 그만 자라목이 되고 말았다. 하지만 당황한 눈빛으로 좌우를 둘러보던 묵자후는 옆에 서 있는 음풍마제를 가리키며 급히 소리쳤다.

"저기 음풍마제 할아버지가 있잖아요? 저에게 맡기시는 것보다 음풍마제 할아버지가 훨씬 더 안전할 거예요. 그렇죠, 할아버지?"

순간, 음풍마제가 어깨를 움찔 떨었다.

'이크! 저 녀석이 어떻게 내 마음을 알아차렸지?'

솔직히 음풍마제는 지존령이 탐이 났다. 아니, 탐이 나다 못해 꿈속에서조차 갈망할 정도였다.

'그러나 언감생심, 욕심낼 게 따로 있지.'

음풍마제는 홱 고개를 돌리며 말했다.

"빌어먹을 녀석! 저 물건 임자가 바로 네놈이라는데 갑자기 왜 나를 끌어들이고 난리야?"

그 말과 함께 음풍마제는 아예 등까지 돌려 버렸다.

그 모습을 보며 혈영노조가 재차 호통을 쳤다.

"네 이놈! 네놈 눈에는 내가 지존령을 갖고 장난을 치고 있는 걸로 보이느냐!"

"그, 그게 아니라……."

묵자후가 찔끔한 표정으로 어깨를 움츠리자 혈영노조는 서서히 안색을 누그러뜨렸다.

"휴, 후아야, 너도 어제 일을 겪어봤으니 앞으로의 상황을 대충 짐작하고 있으리라고 본다. 아마 수일 내로 놈들이 다시 쳐들어오겠지. 그렇게 되면 나나 저 사람은 선두에 서서 놈들을 물리쳐야 하는데, 만약 놈들과 싸우다가 지존령을 잃어버리기라도 하면 어쩌느냐? 그렇다고 지존령을 아무에게나 맡길 순 없고. 그래서 내린 결정이다. 그러니 아무 소리 말고 지존령을 받아두도록 해라."

그러나 묵자후는 죽어라고 도리질을 쳤다. 이미 지존령의 권위가 어느 정도인지 알고 있었기 때문이다. 하지만 아무리 발버둥을 쳐도 혈영노조의 엄포를 당해낼 순 없었다.

결국 묵자후는 한숨을 내쉬며 지존령을 받아 들었다.

"휴우, 제게 맡기는 게 그렇게 안심이 된다니 어쩔 수 없군요. 하지만 싸움이 끝나는 즉시 돌려 드릴 테니 너무 앞장서서 싸우진 마세요."

솔직히 묵자후는 자신이 선봉에 서서 싸우고 싶었다. 그러나 지존령을 받게 되면 앞장서서 싸우기가 쉽지 않으니 내심 고민이 됐다.

'하지만 뭐, 내가 쓰러지더라도 두 분은 무사하실 테니 어떻게든 회수를 하시겠지.'

그렇게 마음 편히 생각하기로 하고 일단 지존령을 받아 넣었다. 그러자 혈영노조가 마치 큰 짐을 내려놓은 듯한 표정으로 말했다.

"그럼 이제 네 녀석에게 보관료를 지불하도록 하마."

"예? 보관료라니요? 무슨 보관료요?"

묵자후가 어리둥절한 표정으로 혈영노조를 바라보자, 음풍마제가 싸늘한 표정으로 자리를 떴다.

"젠장! 죽이 되든 밥이 되든 그 녀석과 잘해보시오!"

그러나 동굴 밖으로 나온 음풍마제는 소맷자락으로 연신 눈시울을 훔쳤다.

'빌어먹을 늙은이! 꼭 자기만 성인군자인 척하고 있어. 그렇게 다 퍼 줘버리고 나면 나중에 어떻게 싸우려고.'

음풍마제는 이미 혈영노조의 마음을 알고 있었다.

아마 그는 이번 싸움에 목숨을 걸 것이다.

죽고 싶어도 죽지 못하는 그의 운명.

그 운명의 끈을 드디어 놓을 때가 왔다고 생각한 것이다.

'검웅 이시백, 그놈이 그렇게 두려운 상대요? 그래서 벌써 꼬리를 마시는 게요?'

음풍마제는 신경질적으로 소매를 떨쳤다. 그러자 저 멀리 있던 종유석이 요란한 소리를 내며 무너져 내렸다.

'이런 무공을 갖고도 상대가 안 된다면, 뇌존 그놈은 아예 신이라도 된단 말이오?'

음풍마제의 눈가가 벌겋게 충혈되었다.

검웅 이시백이 온다는 말에 놀라 편법까지 동원해 가며 묵자후에게 지존령을 넘겨주고, 또 불사혈영신공까지 전수해 주려는 상황이 못마땅했던 것이다.

물론 혈영노조의 심정이 이해가 안 되는 건 아니었다.

하지만 상대가 아무리 천하에서 열 손가락 안에 드는 고수라 하더라도, 그리고 놈들의 무위가 아무리 초일류 급 이상이라고 하더라도 일을 이렇게 처리해서는 안 되었다.

'당신도 그렇듯이 그 녀석은 내 손자 같기도 하고 제자 같기도 하단 말이오. 그런 녀석에게 성대한 즉위식은 못 치러줄망정 이렇게 장물 떠넘기듯 지존령을 넘겨주다니… 야속하오. 너무 야속해서 견딜 수가 없소이다.'

그러나 어쩌겠는가?

상황을 있는 그대로 이야기하면 절대 받아들일 묵자후가 아니었다. 특히 지존령을 맡기는 이유에 대해 설명하면 당장이라도 자리를 박차고 일어날 녀석이었다. 그래서 묵자후에게 비밀로 한 뒤 진행하는 일이었다.

'휴우!'

음풍마제는 긴 한숨을 내쉬며 동굴 입구를 서성거렸다.

혈영노조가 구결 전수를 마치고 묵자후의 혼혈을 짚을 때까지.

＊　　　＊　　　＊

"뭣이라? 은검령이 반나절 만에 몰살을 당해?"

어두운 밀실에서 느닷없는 호통이 터져 나왔다.

탐스런 수염을 가슴까지 기른 노인, 검웅 이시백이 노기 띤 음성으로 호통을 터뜨린 것이다.

그 서슬에 맞은편에서 상황 보고를 하고 있던 호금단주가 신형을 부르르 떨었다.

'으으, 과연 검절이시다. 단순한 호통에도 이런 막강한 기운이 흘러나오다니……'

호금단주는 등에서 식은땀이 흘렀으나 사력을 다해 검웅의 기세를 버텨냈다. 그러자 자기 실수를 알아차렸는지 검웅이 안색을 누그러뜨렸다.

"흠… 결국 자네 말대로라면 은검령주가 너무 경솔히 움직였단 말이군. 그렇다 하더라도 반나절이라니, 도저히 믿을 수가 없어."

"그러게 말입니다. 은검령주 좌엽 하면 단 내에서도 알아주는 고수인데 고작 그들 따위에게 당하다니요."

누군가가 촉빠르게 끼어들자 검웅이 살짝 미간을 찌푸렸다.

"금검령주(金劍令主)는 말을 삼가도록 하라! 고작 그들 따위라니? 그러면 나나 남해신검 왕 대협, 그리고 여기 계시는 진천문주(震天門主)나 음양필(陰陽筆) 구(具) 대협 등은 할 일이 없어서 예까지 따라온 줄 아는가?"

검웅의 질책에 금검령주라 불린 중년인이 급히 입을 다물었다. 그러자 검웅이 좌우를 둘러보며 다시 입을 열었다.

"아무튼… 진천문주를 모시고 오길 잘했다 싶군. 예전에 곽(郭) 봉공에게 듣기론 이미 그들의 반 이상을 척살해 버려 별다른 어려움은 없을 것이라던데 어이없게도 은검령이 당할 줄이야……"

검웅은 나직한 탄식을 흘리며 누군가를 쳐다봤다.

좌측 맞은편에 서 있는 누런 뻐드렁니의 노인이었다.

그는 온 얼굴에 화상을 입어 코에 달라붙다시피 한 입술로 씨익 미소를 지었다.

"필요하시다면 언제든지 신호를 보내주시오. 놈들에게 한바탕 불벼락을 안겨주겠소이다."

진천문주라 불린 노인이 가슴을 툭툭 쳐 보이자 검웅은 만족한 표정으로 고개를 끄덕였다.

"알겠소이다. 그러나 워낙 위험한 물건이니 문주께 수고를 끼치는 일이 없도록 하겠소이다."

그러면서 검웅은 누군가를 돌아봤다.

"이보게, 척마단주."

검웅의 시선이 향하자 한쪽 구석에 서 있던 얼음덩어리같이 생긴 중년인이 말없이 허리를 숙였다.

이제껏 있는 듯 없는 듯 서 있던 그가 몸을 움직이자 밀실 안의 공기가 무섭게 요동을 쳤다.

검웅은 그런 중년인을 보며 흐뭇한 미소를 짓다가 천천히 자리에서 일어났다.

"반 각 뒤에 출발할 것이네. 나와 남해신검, 그리고 음양필구 대협이 앞장설 것이니 아이들에게 뒤따를 준비를 하라 이르게."

순간, 척마단주라 불린 중년인이 눈을 부릅떴다.

"아니 되옵니다! 저희들이 어찌 그런 불경을 저지를 수 있 겠습니까? 차라리 제가 앞장서겠습니다."

"아닐세. 아무래도 놈들의 무위가 심상치 않은 것 같으니 우리가 앞장서는 게 나을 것 같네. 그리고 저 아래는 칠흑 같 은 어둠이 아닌가? 아이들의 희생을 줄이자면 우리가 나서서 시간을 벌어주는 게 좋을 듯하네."

검웅이 굳은 표정으로 말하자 척마단주는 한동안 대답을 망 설였다. 그러다가 어쩔 수 없다는 듯 천천히 고개를 끄덕였다.

"정 그러시다면… 명을 따르겠습니다."

잠시 후, 검웅이 밀실을 나서자 남해신검과 깡마른 체구의 초로인이 그 뒤를 따랐다. 그리고 척마단주를 비롯한 천 명의 복면인들이 질서정연하게 그 뒤를 따르기 시작했다.

그런데 천 명이 넘는 인원이 움직이는데도 발자국 소리 하 나 나지 않았다. 대신 기이한 살기가 먹구름처럼 사방으로 번 져 갈 뿐이었다.

*   *   *

묵자후는 서서히 무아지경에 빠져들었다.

벌써 다섯 번째 듣는 구결.

그런데도 암기가 잘 되지 않았다.

그만큼 불사혈영신공은 난해했다.

음양오행과 구궁팔괘가 끊임없이 교차하는 데다가 구결 자체의 길이도 매우 길어 도무지 딴생각에 빠질 겨를이 없었다. 때문에 묵자후는 모든 정신을 집중해 구결을 암기해 나갔다.

그러는 동안 혈영노조는 모두 여덟 번의 구결을 읊은 뒤, 신중한 표정으로 공력을 끌어올렸다.

'우리 모두의 미래가 걸린 일이니 섭섭하더라도 잠시만 참으려무나.'

속으로 중얼거리며 혈영노조는 호흡을 조절했다. 그리고는 벼락처럼 손을 떨쳐 묵자후의 혼혈을 점했다. 순간, 묵자후가 눈을 휘둥그레 뜨며 격하게 몸을 떨었다.

혈영노조는 내심 긴장했으나, 서서히 의식을 잃어가는 묵자후를 보며 안도의 한숨을 내쉬었다.

"휴, 다행히 성공했군."

혈영노조는 미소 띤 얼굴로 양손을 치켜들었다. 그리고는 묵자후의 천령혈(天靈穴) 부근에 손을 올려놓은 뒤 내공을 운기하기 시작했다.

사지가 끊어지고 심장이 뚫려도 죽지 않는 신비의 무공.

음마가 남긴 혈영공에 천축 유가술(瑜伽術)이 가미된 불사혈영신공에는 남들이 모르는 또 다른 묘용이 있었다.

그게 뭐냐 하면, 이혼대법(離魂大法)처럼 자기 생각을 상대에게 전해줄 수 있다는 것이었다. 이름하여 양의합일도인법(兩儀合一導引法)으로, 그 수법을 이용해 묵자후에게 다시

한 번 불사혈영신공을 각인시켜 주려는 것이었다.

원래는 진작 이 방법을 쓰려 했으나, 가만히 생각해 보니 묵자후는 이미 무혈지체에 창통지체를 이룬 몸이다. 그러니 보통 공력으로는 그의 혈도를 점할 수 없었다.

따라서 묵자후가 딴 데 정신을 팔고 있을 동안 단숨에 혈도를 짚어버려야 했다. 그래야만 혼혈을 짚을 수 있었다.

혈영노조가 이렇게까지 하는 이유는 놈들이 쳐들어오기 전에 마지막 안배를 해두려는 것이었다.

이미 묵자후는 어렸을 때부터 이곳 마인들에게 무공을 배워 오늘에 이르러서는 가히 걸어다니는 마도 무공의 보고(寶庫)나 마찬가지였다.

거기다 이곳에 감금되어 있는 마인들 중 고만고만한 신분을 가진 사람은 단 한 사람도 없었다. 예를 들어, 지금 마인 이상의 경우 대부분이 철마성에 복속되어 있던 각 방파의 수장들이거나 그 후계자였다. 따라서 그들의 비전을 모두 배운 묵자후는 그들의 공동 후계자에 다름 아니었다.

더욱이 자신이 지존령까지 건네주었으니, 이제 묵자후의 생사 여부에 마도의 운명이 달려 있는 셈이었다.

'최악의 경우라도 이 녀석만 살릴 수 있다면 죽어도 여한이 없으리라.'

혈영노조는 굳은 눈빛으로 자신의 모든 무공을 각인시켜 준 뒤, 밖에 있는 음풍마제를 불렀다.

'빌어먹을, 빌어먹을, 빌어먹을!'

음풍마제는 신법을 펼치는 내내 투덜거렸다.

'이게 뭐야? 도대체 이게 무슨 꼴이냐고? 목숨이 다하는 순간까지 자존심은 잃지 말아야 하는 우리가 싸워보기도 전에 질 것부터 걱정하다니? 도대체 이게 마도인이 가져야 할 마음 자세야? 응? 말 좀 해보라고, 이 빌어먹을 영감탱이야!'

지금 음풍마제의 등에는 혼절한 묵자후가 업혀 있고, 저 앞에는 벌겋게 달아오른 용암호와 용암동굴 입구가 보이고 있었다. 그런데도 음풍마제는 혈영노조를 떠올리며 연신 욕을 퍼붓고 있었다.

한 치 앞도 보이지 않는 자신들의 미래.

그렇다고 이렇게 나약하게 행동해야 하는가 싶어 속이 잔뜩 상한 것이었다.

그러나 수장 된 자는 최후의 상황까지 고려해야 하는 법.

혈영노조의 입장이 이해가 되면서도 못내 가슴 한 켠이 답답한 음풍마제였다.

"제기랄! 차라리 이 녀석을 저기 던져 버리고 내가 지존령을 차지해 버릴까?"

벌겋게 달아오른 용암호를 보고 그런 생각도 안 해본 건 아니었지만 이미 그의 몸은 용암호를 지나치고 있었다.

"이놈아! 운 좋은 줄 알아라! 네놈이 아수라파천무만 배우지 않았어도 단번에 던져 버렸다!"

음풍마제는 애꿎은 묵자후에게 인상을 찌푸린 뒤 단숨에 몸을 솟구쳐 용암동굴 안으로 들어갔다.

동굴 안에는 이미 마뇌 등이 기다리고 있었다.

"젠장! 다들 신이 났군, 신이 났어."

음풍마제는 볼멘 표정으로 마뇌와 귀검의 인사를 흘려버렸다. 그리고는 혼절한 묵자후를 짐짝 던지듯 던져 버리자, 귀검이 놀란 표정으로 묵자후를 받아 들었다.

"휴… 아무리 속이 상하시더라도 예의를 갖춰주십시오. 앞으로 지존이 되실 분입니다."

그 말에 음풍마제가 눈을 휙 치켜떴다.

"앞으로? 그래, 앞으로. 만약 우리에게 앞으로가 있다면 내 저놈을 천신처럼 떠받들어 주마!"

"그래요? 약속하셨습니다?"

"오냐, 약속했다! 제발이지 이런 청승, 두 번 다시는 떨고 싶지 않다! 그러니 네놈이 무슨 조화를 부려서라도 놈들을 몽땅 무찔러다오!"

음풍마제가 자신을 보며 코웃음을 치자 귀검은 어깨를 으쓱했다.

"제가 무슨 힘이 있겠습니까? 다만 지존께서 무사하신 가운데 여러 복안들이 성공하기만 바랄 뿐이죠."

그 말과 함께 귀검은 묵자후를 조심스레 바닥에 뉘었다.

그러자 마뇌가 미리 대기하고 있던 수하들에게 명해 묵자후를 맞은편에 있는 작은 동굴 안으로 들여놓았다.

예전에 흡혈시마가 갇혀 있던 유폐동(幽閉洞)이었다.

잠시 후, 마뇌가 수하들을 지휘해 동굴 주변에 진법을 설치하자 유폐동 입구는 곧 어두컴컴한 벽으로 변해 버렸다.

"젠장! 그놈의 진법은 볼 때마다 신통방통하군. 어찌했기에 동굴이 벽처럼 보이나 그래."

음풍마제는 혼잣말을 중얼거리며 휘적휘적 걸음을 옮기기 시작했다.

"아니, 지존을 두고 어딜 가십니까?"

귀검이 놀란 표정으로 소리쳤지만 음풍마제는 뒤도 돌아보지 않았다.

"지존이고 뭐고 그놈의 영감탱이, 혼자 두려니 불안해서 안 되겠네. 내가 가서 그 영감탱이가 보는 앞에서 놈들에게 본때를 보여주고 말 거야."

"하지만 대장로께서 내리신 명령은……."

순간, 음풍마제가 충혈된 눈빛으로 휙 고개를 돌렸다.

"닥쳐라, 이놈! 그 영감탱이가 뭔데 내게 이래라저래라 명을 내려? 난 내가 가고자 하면 가고 오고자 하면 오는 사람이다! 그따위 명은… 자네 같은 밥통들이나 지켜!"

그 말을 남긴 채 음풍마제는 바람처럼 사라져 갔다.

귀검은 재차 그를 부르려다가 힘없이 고개를 떨어뜨리고 말았다. 왠지 음풍마제의 심정을 이해할 수 있을 것 같아서였다.

그때 마뇌의 음성이 들려왔다.

"자, 이제 나도 가봐야겠소. 장로께서 이제야 철이 드신 모양이니 최악의 경우엔 알아서 돌아오실 게요. 물론 그런 일이 없기만을 바라지만……."

이윽고 마뇌마저 떠나고 나자 귀검은 털썩 바닥에 주저앉았다.

"휴, 갑자기 팔자에도 없는 보초 신세가 되어버렸군."

그러면서 귀검은 저 멀리 보이는 동굴 입구를 쳐다봤다.

"부디 놈들의 전력이 예상보다 약해야 할 텐데……. 그래야 웃으며 강호로 나갈 수 있을 텐데……."

그렇게 중얼거리며 귀검은 상상의 나래를 폈다.

자신들이 놈들을 물리치고 다 함께 동굴을 탈출하는 상상을…….

제15장

혈전

魔道
天下

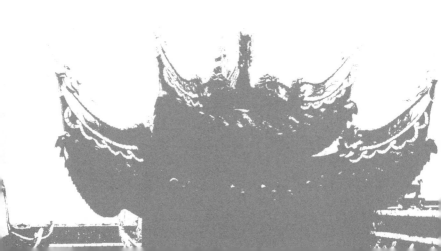

…….

괴괴한 정적이 흘렀다.

어두운 동굴.

유등마저 꺼져 한 치 앞도 보이지 않는 공간에 숨 막히는 긴장이 흘렀다.

매복한 지 하루가 지나도 모습을 보이지 않는 적들.

마인들은 하얗게 뜬 눈으로 천장만 주시했다.

한 시진, 두 시진, 세 시진…….

속절없이 흐르는 시간.

팽팽하게 이어지던 침묵은 어느 순간 뚝 끊겨 버렸다.

그그그긍!

고막을 뒤흔드는 굉음.

동시에 햇살이 벼락처럼 내리쬐었다.

마인들은 바짝 긴장해 눈을 가림과 동시에 전신 공력을 끌어올렸다.

그러나 아무리 기다려도 놈들은 모습을 드러내지 않았다. 그저 무심한 햇살만 내리쬘 뿐, 독 가루도 날리지 않고 암기도 날아오지 않았다.

또다시 이어지는 숨 막히는 정적.

마인들은 이제 눈도 깜짝할 수 없었다.

놈들이 언제 들이닥칠지 모르니 공력을 잔뜩 끌어올린 채 천장만 주시하고 있었다.

두근두근.

거세게 들려오던 심장 박동 소리마저 희미하게 느껴질 무렵,

파르륵!

갑자기 옷자락 떨리는 소리가 났다. 동시에 눈앞에 세 사람이 환영(幻影)처럼 나타났다.

밧줄도 없이 눈 깜짝할 사이에 내려와 무시무시한 안광으로 사방을 훑어보는 그들.

오싹한 소름이 돋았다.

그들의 안광이 스칠 때마다 앞쪽에 매복하고 있던 이들에

게서 소리없는 경련이 일어났다.

피식.

급기야 그들 중 한 사람이 가벼운 조소를 흘렸다.

이마에 검은 사마귀가 난 오십대가량의 초로인이었다.

그가 비릿한 미소를 흘리며 손을 휘젓자마자 흙더미가 확 솟구치더니 모두의 시야를 가려 버렸다.

"으음."

묵잠은 그 모습을 보고 나직한 침음성을 흘렸다.

지금 저들이 서 있는 곳은 만약의 사태에 대비해 구덩이를 파고 철질려를 뿌려놓은 곳이다.

그런데 그 위에 올라서서 사방을 훑어보다가 순식간에 격공섭물(隔空攝物)의 수법으로 구덩이를 메워 버리다니…….

'실로 무서운 판단력에 가공할 내공이다!'

앞쪽에 있던 수하들은 이미 그 기세에 질렸는지 암기조차 뿌리지 못한 채 버쩍 얼어 있었다.

그러는 동안 놈들이 천천히 앞으로 나아왔고, 선두에 선 대춧빛 안색의 노인이 검을 뽑아 들었다.

스르릉.

낮은 검명이 울렸다.

그리고 노인의 검극에서 찬연한 광채가 피어올랐다.

'거, 검강?'

묵잠은 순간적으로 심장이 얼어붙는 기분이었다.

그런 묵잠의 귀에 나직한 음성이 들려왔다.

"천하의 안녕을 위함이니… 부디 영면(永眠)을 취하시게들."

그 말과 함께 노인이 횡으로 검을 휘둘렀다.

고오오오.

기이한 공명음이 고막을 울려왔다. 뒤이어 눈부신 섬광이 느릿하게 사방으로 번져 가자 땅거죽이 연쇄적으로 터져 나가고 종유석들이 마구 부서져 나갔다. 그리고 그 무시무시한 섬광이 물결처럼 수하들을 덮치자 묵잠은 목이 터져라 소리치며 급히 신형을 솟구쳤다.

"모두 피해—!"

그 소리가 울려 퍼지자마자 금초초가 대경실색한 표정으로 비명을 질렀다.

"가가! 안 돼요!"

금초초는 비명을 지름과 동시에 먼저 몸을 날린 묵잠의 뒤를 따라 신형을 솟구쳤다.

바로 그때,

"둘 다 비켜!"

쩌렁쩌렁한 호통 소리와 함께 저 뒤에서 음풍마제가 무서운 속도로 날아왔다.

"으으음."

묵자후는 희미한 신음을 흘리며 눈을 떴다. 그리고 양손으로 관자놀이를 매만지며 살짝 인상을 찌푸렸다.

아직 양의합일도인법의 후유증에서 완전히 벗어나지 못해 지끈거리는 두통이 밀려온 것이다.

"휴우, 도대체 제게 무슨 짓을 하신……?"

묵자후는 말을 하다 말고 눈을 휘둥그레 떴다.

불사혈영신공을 암기하다가 갑자기 정신을 잃은 것 같은데, 혈영노조는 어디로 가고 전혀 낯선 곳에 누워 있는 게 아닌가?

'여기가 어디지? 대장로 할아버지는 어디로 가신 거야?'

묵자후는 고개를 갸웃거리며 주위를 둘러봤다.

벽엔 흐릿한 유등이 박혀 있고, 바닥엔 손바닥만 한 틈 사이로 가느다란 물줄기가 솟아오르고 있다. 그리고 침상 한 켠엔 음식물을 찧어 만든 단환이 놓여 있고, 사방에는 왠지 모를 기운이 넘실거리고 있었다.

"이게 뭐야? 왜 날 이런 곳에 가둔 거야?"

묵자후는 고함을 지르며 튕기듯 일어났다. 본능적으로 사태를 짐작한 때문이었다.

"이이익! 싫다는 사람에게 억지로 지존령을 떠맡기더니 이젠 속임수를 써서 날 진 속에 가둬 버려? 흥! 제가 그리 호락호락하게 보였다면 오산입니다!"

씩씩거리며 분통을 터뜨리던 묵자후는 곧바로 몸을 날려

땅속으로 스며들었다. 진을 무력화시키는 가장 간단한 방법, 지둔술을 펼친 것이다.

그러나 묵자후는 이내 인상을 찌푸려야만 했다.

바닥에 거대한 암반이 버티고 있어 지둔술로는 도저히 빠져나갈 엄두가 나지 않았던 것이다.

"빌어먹을!"

묵자후는 할 수 없이 밖으로 튀어나왔다. 그리고는 마음을 진정시키며 이때까지 배운 진법을 모두 떠올려 봤다.

겉보기엔 평범해 보이지만 바닥까지 막아놓은 걸 보니 간단한 진은 아닌 것 같았다. 그렇다고 마뇌가 자신을 죽이려 들 리는 없으니 살상진도 아닐 것이고.

'그렇다면 이목을 흐리는 미로진(迷路陣)의 일종이란 말인데…….'

그렇게 추려봐도 수백 가지가 넘는 진법이 떠올랐다. 게다가 마뇌가 직접 손을 썼을 테니 그의 신산묘계까지 감안하면 생문을 찾는 데만도 몇 날 며칠이 소요될 것 같았다.

"안 되겠다. 일반적인 파해법으로는 너무 시간이 걸려. 그러니 조금 위험하더라도……."

묵자후는 혼잣말을 중얼거리며 쇠사슬을 꺼내 들었다.

쿠콰쾅!

고막을 뒤흔드는 느닷없는 폭음.

뒤이어 지축이 우르르 떨리자 귀검은 명상에서 깨어났다.

"아니, 웬 지진이야?"

깜짝 놀라 주변을 둘러보던 귀검은 은은한 진동을 일으키고 있는 유폐동을 보고 이내 무슨 일인지 눈치 챘다.

"녀석이 벌써 깨어난 모양이군. 이를 어쩐다?"

혈영노조에게 듣기론 이틀 뒤에 깨어날 것이라고 했는데 벌써 정신을 차린 모양이다. 게다가 마뇌가 설치한 진이 폭풍을 만난 듯 흔들리는 걸 보니 이대로 가다간 유폐동 전체가 무너질 것 같았다. 그리고 만약 저 소리에 괴물들이 깨어나기라도 하면?

'그건 안 되지!'

귀검은 일단 진을 해체하기로 했다.

그런데 막 진의 핵심이 되는 방위석(方位石)을 옆으로 옮기려는 순간,

쿠콰콰콰쾅!

갑자기 동굴 입구가 허물어져 내렸다. 그리고 흙투성이가 된 묵자후가 그 사이로 걸어나왔다.

'맙소사! 이중으로 된 상고(上古)의 절진이⋯⋯?'

귀검은 멍한 표정으로 묵자후를 쳐다봤다. 그러나 쇠사슬을 늘어뜨린 채 이글거리는 눈빛으로 좌우를 둘러보고 있는 묵자후를 보니 더 이상 생각을 이어나갈 수 없었다.

"어, 어떻게 빠져나온 거냐? 하하!"

귀검이 어색한 미소를 지었지만 묵자후는 싸늘한 표정으로 그를 지나쳐 성큼성큼 밖으로 향했다.

귀검은 화들짝 놀라 묵자후를 막아섰다.

"안 된다! 네 심정은 알겠지만 아직은 안 된다! 지금은 네가 끼어들 만한 싸움도 아니고 또 전혀 끼어들 필요가 없는 싸움이다."

부드러운 말로 묵자후를 달래봤지만 소용없었다. 이미 화가 머리끝까지 치민 묵자후는 일언반구의 대답도 없이 곧바로 신형을 날려 버렸다.

"휴, 미안하지만 어쩔 수 없구나."

귀검은 나직한 한숨을 쉬며 강하게 손가락을 튕겼다. 그러자 그의 손 안에서 열 개의 쇠 구슬이 튀어나와 벼락처럼 묵자후의 전신 요혈을 덮쳐 갔다. 그러나 묵자후의 신형이 미세하게 떨리더니 어느 순간 꺼지듯 사라져 버렸다.

"맙소사! 극성에 이른 유령환환신법?"

귀검은 멍한 표정으로 묵자후의 뒷모습을 쳐다봤다. 그리고는 시선을 돌려 묵자후가 갇혀 있던 작은 동굴을 쳐다봤다.

마뇌가 심혈을 기울여서 설치한 진은 이미 엉망진창이 되어 있었다. 도대체 무슨 수법을 썼는지 진 자체가 완전히 파괴되어 버린 것이다.

귀검은 나직한 한숨을 내쉬며 고개를 끄덕였다.

"그래, 넌 이미 철부지 어린 소년이 아니었지."

그 생각을 하자 예전 기억이 떠올랐다.

복면인들이 처음 쳐들어왔을 때 그토록 싸우려고 안달하던 녀석.

"하긴 지존이 되기 위해서는 스스로의 힘으로 역경을 돌파할 줄도 알아야 하지. 그래, 훗날 일은 훗날 고민하고 우선은 죽이 되든 밥이 되든 함께 싸워보자꾸나. 그래서 네가 과연 우리 모두를 이끌 자격이 있는지 어디 한번 지켜보마."

그 말과 함께 귀검의 신형이 어둠 속으로 사라졌다.

혈영노조의 안배가 허무하게 무너져 버리는 순간이었다. 그리고 그게 과연 득이 될지 실이 될지는 아직 아무도 알 수 없었다.

콰아앙!

거센 폭음이 울렸다.

뒤이어 한 사람이 정신없이 뒤로 물러났다.

입으로 피를 한 바가지나 토하면서도 자세를 바로잡으려고 애쓰는 사람은 다름 아닌 음풍마제였다.

검웅 이시백을 막기 위해 앞으로 나섰지만 오히려 그의 검력(劍力)에 의해 되튕겨나고 만 것이었다. 그리고 그런 음풍마제를 향해 섬뜩한 검광이 날아들었다.

검웅 이시백 곁에 있던 남해신검이 곧바로 검을 날린 것이다.

쐐애액! 츠츠츠츠츠!

숨 돌릴 틈도 주지 않고 연달아 날아오는 검기.

음풍마제는 몇 번의 움직임 끝에 간신히 몸을 빼내는 데 성공했다. 그러자 남해신검이 검을 멈추고 잠시 뒤로 물러났다.

"과연 음풍마제로군. 구성(九成)에 이른 연환폭풍참(連環暴風斬)으로도 그대를 놓칠 줄이야……."

아쉬운 표정으로 혼잣말을 중얼거리는 남해신검.

음풍마제는 자존심 상한 표정으로 뺨을 씰룩였다.

상대가 자신을 알아본 것도 놀라웠지만, 그의 무위가 장난이 아니었기 때문이다. 사력을 다해 몸을 피했는데도 전신에 크고 작은 검상을 입고 말았다.

'으드득! 내가 저깟 애송이에게 당하다니…….'

음풍마제는 이를 갈며 공력을 끌어올렸다. 받은 만큼 되돌려주기 위해서였다.

그러나 내공이 쉽게 모이지 않았다. 방금 입은 내상이 의외로 깊었던지 개미 떼가 단전을 갉아 먹는 듯한 통증이 엄습해왔다. 그리고 설상가상으로 상대가 신형을 박차며 먼저 검을 날려오고 있었다.

'빌어먹을!'

음풍마제는 이를 악물며 억지로 내공을 끌어올렸다. 그리고는 암흑쇄겁수(暗黑碎劫手)로 상대의 공세를 맞받아 쳤다.

따다다당!

검과 손이 부딪쳤는데도 날카로운 쇳소리가 났다.

그 대가로 음풍마제는 양손을 움켜잡은 채 신형을 비틀거려야만 했다.

상대의 검과 맞부딪치는 순간 양손이 부러질 듯 아파온 때문이었다. 게다가 머리카락과 수염을 보기 흉하게 잘리는 둥, 하마터면 황천길로 직행할 뻔했다.

반면, 상대는 별다른 충격을 받지 않은 듯 다시 자세를 취하고 있었다.

왼발을 내뻗으며 머리 위 한 치쯤에 검을 수평으로 눕힌 뒤 검결지를 짚던 손가락으로 검극을 움켜쥔, 마치 철봉에 매달린 듯한 자세였다.

그러나 왠지 모를 가공할 기운이 뻗어 나와 음풍마제를 바짝 긴장하게 만들었다.

'제기랄! 완전 끝장을 보겠다는 자세로군.'

음풍마제는 침을 꿀꺽 삼키며 재차 공력을 끌어올렸다. 그리고 아수라파천무 최후 초식인 천지멸절무(天地滅絶舞)를 펼치기 위해 안간힘을 썼다.

바로 그때,

빠바바방!

갑자기 번천지복(翻天地覆)의 굉음이 들려왔다.

깜짝 놀라 고개를 돌려보니 저 건너편에서 혈영노조가 신형을 비틀거리고 있었다. 그리고 검웅 이시백이 고요한 신색으로 다시 검을 들어 올리고 있었다.

음풍마제는 순간적으로 가슴이 철렁 내려앉았다.

그와의 거리가 십 장도 넘건만, 바로 코앞에서 검을 그어 올리는 듯한 오싹한 한기가 밀려온 것이다. 동시에 그의 검극에서 투명한 광채가 맺히고, 그 광채가 점점 범위를 넓혀가면서 무시무시한 기운을 내뿜자 음풍마제는 이를 악물며 신형을 솟구쳤다.

도박이었다.

눈앞에 남해신검 같은 초절정고수를 두고도 급히 몸을 날릴 수밖에 없었던 이유는 혈영노조의 안색이 왠지 심상치 않았기 때문이다.

상대가 재차 검강을 뿌리려 하는데도 가슴을 훤히 노출시킨 자세로 몸을 비틀거리고 있었으니 그의 안위가 심히 걱정되었던 것이다.

그러나 눈앞에 서 있는 남해신검은 바보도 아니고 성인군자도 아니었다.

그는 음풍마제가 지면을 박차는 순간 회심의 미소를 띠며 벼락처럼 검기를 뿌렸다.

쉭!

모골을 송연하게 만드는 오싹한 기음.

음풍마제는 자기도 모르게 등에 식은땀을 흘렸다.

바로 그때,

"대형, 위험하오!"

두 사람의 목소리가 등 뒤에서 들려왔다.

그 음성을 듣는 순간 음풍마제는 내심 가슴을 쓸어내렸다.

운 좋게 도박이 성공한 것이다.

의제들이 때맞춰 달려와 준 덕분에 남해신검이 검극을 틀었고, 그 바람에 자신은 무사히 혈영노조 옆에 내려설 수 있었다. 그리고 자신이 합류하자 약간의 부담을 느꼈는지 검웅이 검을 멈추고 몇 걸음 뒤로 물러났다.

음풍마제는 혈영노조 옆에 내려서자마자 전음부터 보냈다.

"대장로, 괜찮소?"

"음, 괜찮네."

혈영노조는 의외로 담담해 보였다.

하긴 불사혈영신공을 익힌 몸이니 상대의 공격이 그리 부담스럽진 않았으리라.

하지만 그런 점을 감안한다 하더라도 혈영노조의 안색이 너무 나빴다. 이미 눈자위가 시꺼멓게 죽어 있었다.

이런 상태에서 상대의 검강에 당한다면 제아무리 혈영노조라 할지라도 치명상을 면하기 힘들어 보였다.

'그건 그렇고.'

겨우 한숨 돌리고 나니 이제 의제들이 걱정되었다.

자신조차 쩔쩔맨 상대인데 과연 둘이서 잘 막아낼 수 있을까?

물론 아니었다.

남해신검이 검광을 번뜩일 때마다 두 사람은 혼비백산한 표정으로 이리 뛰고 저리 뛰고 있었다.

그 모습을 보자 위급한 순간인데도 괜히 웃음이 났다.

'그래도 두 놈이 힘을 합치니 그럭저럭 쓸 만하군.'

음풍마제는 슬며시 시선을 다른 곳으로 돌려봤다.

고막을 자극하는 쇳소리가 끊임없이 흘러나오고 있는 곳.

그곳엔 깡마른 체구의 초로인이 이중, 삼중의 포위망 속에서 가느다란 판관필을 휘두르고 있었다.

그러나 그의 표정에는 왠지 모를 여유가 가득했다.

포위망 속에서 생사도와 공방을 벌이고 있었는데 마치 산책을 나온 사람처럼 여유로워 보였다.

'으음.'

그 광경을 보자 가슴이 묵직해 왔다.

방금 전에 싸운 남해신검도 그렇고 저자도 그렇고, 둘 다 검웅 이시백에 비하면 약간 손색이 있다지만 상상을 뛰어넘는 초절정고수들이었다.

그들을 보자 혈영노조가 왜 그토록 놈들을 꺼려했는지 이해할 수 있을 것 같았다.

'할 수 없다! 무리를 해서라도 놈들을 최단시간 내에 쓰러뜨려야 한다. 그렇지 않으면 상황이 점점 힘들어지게 된다!'

다행히 묵잠과 금초초가 한 사람을 막고 있었으니 서둘러 의제들 쪽을 보강해 줘야 한다.

생각과 동시에 음풍마제는 광풍창에게 신호를 보냈다. 그러자 광풍창이 남해신검의 배후를 기습했다.

휘리릭! 카앙!

갑작스런 광풍창의 급습에 남해신검은 오만상을 찌푸렸다.

광풍창의 현란한 창법을 상대하느라 거의 다 잡아놓은 흡혈시마를 놓쳐 버린 때문이었다.

"이런 비겁한 놈들! 역시 마도 아니랄까 봐 떼거리로 몰려드는구나!"

남해신검은 호통을 지름과 동시에 구명절초를 펼쳐 세 사람을 잠시 떼어놓았다. 그리고는 등 뒤를 향해 크게 소리쳤다.

"아무래도 안 되겠습니다. 조금 번거롭더라도 아이들을 불러야 되겠습니다!"

남해신검이 구원을 요청하자 검웅은 눈살을 찌푸리며 주변을 둘러봤다. 그리고는 손가락을 입에 대고 '삐익!' 하는 날카로운 휘파람을 불었다. 뒤이어 모두의 이목이 자신에게 쏠리자 훌쩍 신형을 솟구쳐 머리 위를 향해 벼락처럼 검을 휘둘렀다.

순간, 천장에 있던 종유석들이 요란한 소리를 내며 한꺼번에 떨어져 내렸다.

그 틈을 이용해 음양필 구당과 남해신검이 검웅 곁에 내려섰고, 잠시 후 천장에서 복면인들이 일제히 떨어져 내리기 시작했다.

파라라락!

옷자락을 떨며 끊임없이 내려오는 복면인들.

그들은 바닥에 내려서자마자 질서정연하게 진을 형성했다. 그리고는 한 손을 검병에 갖다 댄 채 명이 떨어지기만을 기다렸다.

발검 직전의 자세로 석상처럼 굳어 있는 복면인들.

마인들은 잔뜩 긴장한 표정으로 그들을 노려봤다.

그때 놈들 사이에서 누군가가 나아왔다.

표정이라곤 전혀 없는 얼음덩어리 같은 중년인이었다.

그는 어둠 속에서 검웅과 눈빛을 교환한 뒤 수중의 검을 뽑아 들었다.

"모두 들으라! 이제 우리의 제일 사명인 척마멸사(斥魔滅邪)를 실천할 때가 왔다. 눈앞에 강호의 정기를 어지럽히는 마두들이 있으니 척마단은 전원 놈들을 섬멸하라!"

명이 떨어지자 주변 공기가 일제히 요동을 쳤다.

천 명에 달하는 고수들이 일제히 움직이기 시작한 것이다.

저벅저벅!

기이하게도 놈들은 신법을 펼치지 않았다.

여전히 발검 직전의 상태로 한 걸음씩 나아왔다.

그런데 그 모습이 오히려 더 오싹하게 느껴졌다.

한 몸처럼 내딛는 그들의 걸음걸이에 대기마저 진저리를 치고 있었다.

마치 앞을 가로막는 건 무엇이라도 부숴 버릴 듯한 가공할 기세였다.

카카캉! 채앵!

쐐애액! 퍼퍼퍼퍽!

"으아악!"

"끄허어……."

처절한 격전이었다.

아니, 참혹한 전쟁이었다.

시체들이 이리저리 널린 가운데 머리 위로는 숱한 암기가 날아다니고 눈앞에는 시퍼런 검광이 어른거린다.

귓전으로는 요란한 병장기 소리와 거친 숨소리가 들려오고, 간간이 아비규환의 비명과 눈을 어지럽히는 핏물이 튀어 올라 정신을 혼란스럽게 만든다.

"혹, 혹!"

광풍창 한비는 이미 숨이 턱까지 차 올랐다.

무서운 놈들!

어디서 이런 괴물 같은 놈들이 나타났을까?

마주치는 적들마다 고수가 아닌 놈이 없었다.

더구나 한일자로 쭉 늘어서서 기계처럼 나아오니 도저히 맞부딪칠 엄두가 나지 않았다. 그러다 보니 매복과 함정을 준비해 놓고 놈들이 쳐들어오기만 기다리고 있던 자신들이 오히려 뒤로 밀려나게 되었고, 결국에는 십면매복진이고 뭐고 유지할 틈도 없이 뿔뿔이 흩어지게 되었다.

광풍창 한비 역시 그 여파에 휘말려 정신없이 후퇴하다 보니 어느새 본진과 떨어져 따로 고립되어 버렸다.

좌우에 보이는 것이라곤 오로지 복면인들뿐.

그들 각자의 무위가 일류 급을 상회하니 아무리 창을 휘둘러도 위험이 줄어들지가 않았다.

더구나 자신은 생사투를 치른 지 이틀밖에 지나지 않았다.

때문에 창을 휘두를 때마다 상처 부위가 쑤셔와 지닌바 무위를 십분 발휘할 수 없었다.

그렇게 시간이 흐르자 전신에 상처가 늘어나고 호흡이 점점 가빠왔다.

그러나 놈들은 한 치의 여유도 주지 않았다. 오히려 다 잡은 사냥감 취급 하며 요소요소에 검을 찔러왔다.

그 정묘함과 영활함이 어찌나 대단하던지, 놈들에게 포위되었다고 생각한 지 반 각 만에 전신이 상처투성이로 변하고 말았다.

'훅, 훅! 내가 언제 이런 고통을 겪어봤더라?'

아득한 과거, 마정대전 때 이후 처음 겪는 고초였다.

'그때도 이렇게 힘들었는데… 그러고도 살아남았는데……'

그렇게 스스로를 격려해 봤지만 상황은 암담하기만 했다.

슈각!

잠깐 상념에 빠져 있는 사이에도 옆구리에 화끈한 통증이 느껴질 정도였으니.

"으아아! 이 개 떼 같은 놈들!"

광풍창은 괴성을 지르며 거칠게 창을 휘둘렀다.

그러나 동작이 너무 컸을까?

한 놈이 바닥을 구르며 다리를 베어왔다.

슈각!

"크헉!"

신음이 절로 나왔다.

그러나 무릎을 꿇으면서도 창을 거꾸로 세워 놈의 머리통을 찍어버렸다. 그러자 이번에는 등판에 불벼락이 떨어졌다.

"크아아아! 나는 광풍창 한비! 창 한 자루로 강호를 누벼왔다! 내 앞을 가로막는 자, 통곡할 준비를 하라! 나는 사신도 두려워하는 이름, 광풍처럼 휘몰아치는 창법의 달인, 바로 광풍창 한비다아아아!"

급기야 광풍창은 처절한 기합성을 터뜨리며 자신의 구명절초이자 최후 초식인 광풍지옥참(狂風地獄斬)을 전개했다.

파파파파파광!

눈앞에서 피어오르는 화려한 불꽃들.

그 빛나는 별무리가 망막에 맺혔다가 일제히 소멸하는 순간,

푸왁!

심장 어림에 화끈한 통증이 느껴졌다. 동시에 이마에 핏줄이 곤두서고 동공이 저절로 튀어나왔다.

"끄와아악! 이놈들!"

그러나 광풍창은 사력을 다해 다시 창을 휘둘렀다.

투웅!

등 뒤에서 자신을 찌른 복면인의 머리통이 시뻘건 피분수를 내뿜으며 허공으로 날아올랐다.

'와하하하하!'

광풍창은 가가대소를 터뜨리며 호탕하게 외쳤다.

'자! 다음은 누구냐?'

그러나 목이 쉬어버렸는지 목소리가 전혀 나오지 않았다.

사지도 굳어버린 듯 마음대로 움직여지지가 않았다.

그리고,

슈아아악!

하얀 광채가 벼락처럼 날아왔다.

'……!'

광풍창은 눈을 부릅떴다.

투웅!

기이한 음향이 고막을 울려왔다. 뒤이어 천지가 빙빙 돌며 의식이 급격히 흐려졌다.

그때, 이미 굳어버린 동공으로 한 사람이 뛰어들었다.

이글거리는 눈빛.

휘날리는 머리카락.

상처 입은 야수처럼 뭐라고 고함을 지르며 무서운 속도로 날아오고 있는 소년.

'아니, 이젠 소년이 아니지.'

광풍창은 푸들푸들 웃으며 안간힘으로 목소리를 쥐어짜 냈다.

'후아야! 오지 마! 제발……!'

신이여,

제발 이 목소리가 후아에게 전해지기를…….

"으아아아아!"

비분이 치솟았다.

심장이 날뛰고 사지가 부들부들 떨려와 견딜 수가 없었다.

사방에 가득한 숙부들의 시신으로도 모자라 눈앞에서 광풍창 아저씨의 목이 달아나고 있다. 그 광경을 대하자 눈이 시뻘겋게 충혈되고 이성이 마비되어 버렸다.

"우우우우우!"

전신 공력을 끌어올렸는데도 이놈의 신법은 왜 이리 느려터졌을까?

광풍창 아저씨는 벌써 바닥으로 쓰러지고 있는데,

땅바닥을 뒹굴고 있는 아저씨의 얼굴이 안간힘을 쓰며 뭐라고 이야기를 하고 있는데,

이 빌어먹을 신법 때문에 자욱한 피분수를 내뿜고 있는 아저씨의 식어버린 얼굴만 대하게 됐다.

"으아아! 용서하지 않을 거야! 다 죽여 버릴 거야! 와아아아악!"

묵자후는 괴성을 토하며 마구잡이로 쇠사슬을 휘둘렀다.

그 서슬에 겁없이 앞을 가로막던 복면인 두 사람이 으스러진 허리를 안고 새우처럼 바닥으로 내동댕이쳐졌다.

그러나 묵자후는 그 정도로는 분이 풀리지 않았다. 양손으로 쇠사슬을 짧게 나눠 쥔 뒤 광풍처럼 복면인들 사이로 뛰어들었다.

그 기세에 질린 복면인들이 정신없이 뒤로 물러서자 광풍창의 목을 날려 버린 험상궂은 눈빛의 복면인이 다른 곳으로 이동하려다 급히 신형을 날려왔다.

그러나 묵자후가 좀 더 빨랐다.

촤르륵!

"헉?"

흡사 유령처럼 단숨에 공간을 이동한 묵자후, 벼락처럼 손

을 떨쳐 쇠사슬로 놈의 발목을 휘감아 버렸다. 그리고는 그가 놀랄 사이도 없이 그의 발목을 휘감은 채 미친 듯이 쇠사슬을 휘둘렀다.

"으아아악!"

놈이 기겁한 표정으로 마구 비명을 질렀지만 묵자후는 눈도 깜짝하지 않았다. 놈을 무기 삼아 주변에 있는 복면인들을 향해 마구잡이로 휘둘러댔다. 그의 발목이 으스러질 때까지, 아니, 그의 몸이 완전히 짓뭉개져 버릴 때까지.

"끄르륵!"

결국 묵자후의 병장기 신세가 되어버린 복면인은 동료들에게 부딪치고 땅바닥에 부딪쳐 머리가 으깨지고 팔다리가 꺾여 버리는 등 처참한 몰골로 의식을 잃고 말았다.

그러나 묵자후는 그마저도 용납하지 않았다.

콰드득!

비몽사몽으로 피 거품을 흘리고 있는 그의 목을 단숨에 짓이겨 버린 뒤 바닥에 떨어져 있는 창을 집어 들었다.

충혈된 눈빛으로 묵빛 창을 집어 든 묵자후는 곧바로 천변만화공을 운기했다. 그러자 묵자후가 광풍창 한비로 변해 버렸다.

그 모습을 보고 복면인들이 눈을 휘둥그레 뜨는 사이, 묵자후는 창날을 거꾸로 세워 놈의 등판을 힘껏 찍어버렸다.

콰악!

놈의 시신이 한차례 꿈틀하다가 축 늘어져 버렸다. 마치 잔인한 어린아이가 개구리 등에 못을 박는 듯한 형상이었다. 그 끔찍한 광경에 복면인들이 주춤주춤 뒤로 물러나는 순간,

"우우우우우!"

묵자후는 예의 그 소름 끼치는 괴성을 터뜨리며 또다시 복면인들 사이로 파고들었다.

"으으으! 악귀 같은 놈이다! 일단 뒤로 피해!"

급기야 감정없는 기계 같던 복면인들이 공포에 질려 이리저리 달아났다. 그러나 묵자후는 유령처럼 그 뒤를 쫓아갔다.

뻐버버버벅!

"크악!"

"캐액!"

순식간에 피가 튀고 뼈가 부서졌다.

잠깐 사이에 십여 명의 복면인이 목숨을 잃어버린 것이다.

하지만 묵자후는 아직 분이 풀리지 않았다.

사방에서 숙부들이 쓰러져 가고 있었기 때문이다.

묵자후는 천변만화공을 풀며 충혈된 눈빛으로 사방을 둘러봤다.

그때 저 건너편에서 힘겹게 싸우고 있는 부친이 보였다.

깡마른 괴인이 바람처럼 움직이며 철필(鐵筆)을 휘두르자 부친의 몸이 정신없이 휘청거리고 있었다. 그리고 부친 뒤에는 이미 피투성이가 된 모친이 지친 표정으로 벽에 등을 기대

고 있었다.

그 광경을 보자 묵자후의 눈에 시퍼런 불길이 치솟았다.

"으아아, 이 개자식아! 우리 아버지에게서 당장 손 떼지 못해?!"

괴성을 터뜨리며 묵자후는 유성처럼 부친에게 달려갔다.

"음? 저건 또 뭐야?"

"안 돼! 절대 이리 오면 안 돼!"

두 사람의 목소리가 동시에 들렸다.

하나는 비웃음 띤 목소리였고, 다른 하나는 절박한 목소리였다.

그러나 묵자후는 아무 소리도 들리지 않았다.

그저 저 사마귀 같은 인간을 때려눕혀 부친과 모친을 구해내야겠다는 생각밖에 들지 않았다.

상대가 어느 정도의 고수인지도 모르고 겁없이 달려오는 묵자후.

묵잠의 눈빛이 거세게 흔들렸다.

철의 심장을 가졌다는 묵잠도 부정(父情)만은 어찌할 수 없었던 모양이다.

'후아가 오기 전에 어서 이자를 물리쳐야 한다! 그렇지 않으면 후아의 목숨마저 위태로워진다!'

그런 생각으로 서둘러 공격하다 보니 초식에 미세한 파탄이 드러났다.

'아차!'

뒤늦게 후회했지만 이미 늦어버렸다.

"후훗. 아들인가 보군, 서두르는 걸 보니."

그 말과 함께 상대의 얼굴이 불쑥 다가왔다. 동시에 옆구리에서 뜨끔한 통증이 느껴지더니 사지가 마비되어 버렸다.

"크윽!"

그나마 사혈을 짚이지 않은 게 천만다행이었지만 엎어치나 메치나 결과는 매한가지다. 이제 아들과 자신의 목숨은 상대의 손에 달렸다는 것.

그때 기적이 일어났다.

조금 전까지만 해도 저 멀리 보이던 아들이 벌써 상대의 등 뒤에 이르러 있다.

극성에 이른 유령환환신법.

그 진가가 유감없이 발휘된 것이었다.

'그러나 이자가 과연 등 뒤에 후아가 나타났다는 사실을 모르고 있을까?'

불행히도 그건 아닌 것 같았다.

만약 그랬다면 벌써 철필로 자신의 목을 꿰뚫었을 테니.

'그렇다면 혹시……?'

번개같이 뇌리를 스치는 생각.

'놈은 지금 후아를 유인하고 있다!'

그런 생각이 들자 묵잠은 전신이 마비된 가운데서도 필사적으로 묵자후에게 경고를 보내려 했다.

그러나 한발 늦어버렸다.

"흐흐흐! 어서 와라, 애송아!"

놈은 벌써 팽이처럼 신형을 돌리고 있었다. 그리고 진기를 잔뜩 머금은 철필이 아래, 위 두 방향을 동시에 찍어가고 있었다.

'아아!'

묵잠이 절망으로 몸을 떠는 순간, 묵자후의 눈매가 칼날처럼 곤두섰다. 동시에 뇌성벽력처럼 들려오는 음성.

"이 자식아! 우리 아버지에게서 손 떼렸지?"

아아!

세상에 이처럼 든든한 음성이 또 있을까!

제16장

검웅 이시백

魔道
天下

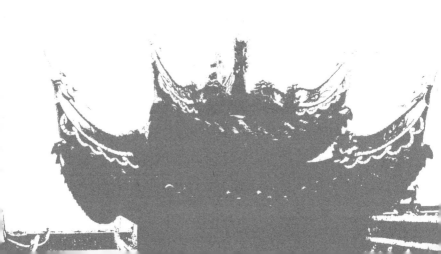

따다다당!

퍽!

불꽃 튀는 소음과 함께 둔중한 격타음이 울렸다. 뒤이어 음양필 구당이 짧은 신음을 흘리며 정신없이 뒤로 물러났다.

'으음, 어디서 이런 놈이?'

두 눈에 은은한 경악을 담고 고개를 좌우로 흔드는 구당.

그의 이마엔 시커먼 멍 자국이 수없이 새겨져 있었다.

묵자후를 단숨에 처치하기 위해 유인책까지 펼쳤지만 오히려 쇠사슬 끄트머리에 얻어맞아 이마를 뚫릴 뻔한 것이다.

그에 놀라 급히 안전거리 밖으로 물러났지만 묵자후는 숨

돌릴 틈조차 주지 않았다.

윙, 윙, 윙!

따다다다당!

마치 그림자처럼 따라붙으며 폭풍처럼 쇠사슬을 날려오는 묵자후.

구당은 그 기세에 질려 한동안 수비에만 전념해야 했다.

하지만 고수가 달리 고수던가?

이때까지의 얕보던 마음을 버리고 진지하게 대응하자 분위기가 차츰 역전되기 시작했다. 그러자 안 되겠다 싶었는지 묵자후는 훌쩍 뒤로 물러났다.

그제야 한숨을 돌린 구당은 즉시 자세를 고쳐 잡았다.

양팔을 활짝 벌려 하늘과 땅을 가리키는 천지포획세(天地捕獲勢)였다.

비록 잠깐의 격돌에 불과했지만 묵자후의 공력이 보통이 아니다 싶어 자신의 비전 절학을 사용하기로 한 것이다.

그러나 그런 결심을 비웃기라도 하듯 태연히 등을 돌려 부친을 돌보기 시작하는 묵자후.

이렇게 치열한 전쟁터에서 마혈을 짚인 채 서 있다는 건 적들에게 어서 죽여달라고 애원하는 것이나 마찬가지니 우선 응급조치를 해주고 부친의 앞을 막아섰다.

구당 정도 되는 고수가 간단히 점혈했을 리 없으니 부친 스스로 해혈할 때까지 호법을 서려는 의도였다.

구당은 그 모습을 보고 기가 막혔다.

'저놈들 봐라?

참으로 황당한 부자지간이 아닌가?

자신 같은 고수를 눈앞에 두고 호법을 서는 놈이나, 그런 놈을 믿고 전쟁터 한복판에서 태연히 해혈을 시도하는 놈이나.

'저것들이 대체 날 뭘로 보고?

구당은 이를 갈며 공력을 끌어올렸다.

놈이 제 아비 때문에 발목이 묶여 있으니 적당한 편법을 쓰면 두 놈의 목을 동시에 취할 수 있으리라.

"타앗!"

구당은 기합성을 터뜨리며 허공으로 몸을 날렸다.

예상대로 놈이 쇠사슬을 날려왔다.

'역시 경험이 부족한 애송이였군!

구당은 쾌재의 미소를 지으며 곧바로 쇠사슬을 낚아챘다. 그리고는 왼손에 쥐고 있던 철필을 암기처럼 쏘아냈다. 한참 운기조식에 열중하고 있는 묵잠을 노린 것이다.

'자! 이제 어찌하겠느냐?

아니나 다를까.

놈이 당황한 표정으로 검을 뽑아 든다.

'그래 봐야 부처님 손바닥 안이지.'

구당은 그 틈을 이용해 단숨에 공간을 단축해 들어갔다. 그리고 왼손가락을 세워 묵자후의 요혈을 찍어갔다.

"웃?"

묵자후에게서 놀란 신음이 들려왔다.

지금 묵자후는 양손이 묶인 상태다.

한 손은 쇠사슬을 잡고 있고 다른 한 손으로는 검을 휘두르고 있었으니.

그런 상태에서 구당이 옆구리를 찍어오자 이러지도 못하고 저러지도 못하는 난감한 상황에 빠져 버렸다.

'흐흐흐! 잘 가거라, 애송아.'

구당이 득의만만한 표정을 지으며 묵자후의 요혈을 찍는 순간, 예상치 못한 반전이 일어났다.

우두둑!

"큭?"

"으윽!"

묘한 음향과 함께 두 사람의 신음이 동시에 흘러나왔다.

묵자후는 인상을 잔뜩 찌푸린 채 신형을 비틀거리고 있었고, 구당은 부러져 나간 손가락을 움켜쥔 채 망연자실한 표정을 짓고 있었다.

상황이 이렇게 되어버린 이유는 구당이 점혈을 가하는 순간, 묵자후의 몸이 확 커지며 피부가 강철처럼 변해 버린 때문이었다. 거기다 점혈당한 혈도에서 엄청난 반탄력이 흘러나와 손가락을 부러뜨려 버리자 구당은 심장이 튀어나올 정도로 놀라 제자리에 멈춰 설 수밖에 없었다. 그리고 그 순간을 이용한 묵자후의 역습이 시작됐다.

쉬이익!

촤촤촹!

머리카락을 쭈뼛 서게 만드는 오싹한 검기.

발목을 짓이길 듯 날아드는 피 묻은 쇠사슬.

구당은 퍼뜩 정신을 차렸다.

과연 구당은 보통 고수가 아니었다.

전혀 예상치 못한 반격인데도 물샐틈없는 수비를 펼쳤다.

하긴 아직 본신 내공을 되찾지 못한 상태인데다 연속된 격전으로 지쳐 있는 묵잠이지만, 과거 무당제일검과 단독 비무를 벌였던 그마저 물리칠 정도의 고수가 바로 구당이었으니, 부지불식간에 펼친 초식이라 하더라도 상상을 초월하는 내공이 담겨 있다. 때문에 모처럼의 기회를 놓치지 않기 위해 서둘러 공격에 나선 묵자후는 또다시 위기에 처해 버렸다. 이전처럼 쇠사슬을 낚여 버린 것이다.

'이놈! 이번에는 진짜로 한번 당해봐라!'

구당은 이를 갈며 쇠사슬을 둥둥 휘감은 상태에서 인자결(引字訣)을 이용, 쇠사슬을 확 잡아당겨 버렸다. 그러자 묵자후가 주춤주춤 끌려오며 다급히 검을 날려왔다.

하지만 구당은 그런 반응을 예상한 듯 순간적으로 자세를 낮춰 묵자후의 검을 피한 뒤, 감고 있던 쇠사슬을 확 떨쳐 버렸다.

의표를 찌른 구당의 역습에 묵자후는 고개를 틀어 날아오는 쇠사슬을 피했다. 그런데 그 순간을 이용해 구당이 예의 그 섬전 같은 보법으로 철필을 날려왔다.

콰콱!

"끅."

묵자후의 표정이 찰나간에 일그러졌다.

쇠사슬에 시야가 가린 사이, 허벅지를 찔린 것이다.

그러나 묵자후는 이를 악물며 재차 검을 휘둘렀다. 하지만 먼저 구당이 철필을 날려왔다. 미처 공력을 싣기도 전에 검신의 아랫부분을 찔러온 것이다.

쩌저저정!

그 결과, 검신에 실금이 맺히더니 검 전체가 얼음 조각처럼 부서져 버렸다. 실로 노련하고 무서운 일격이었다.

그리고 그때부터 위험천만한 근거리 박투가 시작되었다. 이미 기선을 제압한 구당이 연속으로 철필을 날려온 것이다.

결국 밀리다 못한 묵자후는 쇠사슬마저 놓아버렸다.

구당 같은 고수에겐 원거리 무기인 쇠사슬이 오히려 방해가 된다는 사실을 깨달은 것이다.

이제 적수공권(赤手空拳)으로 변해 버린 묵자후.

구당은 회심의 미소를 지었다.

드디어 묵자후를 처치할 수 있다고 생각한 것이다.

구당이 그런 생각을 행동으로 옮길 즈음, 즉 그가 묵자후의 완맥혈(腕脈穴)과 장태혈(將台穴)을 찍고, 마지막으로 치명적인 사혈인 기문혈(氣門穴)을 찍으려고 할 때 갑자기 묵자후의 안광이 번쩍 빛났다. 동시에 묵자후의 양 손가락에서 열 줄기 광채가 튀어나왔다. 그리고,

푸악!

"커헉?"

구당의 입에서 억눌린 신음이 흘러나왔다.

불신과 경악에 찬 표정으로 신형을 비틀거리는 구당.

그의 복부에 묵자후의 양 손목이 깊이 틀어박혀 있었다.

"끄으… 어, 어찌 이럴… 수가?"

방심의 대가는 참담한 결과를 되돌려주었다.

그의 자랑이었던 철필은 맥없이 바닥을 구르고 있고, 강인함의 상징이었던 눈자위는 이미 하얗게 까뒤집어져 있다.

그런 상태에서 구당은 입에 피를 주르륵 흘리며 떨리는 손으로 묵자후의 양 손목을 붙잡았다.

"끄르륵, 내, 내가… 너 같은 애송이에게……."

제대로 나오지도 않는 발음으로 몇 마디 중얼거리는 구당.

그러나 묵자후는 인정사정없이 양 손목을 회전시켜 버렸다.

콰드득!

"꺼헉!"

강서제일의 고수이자 영웅성 이십팔봉공(二十八奉公) 중의 한 사람으로 추대된 음양필 구당. 그가 새우처럼 허리를 웅크린 채 그 자리에서 숨을 거두고 말았다.

그 믿지 못할 기적을 이룬 묵자후가 양손을 빼내려는 찰나,

"이노오오옴!"

등 뒤에서 가슴 철렁한 호통이 들려왔다.

퍼뜩 고개를 돌려보니 남해신검이 무서운 속도로 날아오고 있었다.

고오오오오오!

대기를 몸서리치게 만드는 기음.

태산이라도 갈라 버릴 듯한 검기.

활활 타오르는 눈빛으로 남해신검이 검과 함께 날아오고 있었다. 이제껏 말로만 듣던 신검합일의 위용이었다.

"후아야! 피해!"

뒤늦게 남해신검을 뒤쫓아오던 흡혈시마와 무풍수라의 고함 소리가 들려왔지만 그땐 이미 남해신검이 코앞까지 들이닥친 상황이었다.

그야말로 절체절명의 순간,

묵자후는 본능적으로 불사혈영신공을 발동했다. 동시에 둔겁파황공과 아수라심공을 극성까지 끌어올리고, 유령환환신법과 필생필사의 보법을 최고조로 운용해 벼락처럼 몸을 틀었다.

그러나,

퍼퍼퍼퍽!

어마어마한 충격이 허리를 강타했다.

반쯤 돌린 옆구리에서도 끔찍한 통증이 느껴졌다.

순간적으로 눈앞이 캄캄하고 비릿한 울혈이 치밀었지만 묵자후는 억지로 신형을 돌리며 사력을 다해 양손을 떨쳤다.

촤아아악!

공간을 무참히 찢어발기는 열 줄기 광채.

남해신검은 깜짝 놀라 신형을 멈췄다. 그러나 수비는 도외시하고 공격 일변도로 검을 날리던 상황이라 가슴팍에 열 줄기의 상처를 입고 말았다.

'으음……'

남해신검은 입 밖으로 흘러나오려는 신음성을 애써 삼키며 얼떨떨한 표정으로 묵자후를 노려봤다.

세상에, 신검합일의 기세로 펼친 폭풍멸절참(暴風滅絶斬)에 당하고도 반격을 펼치는 사람이 있을 줄이야.

그리고 저 나이에 지강이라니?

남해신검은 도저히 믿기지 않는다는 표정으로 묵자후와 자신의 상처를 번갈아가며 쳐다봤다. 그때 어디선가 픽! 하는 이질적인 음향이 들려왔다.

묵자후의 회전력에 튕긴 구당의 시신이 저 어둠 속으로 날아가다 석벽에 머리를 부딪치는 소리였다.

좌아아!

수박처럼 으깨진 머리에서 시뻘건 피가 솟구쳤다.

그 광경을 보고 남해신검은 물론이거니와 저 뒤에서 달려오던 무풍수라와 흡혈시마마저 흠칫 몸을 떨었다.

하지만 남들의 표정이야 어찌 변하든 묵자후는 고통과 분노가 뒤범벅된 표정으로 재차 공격을 펼쳤다.

"끼야아아압!"

소름 끼치는 기합성과 등골을 오싹하게 만드는 열 줄기 광채.

거기다 흐릿한 잔상(殘像)만 남는 극쾌의 보법으로 연달아 공격을 가해오자, 제아무리 남해신검이라 할지라도 이 순간만큼은 당황한 표정으로 수비에 임할 수밖에 없었다.

좌아아악! 카캉!

불꽃 튀는 공방(攻防) 속에 순식간에 십여 초가 지나갔다. 그러는 동안 묵잠이 운기조식에서 깨어났고, 무풍수라와 흡혈시마가 장내에 도착했다.

그들은 남해신검과 사투를 벌이고 있는 묵자후를 보고 저마다 참담한 심정을 느꼈다.

비록 굶주린 야수처럼 싸우고 있는 묵자후였지만 그의 상처가 너무 심각한 때문이었다. 특히 남해신검에게 당한 등판은 누더기처럼 헤집어져 시뻘건 피가 줄줄 흘러내리고 있었고, 사선으로 베인 옆구리에서도 간헐적으로 피 거품이 흘러나오고 있었다.

그런 상태에서 계속 공격을 펼치고 있었으니, 지금이야 비록 격전을 벌이고 있는 와중이라 크게 느끼지 못하고 있겠지만 시간이 갈수록 기력이 고갈될 게 분명했다.

'으음, 도저히 안 되겠다!'

무풍수라와 흡혈시마는 비장한 신색으로 서로를 마주 봤다.

이대로 계속 지켜보기엔 묵자후의 상처가 너무 위태로웠다.

지금 묵자후와 싸우고 있는 남해신검은 자신들도 어쩌지 못한 초절정고수였다. 그런 고수를 상대로 혈전을 벌이고 있는 묵자후를 보니 가슴 저 깊은 곳에서 울컥한 격정이 치밀어 올랐다.

'다시 합공을!'

'그러나 우리 둘만으론 안 돼! 저놈도 거들어줘야 해!'

눈빛으로 의견을 교환한 두 사람은 재빨리 묵잠을 쳐다봤다. 그러나 묵잠은 이미 출수 준비를 마친 듯 도를 움켜쥔 채 전면을 노려보고 있었다.

무풍수라와 흡혈시마는 그 모습을 보고 다소 의외라는 표정을 지었다.

뼛속까지 악인인 그들에 비해 항상 정통 무인 같아 보이던 묵잠이었다. 그런 묵잠마저도 아들 걱정에는 어쩔 수 없었는지 기회만 생기면 언제라도 뛰어들겠다는 자세를 취하고 있었다.

'하긴, 이런 상황에서 도리를 따진다면 그건 사람도 아니지.'

두 사람은 서로를 향해 고개를 끄덕인 뒤 즉시 신형을 날렸다.

"이놈! 목을 내놔라!"

"어홍! 네 심장을 갈가리 물어뜯어 주마!"

등 뒤에서 갑자기 두 사람이 날아오자 남해신검은 일순간 손발이 어지러워졌다.

"이런 비겁한 놈들! 희대의 마두라는 놈들이 틈만 나면 합공을 펼쳐? 그래, 어디 마음껏 덤벼봐라! 내가 왜 남해신검이라고 불리는지 뼈저리게 느끼게 해주마!"

남해신검은 노호성을 터뜨리며 연달아 십팔 검을 뿌렸다. 그러자 무풍수라와 흡혈시마가 뒤로 물러나 수비 자세를 취했고, 그 틈을 이용해 묵자후는 잠시 숨을 돌릴 수 있었다.

그러나 묵자후는 지금의 상황이 마음에 들지 않았다.

"아저씨들, 비켜요! 저놈은 내 차지예요!"

묵자후가 자존심이 상해 으르렁거렸지만 두 사람은 눈도 깜짝 않았다.

뿐인가?

쉬이이익!

날카로운 기음과 함께 이번에는 묵잠까지 공격에 가담했다. 그러자 남해신검은 순식간에 사면초가의 위기에 빠져 버렸다.

"으드득! 이 수치도 모르는 사악한 마두들!"

남해신검은 이를 바득바득 갈면서도 사력을 다해 검을 휘둘렀다. 그러자 그의 검극에서 무지개 같은 광채가 뻗어 나와 사방을 휩쓸어갔다. 가히 강기라고 불러도 부족함이 없을 정도로 막강한 검기였다.

그 기세에 질려 묵잠 등이 잠시 뒤로 물러났고, 다시 전열을 추슬러 합공을 펼치려는 순간, 저 멀리서 콰아앙 하는 폭음과 함께 지축이 우르르 떨려왔다. 뒤이어 그들이 서 있는 곳까지 강한 바람이 휘몰아치자 묵잠 등은 약속이나 한 듯 손을 멈추고 일제히 폭음이 들려온 쪽을 쳐다봤다.

저 너머 인급 구역과 지급 구역의 경계선 쪽.

천신이 깎아놓은 듯한 기암괴석들이 즐비하게 늘어서 있는 곳에서 경천동지할 격돌이 벌어졌다.

사방에 돌가루가 날리고 자욱한 후폭풍이 휘몰아치는 가운데 혈영노조가 반쯤 잘려 나간 쇠사슬을 늘어뜨린 채 피 묻은 가슴을 움켜쥐고 있었다.

그 옆에는 파리한 안색의 음풍마제가 어육처럼 짓이겨진 양손을 보며 멍한 표정을 짓고 있었다.

그들 앞에는 검웅 이시백이 창백한 낯빛으로 입가에 한줄기 피를 흘리고 있었는데, 그는 뭐라고 형언키 어려운 눈빛으로 두 사람을 노려보다가 다시 검을 치켜들었다. 마치 태산을 뽑아 올리듯 한없이 느리고 진중한 자세였다.

'아!'

그 광경을 보자 묵자후는 가슴이 철렁 내려앉았다.

먼발치로 봐도 검웅 이시백 주위엔 무시무시한 거력이 휘몰아치고 있었다. 그런데도 혈영노조나 음풍마제는 아무런 자세도 취하지 못하고 멍한 눈빛으로 검웅만 쳐다보고 있었다.

이윽고 검웅의 검극에서 새파란 화염이 치솟고, 이글거리는 강기가 금방이라도 두 사람을 집어삼킬 듯하자 묵자후는 더 이상 참지 못하고 바닥에 떨어져 있던 쇠사슬을 집어 들었다.

"안 돼!"

뒤이어 비명 같은 고함을 지르며 신형을 뽑아 올리자 남해신검이 득달같이 검을 날려왔다. 하지만 묵자후는 재빨리 몸을 틀어 그의 공격을 피한 뒤 사력을 다해 쇠사슬을 집어 던졌다.

"차아앗!"

휙휙휙휙휙!

기이한 파동이 대기를 울렸다.

그 소리에 검웅이 슬쩍 시선을 돌렸다.

무심한 그의 망막에 대기를 가르며 날아오고 있는 시커먼 쇠사슬이 보였다.

검웅은 살짝 눈살을 찌푸리며 검결지로 지풍을 날렸다.

콰지직!

쇠사슬이 단번에 부서졌다.

하지만 묵자후는 그 순간을 이용해 검지를 튕겼다.

피웃!

섬전처럼 날아가는 시뻘건 물체.

'지풍은 아니고, 암기 종류인가?'

검웅은 또 한 번 인상을 찌푸렸다. 그러나 무시할 수 있는 수준이 아니었기에 할 수 없이 검극을 틀었다. 그리고 그 물체를 단번에 베어버리려는 순간, 날아오던 물체가 허공에서 뚝 멈춰 버렸다.

'……?'

검웅이 고개를 갸웃거리는 순간,

퍽!

괴물체가 허공에서 폭발했다.

핏물과 살점이 사방으로 비산한 것이었다.

"맙소사! 저건 폭혈지잖아?"

저 뒤에서 흡혈시마가 눈을 휘둥그레 떴다. 동시에 검웅의 안색이 휴지처럼 일그러져 버렸다.

허공에서 터진 살점들, 묵자후의 폭혈지로 인해 얼굴에 핏물을 흠뻑 뒤집어쓴 때문이었다.

"노오옴……."

급기야 검웅의 시선이 묵자후를 향했다.

가슴 철렁한 눈빛.

번갯불 같은 기운이 묵자후의 심혼을 뒤흔들었다.

일순간 마음이 흔들린 묵자후는 급히 마안섭혼공을 운용했다. 그러나,

"내세엔 부디 좋은 곳에서 태어나거라."

범종이 울리듯 웅웅거리는 목소리가 들려왔다. 뒤이어 거대한 불덩어리가 망막을 가득 채워왔다.

고오오오오.

상상조차 안 되는, 온 세상을 날려 버릴 듯한 엄청난 불덩어리였다.

묵자후는 멍하니 굳어버렸다.

멀리서 볼 때도 두려웠지만 눈앞에서 마주치니 아무 생각도 떠올릴 수 없었다.

츠츠츠츠츠.

시퍼런 강기가 멍하니 서 있는 묵자후의 전신을 뒤덮었다.

바로 그때, 누군가가 바람처럼 묵자후의 앞을 막아섰다.

퍼퍼퍼퍼퍽!

작살 맞은 물고기처럼 그의 신형이 허공에서 펄쩍 뛰었다.

혈영노조였다.

몸으로 강기를 막은 혈영노조의 전신에서 핏물이 화악 뿜어져 나왔다.

"대장로 할아버지!"

묵자후는 그제야 정신을 차리며 급히 혈영노조를 끌어안았다. 순간, 눈앞에서 흙더미가 확 솟구쳤다. 그리고 땅속에서 귀검이 불쑥 튀어나오더니 전광석화처럼 검웅을 습격했다.

그러나,

슈각!

검웅이 새하얀 검광을 번뜩이자 귀검의 목에 붉은 선이 그어졌다.

"커컥!"

귀검은 사지를 부르르 떨었다. 그러나 무슨 힘이 남았는지 두 손으로 검웅의 허리를 붙잡았다.

검웅의 눈매가 바짝 곤두섰다.

그의 허리를 붙잡고 있는 귀검의 손엔 작은 비수가 들려 있었다. 그리고 그 비수에서 붉은 피가 뚝뚝 흘러내리고 있었다.

검웅은 뺨을 씰룩이며 검을 치켜들었다.

그 작은 움직임에 귀검의 머리가 툭 하고 바닥으로 떨어졌다. 그런데도 그의 손은 필사적으로 검웅의 허리를 붙잡고 있었다.

검웅은 나직한 한숨을 쉬며 검을 내리그었다.

서걱!

피가 튀고, 귀검이 쓰러졌다.

묵자후는 머릿속이 하얗게 타버리는 것 같았다.

검웅은 씁쓸한 표정으로 검신을 가볍게 떨쳤다. 그러자 검신에 맺혀 있던 핏물이 후두둑 바닥으로 떨어졌다.

그 핏물을 보자 묵자후의 눈빛이 시뻘겋게 충혈되기 시작했다.

검웅은 묵묵히 귀검을 내려다보다가 다시 검을 세워 들었다.

묵자후를 향해서였다. 아니, 정확히 말하자면 묵자후와 묵자후에게 안겨 있는 혈영노조를 향해서였다.

묵자후는 혈영노조를 바닥에 뉘인 뒤 천천히 자리에서 일어났다. 뒤이어 묵자후의 전신이 우두둑 커지더니 피부가 시퍼렇게 변하고, 열 손가락에서 새하얀 광채가 뿜어져 나왔다.

둔겁탄마공과 아수라심공을 동시에 끌어올린 것이었다.

그런 묵자후를 보고 검웅은 인상을 찌푸렸다. 그러나 이내 무심한 눈빛으로 되돌아가더니 검을 머리 위로 세워 들었다.

묵자후는 주먹을 불끈 쥐었다가 쫘악 펼치며 앞으로 나아갔다.

무지막지한 압력이 걸음을 방해했다.

바람도 불지 않는데 뺨이 정신없이 떨려왔다.

묵자후는 이를 악물며 힘겹게 걸음을 옮겼다.

압력이 점점 심해지고, 눈앞에서 무형의 기운이 화악 일어났다. 그때부터 검웅의 모습은 어디론가 사라지고, 새하얀 불길에 휩싸인 거대한 검만 보였다.

검은 점점 커져 갔다.

동공을 가득 채우다 못해 온 하늘을 가득 채울 듯했다.

펙.

코에서 피가 흘러나왔고, 고막이 윙윙 울려왔다.

그리고,

번쩍!

눈앞에서 백색 섬광이 작렬했다.

묵자후는 눈을 부릅뜨며 양손을 벼락처럼 교차했다.

촤아아아악!

공간이 무참히 찢겨져 나갔다.

그리고,

투웅!

둔중한 충격이 뇌리를 울려왔다. 뒤이어 미증유의 거력이 휘몰아치더니 전신이 붕 떠올랐다.

아스라한 의식 사이로 누군가의 고함 소리가 들려왔다.

"모두 피해—!"

그 소리와 함께 굉렬한 폭발음이 들려왔다. 뒤이어 매캐한 화약 냄새를 맡으며 묵자후는 그만 의식을 잃어버렸다.

                    *   *   *

똑… 똑… 똑…….

아련한 물방울 소리가 들려왔다.

꿈결처럼 흐릿하게 들리다가 언젠가부터 또렷하게 들려왔다. 그리고 그때부터 두런거리는 음성도 들려왔다.

"휴우! 과연 얼마나 버틸 수 있을지……."

"그러게 말입니다. 놈들의 무위가 예상을 초월합니다."

근심스런 목소리들.

'누구더라? 구유도(九幽刀) 등 숙부와 냉면사신(冷面邪神) 담 숙분가?'

무의식중에 고개를 갸웃거리는데, 누군가의 고함 소리가 들려왔다.

"썅! 다들 조용히 하지 못해? 그깟 정파 놈들이 뭐 그리 대단하다고 귀엣말을 속삭이는 거야?"

그 목소리를 듣자 갑자기 웃음이 났다.

여전한 흡혈시마의 성질.

뒤이어 나직한 폭마의 음성도 들려왔다.

"사공 호법 말씀이 옳소. 아직 싸움은 끝나지 않았고 우리에겐 아직도 비장의 수가 남아 있소!"

'비장의 수? 그게 뭐지?'

마침 누군가가 대신 질문을 던져 준다.

"화탄 말이오? 이젠 세 개밖에 안 남았다고 했잖습니까?"

"화탄이 아니라네."

"그럼 이 진법을 믿고 하시는 말씀이오? 총군사께서도 말씀하셨지만 혼돈미리진(混沌迷離陣)으로는 오래 버티지 못합니다."

그러자 흡혈시마가 재차 고함을 질렀다.

"이 자식이? 그래서 어쩌잔 말이야? 이대로 항복하자고?"

"그게 아니라… 죽이 되든 밥이 되든 끝장을 보자는 말입니다. 이렇게 물러나 있으니 울분이 치밀어 견딜 수가 없습니다!"

목소리 끝에 악이 배어 있었다. 그럼에도 불구하고 흡혈시마는 연이어 호통을 질렀다.

"이런 등신새끼! 누군 그러고 싶지 않아서 이러고 있는 줄 알아? 대장로께서 다치셨잖아! 대형께서도 위중한 상태고 후아 녀석까지… 어라? 저 녀석, 언제 깨어났어?"

고함을 지르다 말고 흡혈시마가 한달음에 달려왔다.

"이놈아, 괜찮으냐? 아직 일어나면 안 돼. 좀 더 쉬어야 한단 말이야."

그 말에 괜히 콧날이 시큰했다.

"괜찮아요. 제가 언제 다쳤었… 끄윽!"

몸을 일으키는 순간, 전신이 산산조각으로 해체되는 것 같았다. 그래서 자기도 모르게 신음을 흘리는데, 누군가가 부드러운 손길로 어깨를 잡아왔다.

따스한 느낌.

엄마였다.

엄마 품에 안겨 허벅지에 머리를 베고 있었던 모양이다.

"아직… 아직 일어나면 안 된다. 좀 더 누워 있어야 해."

금초초가 눈물을 글썽이며 묵자후의 머리카락을 쓰다듬었다.

"끄웅, 내가 언제 다쳤지?"

묵자후는 머쓱한 표정으로 금초초에게 미소를 지어 보인 뒤, 곰곰이 기억을 더듬다가 갑자기 눈을 부릅떴다.

"대장로 할아버지, 대장로 할아버지는? 끄윽!"

급히 몸을 일으키다가 또다시 드러눕고 만 묵자후.

그제야 모든 기억이 떠올랐다.

눈앞에서 죽어가던 귀검 손 백부,

자신에게 안겨 축 늘어져 있던 대장로 할아버지,

양손이 짓뭉개지고 온몸이 피투성이로 변해 버린 음풍마제,

그리고,

'아! 아버지는?'

천만다행이었다.

저 건너편에서 굳은 표정으로 혈영노조를 바라보고 있었

다. 그리고 부친 주변에는 무풍수라와 마녀, 창백한 안색으로 벽에 등을 기대고 있는 음풍마제 등이 저마다 심각한 눈길로 혈영노조를 쳐다보고 있었다.

'다들… 무사하셨구나.'

갑자기 가슴이 뭉클했다. 그리고 눈물이 주책없이 흘러나왔다.

"녀석, 그렇게 미친 듯이 날뛰더니 갑자기 새가슴이 되어버렸냐? 왜 눈물을 흘리고 지랄이야?"

흡혈시마가 짐짓 눈을 부라렸다. 그러면서 중얼거리는 말.

"그나저나 희한하군. 이런 상처를 입고 어떻게 살아났지?"

그러자 쨍 하는 목소리가 튀어나왔다.

"뭐예요? 지금 그게 불만이란 말이에요?"

"아, 아니, 내 말은 그게 아니라……."

금초초의 공박에 금방 눈을 내리까는 흡혈시마.

묵자후는 피식 웃으며 자기 몸 상태를 훑어봤다.

아닌 게 아니라 누더기가 따로 없을 지경이었다. 이렇게 만신창이가 됐는데도 아직 살아 있다니…….

'그렇군!'

불사혈영신공 때문이었다.

'그럼 대장로 할아버지도?'

그러나 혈영노조는 아직도 혼절 상태였다.

이마에서부터 하복부까지 검상(劍傷)을 입어 핏물이 흥건

한 상태로 누워 있었다. 시뻘건 내장까지 내비칠 정도였다.

위험한 상태.

먼발치에서 봐도 출혈이 너무 심했다.

아무리 불사신공을 익혔다지만 운공을 못하면 아무 소용이 없다.

"엄마, 손 좀 빌려줘요."

"손이라니? 무슨 손?"

금초초는 의아한 표정을 지으면서도 부드럽게 손을 내밀었다. 묵자후는 금초초의 손을 잡고 정신을 집중했다.

'취기흡기, 폭기혈기, 내외상합, 등천혈룡……'

가장 익숙한 구결이었다.

금강폭혈공을 운기하면 엄마의 진기를 이용해 잠력을 격발시킬 수 있을 것이다. 묵자후 스스로 깨달은 진기요상법(眞氣療傷法)이었다.

"어머, 이게 무슨?"

갑자기 몸에서 진기가 빠져나가자 금초초는 소스라치게 놀랐다. 하지만 두려운 가운데서도 차분히 마음을 가라앉혔다. 아들을 위해서라면 목숨인들 아까우랴 하는 심정이었다.

그런데 의외의 일이 벌어졌다. 갑자기 빠져나갔던 진기가 되돌아오기 시작했다. 그것도 막대한 양의 정순한 기운이.

금초초는 깜짝 놀라 멍하니 앉아 있다가 뒤늦게 운기조식에 들어갔다. 그녀 역시 무인이다 보니 지금의 상황이 얼마나 위험하고 중요한 순간이라는 걸 알아차린 것이다.

'나쁜 녀석, 미리 알려주지 않고.'

하긴 그랬다면 기를 쓰고 반대부터 했으리라. 그만큼 위험한 시도가 바로 상대의 진기를 이용한 진기요상법이었으니.

더구나 아들은 일반적인 상식을 벗어난 진기요상법으로 자신의 내상까지 치료해 주고 있었다. 그야말로 기상천외한 발상이자 천고에 드문 일이었다.

잠시 후, 금초초가 무아지경에 빠져들자 묵자후에게서 은은한 광채가 흘러나와 금초초의 전신을 부드럽게 휘감았다. 실로 놀랍고도 신비한 광경이었다.

'씨발, 나도 있는데……'

흡혈시마가 부러운 표정으로 입술을 삐쭉이는 동안 묵자후는 진기요상을 마쳤다.

몸이 날아갈 듯 개운했지만 묵자후는 재차 불사혈영신공을 운기했다.

묵자후의 전신이 다시 휘황찬란한 광채에 휩싸이고, 그토록 처참했던 상처가 빠르게 아물기 시작했다.

그 광경을 보고 모두 놀란 표정을 지었지만 묵자후는 뭐가 그리 못마땅한지 간간이 미간을 찌푸렸다.

아까도 느꼈지만, 몸 안에 이질적인 기운이 잔뜩 들어와 있어서였다.

'그러나 탁하지 않은 기운이야.'

이곳 마인들과는 전혀 다른 이질적인 기운.

음양필 구당과 남해신검, 그리고 검웅과 싸우는 와중에서 알게 모르게 빨아들인 광명정대한 기운이었다.

이윽고 두 번의 운공을 통해 겨우 몸을 추스른 묵자후는 흡혈시마의 부축을 받으며 혈영노조에게 다가갔다. 그리고는 누가 말릴 새도 없이 혈영노조의 명문혈에 양손을 갖다 댔다.

이번에는 진기요상법이 아닌 진기도인법(眞氣導引法)이었다.

불사혈영신공을 이용해 혈영노조의 기맥을 다스리려는 의도였는데, 진기요상법보다 몇 배나 위험한 시도였다.

혹시 혈영노조가 중간에 깨어나 다른 방식으로 운기해 버리거나 갑자기 놈들이 쳐들어오기라도 하면 둘 다 죽음에 이르는 위험천만한 시도였다.

그러나 아무도 말릴 수 없었다.

지금 상태에서는 어느 누구도 혈영노조를 치료할 수 없었기에 다들 긴장한 표정으로 호법만 설 뿐이었다.

"휴우!"

이윽고 묵자후가 긴 한숨을 내쉬며 손을 뗐다.

음풍마제 등은 급히 혈영노조를 쳐다봤다.

"오오! 드디어 의식이 돌아오고 계신 모양이다!"

"상처도 서서히 아물고 있어!"

모두의 얼굴에 안도의 빛이 어렸다. 묵자후가 진기도인법을 끝내자 혈영노조의 안색이 눈에 띄게 밝아진 것이다. 그리고 그토록 끔찍했던 상처 부위에서 뿌연 액체가 흘러나와 무서운 속도로 피부를 재생시키고 있었다.

실로 눈으로 보고도 믿을 수 없는 기괴한 신공이었다.

사람들이 놀란 표정으로 혈영노조를 바라보는 동안, 묵자후는 음풍마제에게 다가가 이번에는 그의 명문혈에 손을 갖다 댔다.

'아니, 이 녀석이?'

음풍마제가 당황한 표정으로 급히 손사래를 쳤지만 묵자후는 그에 아랑곳하지 않고 이마에 땀을 뻘뻘 흘리면서도 그의 내상을 다스렸다. 그리고는 한사코 고개를 흔드는 부친에게도 진기도인법을 펼쳐 준 뒤 그만 탈진하고 말았다.

잠시 후, 주변의 걱정 어린 눈길을 받으며 겨우 운기조식을 마친 묵자후는 고개를 들어 좌우를 둘러봤다. 과연 몇 사람이나 살아남았는지 궁금해서였다.

상황은 처참했다.

그 많던 사람들 중에 살아남은 사람은 오백 명도 채 되지 않았다. 그것도 다들 크고 작은 부상들을 입고 있어 온전한 사람은 손으로 꼽을 수 있을 정도였다.

그나마 금옥 팔마존들이 대부분 생존해 있어 조금의 위안은 되었지만, 그마저도 귀검이 죽고 혈영노조와 음풍마제가 치명상을 입은 상황이다. 거기다 무풍수라나 흡혈시마 등도 그리 좋은 상태가 아니니 실로 암담하기 짝이 없었다.

"그러나 놈들의 피해도 만만치 않아."

누군가가 이야기해 줬지만 별 위로가 되지 않았다.

검웅 이시백.

그가 살아 있는 이상 상황은 최악이나 마찬가지니.

"하지만 그도 중상을 입었지. 그러니 너무 의기소침해할 필요 없어."

"예? 그가 중상을 입었다구요?"

묵자후가 깜짝 놀라서 묻자 옆에 있던 흡혈시마가 고개를 끄덕였다.

"그래. 네 녀석 공이 컸다. 귀검의 희생도 컸고."

"……."

묵자후는 아무런 대꾸도 할 수 없었다.

알고 보니 자신과 격돌한 뒤 검웅도 중상을 입었다고 했다.

귀검에게 옆구리를 찔린 데다 가슴팍에 큰 상처를 입어 한동안 몸을 가누지 못했다고 했다. 그 틈을 이용해 음풍마제가 자신과 혈영노조를 안고 몸을 피했고, 때맞춰 폭마가 화탄을 던짐으로써 모두가 위기에서 벗어날 수 있었다고 했다.

하지만 자신이 조금만 더 강했더라면, 아니, 조금만 더 냉정했더라면 귀검의 목숨을 구할 수 있었을 텐데 하는 자괴감이 들어 고개를 들 수 없었다. 그러자 흡혈시마가 못마땅한 표정으로 혀를 찼다.

"표정 하고는. 비록 귀검이 죽은 건 안타까운 일이지만 그 덕분에 대장로께서 목숨을 건지실 수 있었잖느냐? 그리고 그 인간 같지도 않은 놈에게 부상을 입힐 수 있었으니 그만하면 너나 귀검이나 최선을 다했다. 그러니 여러 사람 미안하게 만들지 말고 그만 인상을 펴. 지금 중요한 건 죽은 사람들을 추모하는 게 아니라 놈들이 쳐들어오기 전에 어서 기운을 차려 다음 싸움을 준비하는 거야."

그렇게 위로를 건네주던 흡혈시마. 갑자기 주위를 둘러보더니 은근한 목소리로 귀엣말을 건네왔다.

"그래서 하는 말인데… 이번에는 내 손도 좀 잡아주라."

"…예?"

묵자후가 영문을 몰라 고개를 갸웃거리는 순간, 저 뒤에서 무풍수라가 달려왔다.

"이런 육시랄 놈! 방금 운기조식을 끝낸 아이에게 지금 무슨 소릴 하고 있는 거야?"

그렇게 소리치며 흡혈시마를 저만큼 밀어버린 무풍수라.

그 역시 능글맞은 표정으로 어깨를 감싸더니 은근한 목소리로 귀엣말을 속삭여 왔다.

"후아야, 저놈은 원래 힘이 좋으니 내버려 두고, 우선 나부터 어떻게 좀 안 될까?"

순간, 어떻게 엿들었는지 흡혈시마가 버럭 고함을 질렀다.

"이런 니미! 나보고는 육시랄 놈이니 뭐니 하며 욕을 해대더니 형님은 지금 뭐 하는 수작이요? 너무 속이 뻔히 들여다보이는 거 아뇨?"

"뭐야? 수작? 이 자식이 보자 보자 하니까!"

두 사람이 흉흉한 눈빛으로 서로를 노려보고 있을 때였다.

"으음."

저 건너편에서 희미한 신음이 들려왔다.

드디어 혈영노조가 정신을 차린 모양이었다.

묵자후는 그 소리를 듣자마자 곧바로 혈영노조에게 달려갔다. 그러자 닭 쫓던 개 지붕 쳐다보는 꼴이 되고 만 두 사람은 다시 한 번 서로를 노려보다가 힘없이 묵자후를 뒤쫓아갔다.

혈영노조는 구유도 등곽과 냉면사신 담극의 부축을 받으며 힘겹게 가부좌를 틀고 앉았다. 그리고는 처연한 눈빛으로 주위를 둘러보다가 한쪽 구석에 앉아 있는 묵자후를 보고 희미한 미소를 지었다.

"오지 않기를 바랐는데 기어코 오고야 말았구나. 덕분에 모진 목숨 이어나갈 수 있게 됐으니… 수고 많았다."

"……."

묵자후는 대답 대신 고개를 숙여 보였다. 원래는 분위기 전환 삼아 뭐라고 이야기를 건네보려 했는데 혈영노조의 창백한 안색을 보니 도저히 입이 떨어지지가 않았다.

더구나 가슴 저 깊은 곳에서 복면인들에 대한 적개심이 치밀어 올라 홍분을 가라앉히느라 애를 먹었다.

그때 귓전으로 혈영노조의 음성이 들려왔다.

"다들… 고생 많았다. 원래는 이런 상황을 예상하고 많은 준비를 했었는데… 사태가 의외로 전개되어 모두에게 면목이 없다."

입술을 부르르 떨며 힘겹게 입을 여는 혈영노조.

그 침통한 목소리에 모두 눈시울을 붉혔다. 몇 사람은 아예 굵은 눈물방울을 뚝뚝 흘리며 어깨를 들썩이기도 했다. 그러자 음풍마제가 인상을 쓰며 버럭 고함을 질렀다.

"갈! 아직 싸움은 끝나지 않았고 저 너머에는 적들이 우글 거리고 있다! 그런데 왜 울고불고 난리들이냐? 여기가 너네 초상집이란 말이냐?"

자신의 호통에 주변이 잠시 조용해지자 음풍마제는 시선을 돌려 이번에는 혈영노조를 쳐다봤다.

"대장로, 대장로께서는 우리 모두의 수장이오! 그런데 왜 그런 나약한 말씀을 하셔서 모두의 사기를 꺾는 것이오? 나 아직 안 죽었소! 저 녀석들도 두 눈 시퍼렇게 뜨고 살아 있단 말이오! 그런데 그깟 칼침 몇 번 맞았다고 벌써 겁을 집어먹으신 게요?"

이글거리는 눈빛으로 자신을 노려보는 음풍마제.

혈영노조는 씁쓸한 표정으로 고개를 가로저었다.

"아닐세. 겁을 먹은 것도 아니고 마음이 약해진 것도 아니네. 다만… 놈들의 움직임이 확연히 느껴져서 그렇다네."

"그럼 오히려 잘됐지 않소? 이 기회에 놈들을 깡그리 죽여 버려야지! 암! 먼저 죽어간 놈들이 껄껄 웃을 수 있도록 통쾌하게 복수를 해줘야 하지 않겠소?"

"당연히 그래야겠지. 하지만 순서가 틀렸네. 일이 매우 급하게 됐으니 모험을 걸어야겠네."

"모험… 이라 하셨소?"

"그렇다네. 이미 이야기하지 않았던가?"

순간, 음풍마제의 뺨이 부르르 떨렸다.

"꼭… 그렇게까지 하셔야겠소?"

혈영노조는 단호히 고개를 끄덕였다.

"자네도 알지 않는가? 더 이상 망설일 시간이 없네."

"안 되오! 이대로는… 이대로는 절대 못 가오!"

음풍마제가 발작적으로 외쳤다.

그의 눈빛이 어느새 축축하게 젖어들고 있었지만 혈영노조는 더 이상 그를 바라보지 않고 묵자후를 쳐다봤다.

"후아야, 이리 오너라."

나직한 음성.

그러나 왠지 가슴 철렁한 음성이었다.

'왜 나를 부르시는 것일까?'

묵자후는 의아한 표정으로 혈영노조에게 다가갔다.

"지존령을 꺼내라!"

뭔가 기이한 예감이 들었지만 거역할 수 없는 명령이었다.

묵자후는 조심스레 지존령을 꺼내 혈영노조에게 갖다 바치려 했다. 그런데,

"어깨를 펴고 똑바로 서거라."

근엄한 음성이 들려왔다.

이해할 수 없는 주문이었지만 묵자후는 천천히 어깨를 폈다. 순간, 혈영노조가 좌우를 둘러보며 뇌성벽력 같은 호통을 터뜨렸다.

"모두 뭣들 하고 있는 게냐? 지존을 뵙고도 감히 불경을 저지를 참이더냐?"

쩌렁쩌렁 울려 퍼지는 혈영노조의 음성.

묵자후는 순간적으로 굳어버렸다.

이게 무슨 소린가?

지존이라니?

"어허! 내 말이 말 같지 않게 들린단 말이냐? 어서 지존을 배알하라는데도!"

연이은 호통 소리에 오백 명의 허리가 일제히 꺾어졌다.

"지존강림! 만마앙복!"

"지존출세! 마도천하!"

"영원한 마도(魔道)의 하늘, 지존을 뵈오이다!"

한목소리로 울려 퍼지는 쩌렁쩌렁한 고함 소리.

'내가 지금 꿈을 꾸고 있는 것일까?'

묵자후는 얼떨떨한 표정으로 모두를 쳐다봤다.

제17장

유인

魔道

天下

검웅 이시백은 천천히 눈을 떴다.

아직 내상이 완전히 회복되지 않았지만 더 이상 운기조식에 매달려 있을 수 없었다. 멀리서 들려오는 고함 소리가 왠지 심상치 않게 느껴진 때문이었다.

"저게 무슨 소린가?"

검웅이 상처 부위에 천을 묶으며 뒤를 돌아보자 호법을 서고 있던 수하들이 깜짝 놀라 고개를 돌렸다.

"아니, 좀 더 쉬시지 않구요?"

이구동성으로 외치는 수하들의 말에 검웅은 괜찮다는 듯 고개를 저었다.

"그리 염려할 정도는 아니니 걱정하지 않아도 된다. 그보다 저게 대체 무슨 소리냐?"

"글쎄요, 혹시 놈들이 궁지에 몰리다 보니 자기들끼리 결의를 다지고 있는 게 아닐까요?"

"흠, 그렇다면 다행이지만……."

검웅은 미간을 찌푸리며 청력(聽力)을 돋워봤다. 그러나 수하들의 말처럼 놈들이 잠시 결의를 다진 것에 불과했는지 더이상 아무 소리도 들려오지 않았다.

"내가 너무 예민했던 모양이군. 그런데 남해신검께선 어디가셨느냐? 척마단주는 또 어디 있고?"

검웅의 물음에 호법을 책임지고 있던 금검령주가 대답했다.

"단주께선 저 앞에서 공격을 준비하고 계십니다. 그리고 남해신검께선 뒤쪽에서 운기조식을 하고 계신 듯 보였습니다."

"그래?"

천천히 주위를 둘러보니 과연 척마단주는 저 앞에서 수하들을 진두지휘하고 있었고, 남해신검은 암벽 뒤에서 운기조식에 몰두하고 있었다.

'그러고 보니 그의 상처도 만만치 않군.'

검웅은 굳은 표정으로 남해신검을 바라보다가 수하들에게 명해 척마단주를 불렀다.

"벌써 일어나셨습니까?"

한달음에 달려와 공손히 예를 취하는 척마단주.

검웅은 가볍게 고개를 끄덕이며 피해 상황부터 물어봤다.

돌아온 대답은 절로 한숨이 나올 지경이었다.

"허허, 벌써 삼백 명 가까이나 잃어버렸다고?"

검웅은 기가 막혀 한동안 말을 잇지 못했다.

어제 은검령이 당했다는 소식을 듣고 일이 쉽지 않을 것이라는 짐작은 했지만 설마하니 이 정도일 줄은 몰랐다.

"그럼 놈들의 피해는?"

"대략 오백 명 정도 처치한 것 같습니다. 특히 장로님께서 직접 움직여 주신 덕분에 놈들의 수뇌부가 치명상을 입었습니다."

"그래? 그럼 놈들은 지금 어디에 진을 치고 있나?"

척마단주는 손짓으로 어둠 속을 가리켰다.

"저 앞에 진이 설치되어 있습니다. 아마 그 뒤에서 배수의 진을 치고 있는 듯싶습니다."

"흠, 그렇다면… 호금단주와 진천문주를 부르게."

"예?"

"웬만하면 강호인답게 싸워주려 했으나 도저히 안 되겠네. 아이들의 피해가 컸다 하니 받은 만큼 돌려줘야겠어."

"그 말씀은 알겠습니다만 호금단주는 왜……?"

척마단주가 의아한 눈빛으로 묻자 검웅은 냉막한 표정으

로 대답했다.

"끝장을 보기 위해서라네. 보다시피 동굴이 너무 넓고 커. 게다가 미로도 많으니 놈들을 완전히 섬멸하기 위해서는 인원이 더 필요할 게 아닌가?"

하긴 밖은 이미 어두운 밤이다. 더구나 천장까지 막아둔 상태니 더 이상 경계 인원이 남아 있을 필요가 없다.

"알겠습니다."

척마단주가 물러나자 어느새 운기조식을 마쳤는지 남해신검이 다가왔다.

검웅은 따스한 눈빛으로 남해신검을 맞았다.

"저희들 때문에 문주께서 고생이 많으셨소이다."

"천만의 말씀. 오히려 큰 도움이 되지 못해 죄송하기 짝이 없습니다. 그래서 드리는 말씀인데… 저희도 이번 일에 보다 적극적으로 참여하고 싶습니다."

"그게 무슨 말씀이신지……?"

어리둥절한 검웅의 물음에 남해신검은 살기 띤 눈빛으로 대답했다.

"음양필 구 대협의 혈채도 있고, 또 제 자존심도 상했으니 놈들의 숨통을 확실하게 끊어놓고 싶습니다. 그래서… 저희 아이들도 척살 작전에 동원할 수 있도록 배려해 주십시오."

검웅은 그 심정을 이해한다는 듯 고개를 끄덕였다.

"문주께서 그렇게 해주시겠다면 저야 대환영이지요."

"감사합니다. 그럼 수하들에게 신호를 보내겠습니다."

남해신검이 어디론가 사라지고 나자 호금단주와 진천문주가 다가와 예를 취했다.

검웅은 호금단주에게 경계무인들을 척살 작전에 투입시키라 이른 뒤 진천문주와 따로 밀담을 나눴다.

잠시 후, 온 얼굴에 화상을 입은 노인 진천문주가 괴이한 미소를 흘리며 어둠 속으로 걸어갔다. 뒤이어 척마단주의 신호를 받은 복면인들이 뒤로 물러나자 진천문주는 품속에서 뭔가를 꺼내 들며 듣기 거북한 음성으로 말했다.

"클클, 좀 더 뒤로 물러나야 할 게요. 이놈들의 성질이 워낙 괄괄해서 말이오."

진천문주가 긴 심지가 달린 쇠 구슬을 흔들어 보이자 복면인들은 놀란 기러기 떼처럼 화들짝 뒤로 물러났다.

이윽고 화섭자가 켜지고 심지에 불이 붙었다.

치치치치.

매캐한 냄새를 풍기며 불꽃이 빠른 속도로 타 들어갔다.

진천문주는 나직한 콧노래를 부르며 앞쪽을 쳐다봤다.

어둠 속에 장막을 드리운 듯 바람 따라 흔들리는 뿌연 안개.

"클클클, 웬만한 진법 정도야 이 굉천뢰(宏天雷) 한 방이면 끝장이지."

마침내 불꽃이 화탄 속으로 사라졌다.

진천문주는 누런 뻐드렁니를 드러내며 화탄을 힘차게 집어 던졌다. 그리고는 곧바로 몸을 피했는데, 이상하게도 아무 반응도 일어나지 않았다.

"어라? 뭐가 잘못됐나?"

진천문주가 고개를 갸웃거리며 두어 걸음 앞으로 다가서는 찰나,

꽈르릉!

새하얀 섬광과 함께 엄청난 폭발이 일어났다.

콰아아!

진이 무너진 건 말할 것도 없고, 지면에서부터 상상을 초월하는 강풍이 뿜어져 나와 진천문주의 전신을 휘감아 버렸다.

"어이쿠! 이게 어찌 된 일이야?"

갑작스런 돌풍에 휘말려 볼썽사납게 바닥을 구른 진천문주는 파리한 안색으로 눈앞을 쳐다봤다.

"맙소사! 저 앞에 무저갱이 있었구나!"

그제야 상황이 이해되었다. 화탄이 무저갱 속에 떨어져 폭발하는 데 시간이 걸렸고, 저런 강풍을 휘몰아치게 만든 것이다.

'그런데 저 연기는 뭐야?'

후끈한 열기를 동반하며 거세게 분출되고 있는 유독성 연기. 거기다 깊이를 알 수 없는 쩍 벌어진 지면을 보고 진천문주가 고개를 갸웃거리는 동안, 검웅과 남해신검 등은 곤혹스

런 표정으로 이맛살을 찌푸렸다.

"기껏 진을 폭파하고 나니 엉뚱한 장애물이 나타나는군."

그러나 이때까지만 해도 눈앞에 시커먼 아가리를 벌리고 있는 저 무저갱 아래에 과연 뭐가 도사리고 있는지, 그리고 그 안에 떨어진 화탄으로 인해 장차 어떤 결과가 벌어질지 아무도 짐작하지 못하고 있었다. 때문에 복면인들은 시야를 가로막는 유독성 연기를 노려보며 공격 명령이 떨어지기만을 기다렸다.

꽈르릉!

거센 폭음과 함께 지축이 흔들렸다.

애써 구축한 진이 순식간에 허물어져 버리고 사방에서 자욱한 연기가 휘몰아쳤다.

그러나 마인들은 어느 누구도 움직일 생각을 않았다.

목전에서 지존을 배알하고 있었으니 명이 떨어지기 전까지는 한 발짝도 움직일 수 없었던 것이다.

하지만 두 사람은 그에 아랑곳하지 않고 굳은 표정으로 좌우를 둘러봤다. 바로 옛 원로원의 수장을 맡고 있던 혈영노조와 자존심이 하늘을 찌르는 음풍마제였다.

"으음, 놈들도 화탄을 갖고 있었다니……."

하긴 놈들이라고 아무 준비 없이 왔을까마는, 가뜩이나 힘에 부치던 상황에서 화탄까지 동원하는 걸 보자 왠지 암담한 기분이 들었다.

그나마 무저갱에서 뿜어져 나온 연기로 인해 조금의 시간을 벌었다지만 그 역시 한계가 있을 수밖에 없다.

혈영노조는 침중한 눈빛으로 음풍마제를 돌아봤다.

"일이 급하게 됐네. 서둘러야겠어."

그러나 음풍마제는 뚱한 표정으로 고개를 돌려 버렸다.

"싫소. 난 안 가오."

"이보게!"

"싫다지 않소! 난 여기서 뼈를 묻을 작정이니 나 대신 딴 놈을 보내시오."

"허허, 이 사람이……."

답답하다는 듯 혀를 찼지만 혈영노조는 내심 목이 메었다.

뒤늦게 철이 들었는지 악착같이 자신과 함께 있으려고 하는 음풍마제.

그러나 그에 감동하고 있을 시간이 없었다.

"할 수 없군. 그럼 자네들이 대신 가도록 하게."

혈영노조는 시선을 돌려 묵잠과 금초초를 바라봤다.

원래부터 이 두 사람을 함께 보낼 생각이었지만 묵잠의 성격으로 미뤄 도저히 받아들일 것 같지가 않았다. 또한 묵자후에 이어 묵잠 부부까지 피신시키게 되면 모두에게 괜한 위화감을 심어줄 우려가 있어 따로 음풍마제에게 부탁한 것인데 상황이 이렇게 되니 어쩔 도리가 없었다.

"가라니요? 갑자기 어디로 가라는 말씀이신지?"

무뚝뚝한 표정으로 고개를 드는 묵잠.

혈영노조는 눈짓으로 묵자후를 가리켰다.

"지존을 모시고 용암동굴로 가게. 가서 준비된 장소에 몸을 피하고 있다가 신호가 떨어지면 이곳을 빠져나가도록 하게."

순간, 묵잠의 어깨가 흠칫 떨렸다. 그리고 이내 고개를 가로저으며 묵직한 음성으로 대답했다.

"죄송하지만 그 말씀은 따를 수 없습니다. 놈들이 바로 눈앞에 있는데 저희만 몸을 피하다니요? 있을 수 없는 일입니다!"

예상대로 단칼에 거절해 버리고 마는 묵잠.

혈영노조는 속으로 한숨을 내쉬었다.

그러나 문제는 묵잠이 아니었다.

그보다 더 골치 아픈 사람이 있었다.

"대장로 할아버지, 아까부터 계속 왜 이러시는 겁니까? 갑자기 저더러 지존이라고 부르질 않나, 놈들이 쳐들어오기 직전인데 몸을 피하라고 하질 않나, 도대체 장난치는 것도 아니고 왜 자꾸 엉뚱한 말씀을 하십니까?"

뒤늦게 상황을 파악했는지 착 가라앉은 눈빛으로 자신을 노려보고 있는 묵자후.

혈영노조는 골머리가 지끈거려 왔다.

하지만 이 정도에서 물러날 것 같았다면 시작도 안 했다.

혈영노조는 근엄한 눈빛으로 묵자후를 쳐다봤다.

"후아야, 넌 죽음이 두려우냐?"

묵자후는 또렷한 음성으로 대답했다.

"아뇨."

"그럼 사는 게 두려우냐?"

"그것도 아닙니다."

"그럼 뭐가 문제냐? 너 혼자 떠나란 것도 아니고, 네가 몸을 피하고 나면 우리 역시 몸을 피할 것이다. 그러니 어서 떠날 채비를 갖추도록 해라."

"싫습니다! 전 여기서 끝까지 싸울 겁니다!"

비장한 신색으로 주먹을 움켜쥐는 묵자후.

혈영노조는 고개를 설레설레 내저으며 한숨 섞인 목소리로 말했다.

"후아야, 넌 이미 사는 것도 두렵지 않고 죽는 것도 두렵지 않다고 했다. 우리 역시 마찬가지다. 우리도 사는 것도 두렵지 않고 죽는 것도 두렵지 않다. 그러나 내 나이쯤 되면 사람마다 죽을 자리가 따로 있다는 걸 알게 된다. 그래서 먼저 내보내는 것이니 더 이상 고집 부리지 말고 명을 따르도록 해라."

"하지만… 놈들이 쳐들어오면 모두 위험해지잖습니까? 그런데 어찌 뒤따라올 수 있단 말입니까?"

묵자후가 입술을 꾹 깨물며 말했다.

혈영노조는 희미한 미소를 띠며 주변을 가리켰다.

"후아야, 여기 있는 우리가 누구더냐?"

"제… 사부님들이십니다."

"그래, 잘 알고 있구나. 너도 알다시피 우리가 너를 가르쳤다. 그런데도 우리가 맥없이 당할 것 같으냐?"

"그건 아닙니다만……."

"그럼 뭐가 문제더냐?"

과연 나이는 헛먹은 게 아니었다.

이미 사람 다루는 일이라면 이골이 난 혈영노조.

촌각을 다투는 상황임에도 차분히 묵자후를 설득했다.

"너도 알다시피 우리는 철혈의 피를 지닌 사람들이다. 그런데도 왜 상명하복(上命下服)을 철칙으로 여긴다고 하더냐?"

묵자후는 잠시 침묵을 지키다가 입술을 꾹 깨물며 대답했다.

"위기의 순간이 오면… 윗사람이 앞장서기 때문입니다."

"그래. 그렇다면 하나만 묻자. 너는 지존이기에 앞서 나를 네 윗사람으로 인정하느냐?"

묵자후는 강하게 고개를 내저었다.

"전 지존이 아니라니까요!"

"허허, 네가 감히 지존령의 권위를 무시하려는 게냐?"

목소리는 잔잔했지만 두 눈엔 항거할 수 없는 위엄이 어려 있었다. 때문에 묵자후는 또 한 번 입술을 깨물었다.

"그게 아니라… 지존이 되려면 남다른 능력과 지도력을 인정받아야 한다고 들었습니다. 그런데 제가 어찌……."

묵자후 딴엔 완곡한 거절의 뜻이었지만 혈영노조는 한발 앞서 그 말을 잘라 버렸다.

"네가 어디가 어때서 그러느냐? 내가 인정하고 여기 있는 모두가 동의한 일이다. 그런데도 네 스스로에 대한 믿음이 그렇게 부족하더란 말이냐? 네가 아무리 부정하고 싶어도 넌 이미 우리 모두의 지존이 되었다. 그러니 더 이상 거부하지 말고 지존위(至尊位)를 받아들이도록 해라."

순간, 묵자후의 안색이 수없이 변해갔다.

하지만 더 이상 거절할 명분이 없었다.

혈영노조뿐만 아니라 이곳에 있는 모두가 바라는 한결같은 소망은 하루속히 이곳을 탈출해 다시 한 번 마도천하를 이루는 것이다. 그 첫걸음이 바로 지존을 옹위하는 것이니, 사양하는 것만이 능사가 아니라는 생각이 들었다. 지금 상황에서는 지존이 되느냐 마느냐가 중요한 게 아니라 어떻게 놈들을 물리치고 밖으로 빠져나갈 수 있느냐 하는 것이었다.

"알겠습니다. 정 그러시다면 어르신들의 뜻을 받들어 지존위를 받아들이도록 하겠습니다."

마침내 묵자후가 고개를 끄덕이자 혈영노조는 큰 짐을 던 듯한 표정으로 수염을 어루만졌다.

"그래, 그러면 다시 한 번 묻겠다. 너는 지존이기에 앞서 나를 네 윗사람으로 인정하느냐?"

"…예."

"그럼 상명하복의 절차에 따라 먼저 몸을 피하도록 해라. 용암동굴에 가면 유폐동에 진을 설치해 두었으니 그곳에서 신호를 기다리고 있으면 된다."

이때, 혈영노조도 예상치 못한 변수가 발생했다.

"혹시 유폐동에 있는 진을 말씀하시는 거라면 제가 이미 다 부숴 버렸습니다만……."

"뭐라고? 삼환팔변미리진(三還八變迷離陣)을 다 부숴 버렸다고?"

혈영노조는 자기도 모르게 눈을 휘둥그레 떴다.

세상에, 그 진법이 어떤 진법인데 육신의 힘으로 부숴 버릴 수 있단 말인가?

하지만 곰곰이 생각해 보니 진법이라면 이미 이골이 난 묵자후다. 그러니 남들이 예상치 못한 방법으로 부숴 버릴 수도 있었으리라.

"휴, 이제 이 일을 어쩌면 좋단 말인가?"

혈영노조는 한숨을 내쉬며 마뇌의 조언을 구했다. 그러나 마뇌 역시 별다른 대안이 없는지 고개만 설레설레 내저었다.

묵자후가 진을 부숴 버리는 바람에 괴물들을 이용해 놈들과 동귀어진을 벌이는 것도 이젠 헛일이 되고 만 것이었다.

'그렇다면 남은 방법은 용암호를 터뜨리는 것뿐인가?'

혈영노조가 허탈한 표정으로 생각에 잠겨 있을 때였다.

"아까는 진 속에서 몸을 피하고 있으면 된다고 하시더니 왜 그리 한숨을 내쉬십니까? 다들 금방 뒤따라오실 텐데 진이 있으면 오히려 불편하지 않습니까?"

아직도 혈영노조 등이 뒤따라올 것이라는 기대를 버리지 않고 있는 묵자후.

그 순진한 모습에 음풍마제가 피식 실소를 흘리며 자기도 모르게 경솔히 입을 놀리고 말았다.

"일이 이렇게 된 이상 후아에게도 사실대로 말해주는 게 어떻겠습니까? 그러면 혹시 누가 압니까, 후아가 의외의 방법을 생각해 낼지?"

음풍마제 딴엔 뒤를 생각하지 말고 호쾌하게 싸우다가 죽자는 뜻으로 건넨 말이었는데, 그 말이 의외의 실마리가 될 것이라는 건 말을 꺼낸 음풍마제조차도 예상치 못하고 있었다.

"방금 그게 무슨 말씀인지요?"

그제야 일이 심상치 않게 돌아가고 있다는 걸 눈치 챈 묵자후. 굳은 눈빛으로 혈영노조를 쳐다봤다.

"이런, 자네는 일을 아예 망쳐 버릴 셈인가? 거기서 그런 말을 하면 어쩐단 말인가?"

뒤늦게 혈영노조가 노발대발했지만 이미 때는 늦어버렸다.

묵자후가 대답을 기다리며 묵묵히 자신을 쳐다보고 있었기 때문이다.

"휴우, 그게 말이다……."

결국 혈영노조는 한숨을 푹푹 내쉬며 전후 사정을 이야기했다. 그렇지 않으면 이 자리에서 한 발짝도 움직이지 않을 묵자후라는 걸 알고 있었기 때문이다.

설명을 듣는 내내 묵자후는 주먹을 쥐었다 폈다 했다.

그 모습을 보고 혈영노조는 내심 가슴을 졸였다.

혹시 묵자후가 펄펄 뛰며 자신을 원망하지 않을까 싶어서였다.

그런데 의외의 대답이 흘러나왔다.

"그런 계획을 갖고 계셨다면 진작 말씀하시지 않고요. 걱정 마십시오. 제가 가서 놈들을 데려오겠습니다."

그 말에 혈영노조는 물론이고 음풍마제까지 어리둥절한 눈빛으로 묵자후를 쳐다봤다.

"그게 무슨 소리냐? 네가 그놈들을 데려오겠다니?"

오죽했으면 혈영노조가 이런 질문까지 던질 정도였다.

묵자후는 태연한 음성으로 대답했다.

"말씀드린 그대롭니다. 제가 가서 놈들을 유인해 오겠습니다. 불새야 어찌 될지 몰라도 지네 녀석만큼은 어떻게든 데려올 수 있을 것 같습니다."

"그게 정말이냐?"

"예!"

그때부터 모두의 얼굴에 한줄기 희망이 어렸다.

만약 묵자후가 그 괴물들을 데려올 수 있다면 굳이 복면인들을 용암동굴 쪽으로 유인할 필요가 없다. 그냥 이곳에서 싸우고 있다가 묵자후가 괴물들을 데려오면 모두 뒤로 빠져 용암동굴 쪽으로 피신하면 된다. 그리고 난 뒤에 화탄을 이용해 만년오공이 은신하고 있던 동굴을 폭파해 버리거나, 그게 여의치 않다 싶으면 괴물들이 휩쓸어 버린 전장으로 되돌아가 남은 복면인들을 몰살시킨 뒤 이미 만들어둔 사다리를 통해 천장으로 빠져나가면 된다.

그런데 흡혈시마가 힐끔 쳐다보니 묵자후의 눈자위가 벌겋게 충혈되어 있었다. 마치 억지로 눈물을 참고 있는 사람 같았다.

'녀석, 자신만만하다면서 왜 저런 표정을 짓고 있어? 괜히 보는 사람 불안하게시리.'

그러나 흡혈시마는 물론이고 지금 이 자리에 있는 그 어느 누구도 묵자후의 현재 심경을 제대로 파악하지 못하고 있었다.

묵자후는 지금 간신히 울음을 참고 있었다.

방금 혈영노조의 이야기를 듣고 난 뒤 깨달은 사실.

여기 있는 모두가 고작 자기 한 사람 살리기 위해 죽음을 무릅쓰고 복면인들과 싸우려 했다는 사실에 울컥한 감동을 느낀 것이다.

이 무모하리만치 지극한 정을 어찌 보답할 수 있단 말인가?

방법은 하나뿐이었다. 어떻게든 그 괴물들을 유인해 이곳으로 데려오는 것.

그러나 결코 쉽지 않은 일이었다.

예전 같으면 몇 번 도발을 해서 만년오공을 유인할 수도 있었겠지만, 최근 들어 놈은 무섭게 변하고 있었다. 더구나 뭘 하고 있는지 동굴 속에 틀어박혀 허물만 벗고 있으니 놈을 유인하기 위해서는 목숨을 걸어야 할지도 모르는 일이었다.

더욱이 난감한 건 화령신조였다.

녀석은 최근 몇 년 동안 전혀 얼굴을 본 적이 없었다.

이제껏 수없이 동굴을 들락날락거려 봐도 코빼기조차 내보이지 않던 놈을 무슨 수로 유인할 수 있단 말인가?

그러나 상황이 상황이니만큼 기필코 놈들을 데려와야 한다.

그렇지 않으면 탈출은 고사하고 여기서 뼈를 묻게 될지도 모른다.

'놈들이 오기 전에 서둘러야 한다! 그래야 희생을 줄일 수 있다!'

결심과 동시에 묵자후는 바닥에 떨어져 있던 검을 집어 들었다. 그리고는 누가 말릴 새도 없이 벼락처럼 신형을 솟구쳤다.

파파팟!

바람이 무서운 속도로 뺨을 스쳤다.

대기가 어마어마한 압력으로 전신을 옥죄어왔다.

그러나 묵자후는 속도를 늦추지 않았다.

놈들이 언제 쳐들어올지 모르니 최대한 시간을 단축해야 한다. 그렇지 않으면 피해가 눈덩이처럼 불어난다.

그런데 용암호를 지날 때쯤, 멀리서 아련한 비명이 들려왔다. 벌써 놈들이 쳐들어온 모양이다.

묵자후의 안색이 딱딱하게 굳어갔다. 그러나 뒤를 돌아보는 대신 오히려 잠력을 끌어올렸다.

콰아아아!

전신 혈관이 터질 듯 부풀어 오르며 새로운 힘을 제공했다.

그 때문에 속도는 형언할 수 없을 만큼 빨라졌지만 상상을 초월한 압력이 전신을 짓눌러왔다.

고막은 먹먹하다 못해 금방이라도 터져 나갈 듯했고, 눈알은 통방울처럼 튀어나와 시뻘건 핏발이 맺혔다.

그럼에도 불구하고 묵자후는 결코 속도를 늦추지 않았다.

견디다 못한 육신이 갈가리 찢기기 직전, 용암동굴 입구가 무시무시한 속도로 다가왔다.

묵자후가 떠난 뒤, 장내엔 한동안 침묵이 흘렀다.

다들 묵자후가 사라진 방향을 보며 걱정과 기대가 뒤섞인 표정으로 멍하니 서 있었다. 그러다가 혈영노조가 시선을 돌려 모두에게 눈짓을 해 보이자 그때까지 허리를 숙이고 있던 마인들은 그제야 몸을 폈다.

원래는 묵자후가 명을 내려야 했지만, 아직 지존위에 익숙지 않아서 그런지 아무 말도 없이 떠나가 버려 모두 허리에 쥐가 난 상태였다. 그런데 드디어 명이 떨어졌으니 다들 굳어 버린 허리를 풀며 서둘러 매복에 임했다.

음풍마제는 그 모습을 보며 혼잣말을 중얼거렸다.

"에잉! 기왕이면 저 녀석들 중에 몇 명 데려갈 것이지 뭐가 그리 급하다고 혼자 가버리나 그래."

괜히 묵자후가 걱정되어 혼자 푸념을 하던 음풍마제는 문득 자기 앞에 서 있는 묵잠을 보며 힐난조로 말했다.

"이보게, 자네는 아들이 혼자 떠났는데도 아무 걱정도 안 되나? 녀석이 떠날 때 몰래 뒤따라가지 않고 왜 여기서 얼쩡거리고 있나?"

그 말에 묵잠이 무뚝뚝한 음성으로 대답했다.

"녀석이 아니라 지존입니다. 그리고 제가 따라가지 않더라도 잘해낼 수 있을 것입니다."

그 말과 함께 어디론가 성큼성큼 걸어가는 묵잠.

아직도 거센 연기가 치솟아오르는 무저갱 입구까지 나아
가 굳은 표정으로 도를 뽑아 들었다. 마치 놈들이 쳐들어오면
단숨에 베어버릴 듯한 자세로.

혈영노조는 그 모습을 보며 고개를 끄덕였다.

'하긴 아들이 갑자기 지존위에 등극했으니 그 심정이 얼마
나 무거울꼬.'

아마 묵잠은 지존이 된 아들을 보고 기쁘고 자랑스러운 기
분을 느끼는 한편으로, 말할 수 없는 부담감을 느끼고 있으리
라.

아직 열일곱 살에 불과한 철부지 아들.

그럼에도 불구하고 산전수전 다 겪은 마인들을 휘하에 거
느려야 하니, 아비 된 입장에서 아들의 낯을 세워줘야 한다는
생각으로 필사의 각오를 다지고 있을 것이다.

그런 심정은 묵잠 곁으로 다가가 암기를 꺼내 들고 있는 금
초초 역시 마찬가지일 테고.

'그러나 너무 조바심 낼 필요 없네. 아직 후아에겐 창창한
세월이 남아 있으니…….'

아마 이번 위기를 넘기고 나면, 그리고 강호로 나가 자신들
의 수종(隨從)을 받으며 세월이 흐르고 나면 차차 지존의 위
엄을 세울 수 있으리라. 흐르는 세월도 사람을 강하게 만들어
주지만, 때론 자리가 그 사람을 강하게 만들어주기도 하니.

'그건 그렇고, 놈들이 슬슬 나타날 때가 된 것 같은데 왜 이

리 소식이 없을꼬?

혈영노조가 주위를 둘러보며 상념에 잠겨 있을 때였다.

쐐애액!

퓨퓨퓨퓨풋!

갑자기 어둠 속에서 암기가 빗발처럼 날아왔다.

마침내 놈들이 공격을 재개한 것이었다.

그러나 다행인지 불행인지, 이전처럼 검웅이나 남해신검급의 초절정고수가 앞장선 게 아니라 그 휘하에 있던 복면인들이 먼저 공격해 왔다.

"와아아! 쳐라!"

쐐애액!

카카캉!

장내는 삼시간에 아비규환의 소용돌이에 휩싸여 갔다.

그러나 이전처럼 일방적인 싸움이 아니었다. 예상외로 팽팽한 접전이 벌어지고 있었다.

묵자후가 곧 돌아올 것이라는 생각에 사기가 충천했는지, 마인들이 필사적으로 복면인들을 상대한 때문이었다.

팔다리가 베어져 나가고 목이 잘려 나가면서도 악착같이 복면인들을 물고 늘어지는 마인들. 그 독기에 질렸는지 복면인들이 수적 우위에도 불구하고 한동안 우세를 점하지 못하고 있었다.

"저런 한심한."

결국 뒤에서 지켜보고 있던 검웅과 남해신검 등이 못마땅한 표정으로 장내에 뛰어들었다.

그때부터 분위기는 급전직하(急轉直下), 마인들 쪽이 정신없이 밀리기 시작했다.

*　　　　*　　　　*

'으음…….'

묵자후는 바짝 긴장하고 있었다.

헤어진 지 며칠 지나지도 않았는데 확 달라져 버린 만년오공 때문이었다.

이전까지만 해도 동굴 구석에 웅크리고 앉아 하루 종일 허물만 벗고 있던 만년오공. 그러나 지금은 까만 윤기가 흐르는 섬뜩한 동체에 투명한 날개를 달고 있었다. 또한 이전보다 덩치는 좀 더 작아졌지만, 화령신조에게 쪼이고 남은 한쪽 눈에서 시퍼런 광채가 흘러나오고 있어 쳐다보기만 해도 오싹한 한기가 느껴질 정도였다.

그런 놈이 살기 띤 눈빛으로 자신을 노려보고 있었으니 제아무리 강단있는 묵자후라 하더라도 등에 식은땀이 흘러내릴 수밖에 없었다.

'그러나 이렇게 시간만 허비하고 있을 순 없다!'

묵자후는 굳은 표정으로 검을 뽑았다.

나직한 검명이 울리자 놈이 꿈틀거리며 자리에서 일어났다.

'그래, 그렇게 날 따라오는 거야.'

묵자후는 놈을 노려보면서 천천히 뒤로 물러섰다.

그러나 묵자후가 뒤로 물러서자마자 놈이 다시 자리에 앉아버린다.

'빌어먹을!'

묵자후는 잠시 이맛살을 찌푸리다가 주변에 있는 돌멩이를 들어 놈에게 힘껏 집어 던졌다. 칠성의 공력을 실은 장심투뢰(掌心投雷)의 수법이었다.

키이잇!

녀석이 날카로운 기음을 토하며 턱다리를 벌렸다. 그러자 시커먼 독기가 빛살처럼 흘러나와 돌멩이를 녹여 버렸다. 그러고도 여력이 남아 묵자후의 가슴을 강타해 버렸다.

묵자후는 신형을 비틀거리며 뒤로 물러났다.

미처 피할 사이도 없이 날아든 독기.

그 독성이 어찌나 지독하던지 가슴 부위에서 새하얀 연기가 피어오르고 살점이 흉물스럽게 변해갔다.

"이런!"

묵자후는 급히 상처 부위를 도려냈다. 그리고는 자존심 상한 표정으로 놈을 노려봤다.

놈이 '끄끄끄' 거리며 웃고 있었다.

"이 자식이 보자 보자 하니까?"

결국 쉽게는 안 따라올 모양이었다.

"좋아! 이렇게 된 이상 오랜만에 한판 겨뤄보자구!"

묵자후는 눈썹을 곤두세우며 신형을 박찼다.

그러나,

끼와악!

놈이 오싹한 기음을 터뜨리며 믿을 수 없는 속도로 다가왔
다. 그리고,

쿠당탕!

"크윽! 이럴 수가……?"

묵자후는 눈꼬리를 부르르 떨며 허공을 쳐다봤다.

놈이 날개를 펄럭이며 천장에 달라붙어 있었던 것이다. 그
리고 턱다리 사이로 침을 질질 흘리며 자신을 노려보고 있었
는데, 그 섬뜩한 눈빛을 대하자 도저히 싸울 엄두가 나지 않
았다.

빛보다 빠른 속도로 움직이면서 허공까지 날아다니고, 독
성도 이전보다 몇 배는 더 강해진 것 같았다. 때문에 만독불
침이라고 자부하던 묵자후조차 호흡이 곤란해질 정도였다.

'이를 어쩐다? 다들 애타게 기다릴 텐데…….'

묵자후는 애간장이 바짝바짝 타 들어갔다. 그러나 놈은 자
신을 놀리기라도 하려는지 천장만 빙글빙글 돌고 있었다.

'하는 수 없군. 뒤는 나중에 생각하고 일단 무리를 해보는

수밖에.'

묵자후는 이를 악물며 전신 공력을 끌어올렸다.

벌써 수없는 혈전을 치르고 엄중한 부상까지 입은 묵자후였다.

그나마 진기요상법으로 어느 정도 공력을 회복했으나, 이곳으로 달려오면서 진기를 너무 무리하게 소모해 버렸다. 때문에 공력을 일주천(一周天)시키자 전신 혈맥이 찢어질 듯 아파왔다. 하지만 묵자후는 입술을 깨물며 모든 공력을 검에 집중했다. 그러자 검신에 파르스름한 검강이 맺혔다.

"놈! 내려와라! 다시 한 번 붙어보자!"

묵자후가 검극을 흔들며 소리치자 놈은 움찔한 표정으로 눈알을 희번덕였다. 하지만 여전히 천장에 달라붙어 내려올 생각을 않았다.

묵자후는 기다리다 못해 신형을 박차며 놈의 머리를 향해 강하게 검을 뿌렸다.

새하얀 검기가 만년오공의 머리를 향해 날아갔다. 순간, 놈이 번개처럼 뒤로 물러났고, 그 바람에 놈의 꼬리에 부딪친 종유석들이 우수수 떨어져 내렸다. 그로 인해 흙먼지가 자욱히 날리고 시야가 차단된 상태에서 놈이 벼락처럼 몸을 날려왔다.

끄와아악!

상상해 보라!

집채만 한 지네가 시커먼 독을 쏘아대며 상상을 초월한 속도로 전신을 덮쳐 오는 모습을.

그건 징그러움을 넘어선 오싹한 공포였다.

"웃?"

묵자후는 헛바람을 들이켜며 급히 신형을 물렸다. 그리고 후퇴하는 자세 그대로 검극을 틀어 날아오는 독기를 쳐냈다. 순간 손목에 시큰한 통증이 엄습했고, 백여 쌍이나 되는 놈의 다리가 무시무시한 기세로 사지를 베어왔다.

묵자후는 가슴 철렁한 위기감을 느끼며 생사보법을 극한까지 펼쳤다. 그 결과, 아슬아슬한 차이로 놈의 공격을 피해낼 수 있었고, 머리 위를 스쳐 가는 칼날 같은 다리 사이로 놈의 텅 빈 아랫배가 보였다.

묵자후는 검강을 뿌릴까 하다가 검결지를 짚은 손가락으로 지풍을 발출했다.

그러나 놈의 날개가 어느새 아랫배를 보호하고 있었다. 그리고 놈의 동체가 뒤늦게 바닥으로 내려앉으며 엄청난 진동을 일으켰다. 그 여파로 인해 또다시 자욱한 흙먼지가 휘날렸고, 묵자후는 어쩔 수 없이 뒤로 물러나야 했다.

그리고 정신없이 뒤로 물러나다 보니 어느새 동굴 밖에 이르렀고, 좀 전의 지풍이 효과가 있었는지 드디어 만년오공도 흉성을 터뜨리며 동굴 밖으로 기어나왔다.

그러나 묵자후는 기뻐할 정신도 없었다.

놈의 움직임이나 기세가 상상을 초월할 정도였기 때문이다.

특히 날개를 펄럭이며 허공으로 뛰어올랐다가 지면으로 쇄도하면서 독기를 뿜어오는 공격은 무슨 수로 막아야 할지 생각조차 나지 않았다.

그저 신형을 뒤로 물리며 독기를 쳐내는 수밖에 없는데, 그러면 곧바로 쇠갈퀴 같은 턱다리가 머리를 찍어오고, 다시 신형을 틀어 그 공격을 피하면 백여 쌍의 다리가 종횡무진 전신을 갈라온다.

어찌어찌 임기응변을 써서 겨우 놈의 공세를 흘려버린 뒤 반격이라도 가할라 치면, 놈의 날갯짓에 자욱한 흙먼지가 피어올라 시야를 가려 버리니 그야말로 미치고 환장할 지경이었다.

하지만 그런 힘겨운 싸움을 벌여가며 놈을 유인해 마침내 용암동굴 중앙에 있는 광장까지 이끌어냈다. 그리고 그때부터는 이전보다 더욱 힘겨운 싸움을 벌여야 했는데, 주변이 아무 거칠 것 없는 넓은 공간이다 보니 놈의 움직임이 더더욱 신출귀몰해진 것이다. 그러다 보니 묵자후의 몸에 하나둘 상처가 늘어났고, 급기야는 기력마저 탈진될 정도에 이르렀다.

그리고 묵자후의 움직임이 눈에 띄게 느려지자 놈이 드디어 끝장낼 결심을 굳혔는지 요사스럽게 몸을 일으키며 수십 쌍의 다리를 쫙 벌리기 시작했다. 그리고 허리를 기이하게 흔

들며 입을 쫙 벌렸는데, 그 안에서 기이한 옥색 광채가 흘러
나오기 시작했다.

묵자후는 그 광경을 보자 가슴이 덜컥 내려앉았다.

'설마 저놈이……?'

갑자기 이유를 알 수 없는 공포감이 엄습했다.

언젠가 마뇌에게 들은 이야기의 한 토막이 생각난 것이다.

영물들은 모두 천지의 기를 모은 내단(內丹)을 간직하고 있
어 최후의 순간이 되면 그걸 발출해 상대를 격살한다는.

끄끄끄끄끄끄.

그런데 그 이야기가 사실이었다.

아직 최후의 순간도 되지 않았건만 놈이 기괴한 울음을 토
하며 입을 쩍 벌리기 시작했다. 그러자 놈의 입 안에서 투명
한 구슬이 찬란한 빛을 발하기 시작했다.

묵자후는 아무 생각도 나지 않았다.

놈이 입을 벌리자마자 사력을 다해 바닥을 구를 뿐이었다.

콰아아아아아!

무시무시한 음향이 귓전을 울려왔다. 동시에 뜨거운 기운
이 아슬아슬하게 머리 위를 스쳐 갔다.

쫘르릉!

등 뒤에서 무시무시한 폭음이 들려왔다. 그리고 눈 한 번
깜박거릴 사이도 없이 그 물체가 다시 되돌아왔다.

고오오오오오.

대기를 가르며 무시무시한 속도로 날아드는 옥색 서기.

묵자후는 대경실색한 표정으로 그 자리에서 굳어버렸다.

이미 동굴 벽 한쪽을 완전히 녹여 버린 만년오공의 내단이 묵자후의 전신을 완전히 집어삼키려는 찰나, 그 누구도 예상치 못한 경천동지할 기변(奇變)이 일어났다.

제18장

대폭발

魔道
天下

"으아아! 이 개새끼들아!"

흡혈시마는 입에 거품을 물며 필사적으로 몸을 움직였다.

이미 그의 발아래엔 세 명의 복면인이 쓰러져 있고, 좌우에 선 두 명의 복면인이 검을 날려오고 있었다.

슈각, 촤악!

"끄으… 이 창자를 씹어 먹을 놈들……."

그동안 몸을 보호해 주던 둔겁탄마공도 이젠 더 이상 믿을 수 없었다. 놈들의 검이 스칠 때마다 시뻘건 핏물이 솟아오르고 화끈한 통증이 전해져 왔다.

그나마 묵자후에게서 배운 금강폭혈공이 복면인들의 기를

알게 모르게 흡수해 주고 있어 간신히 버틸 수 있었지만 그 효과도 이젠 바닥을 드러내고 있었다. 본신 진기가 너무 고갈된 때문이었다.

다른 이들의 처지도 흡혈시마와 별반 다르지 않았다.

불과 얼마 전까지만 해도 오백 명을 헤아리던 마인들, 이젠 대부분이 죽고 살아남은 사람은 백 명도 채 되지 않았다.

그것도 혈영노조와 음풍마제, 무풍수라와 생사도 묵잠 등이 차륜전과 합공을 번갈아 펼쳐 가며 간신히 검웅을 견제하고 있고, 오보추혼 사무기와 마도요화 금초초, 구유도 등곽과 냉면사신 담극 등이 간신히 남해신검을 상대하고 있을 뿐, 나머지는 바람에 날리는 낙엽처럼 덧없이 목숨을 잃고 있었다.

콰지직, 빠각!

"끄윽!"

철두공과 파미각(波尾脚)을 이용, 간신히 두 명의 복면인마저 해치운 흡혈시마는 이제 그만 바닥에 주저앉고 싶었다. 숨이 턱까지 차 올라 도저히 움직일 기운이 없었던 것이다.

'훅, 훅… 후아야, 왜 안 오는 것이냐? 설마 그 괴물들에게 잡혀 먹히기라도 한 것이냐?'

흡혈시마는 문득 묵자후를 떠올리다가 강하게 고개를 내저었다.

아니다!

다른 놈이라면 몰라도 묵자후가 그리 호락호락 당할 리

없다.

아득한 과거, 철부지 일곱 살 때도 자신과 맞장을 뜨려 했던 놈이다. 그런 놈을 하찮은 미물들이 어찌 감당할 수 있단 말인가?

'아무렴. 그놈이 어떤 놈인데.'

그렇게 딴생각에 빠져 있는 순간, 처절한 비명이 들려왔다.

또 한 명의 마인이 목숨을 잃어버린 것이다.

그 광경을 보자 흡혈시마는 번쩍 정신이 들었다.

자신이 숨을 고르고 있는 순간에도 많은 이들이 목숨을 잃고 있었다. 그러니 지쳤다고 해서 이대로 지켜보고만 있을 순 없었다.

흡혈시마는 신형을 비틀거리며 다시 걸음을 옮겼다.

천장이 빙빙 돌고 시야가 뿌옇게 흐려왔지만 억지로 눈을 부릅뜨며 앞으로 나아갔다.

그런데 몇 발짝도 걷기 전에 위기에 처한 금초초의 모습이 들어왔다. 남해신검에게 가슴을 뚫리기 일보 직전이었다.

"와아악! 이놈, 검… 검을 멈춰라!"

흡혈시마는 헐떡이는 목소리로 고함을 질렀다. 동시에 바닥에 있는 돌멩이를 힘껏 걷어찼다.

놈이 흠칫하며 검극을 틀어 돌멩이를 쳐내는 모습이 눈에 들어왔다. 그리고 놈의 얼굴이 확 가까워졌다.

'뭐야? 내가 움직인 거야, 아니면 놈이 내게 달려든 거야?'

답은 금방 알 수 있었다.

쐐애애액!

귓전을 자극하는 칼바람 소리.

놈이 검광을 번뜩이며 목을 베어오고 있었다.

"어훙! 어림없다, 이놈!"

어디서 그런 힘이 솟았을까?

흡혈시마는 괴성을 터뜨리며 오히려 놈의 겨드랑이 아래를 파고들었다. 그리고 이판사판이란 심정으로 놈의 팔꿈치 아래에 있는 연한 살점 부위를 콱 깨물어 버렸다.

"큭?"

언뜻 놈의 눈자위가 커지는 듯했다. 하지만 그의 손목이 맹렬한 회전을 일으켰고, 이내 뒤통수에 불이 번쩍이더니 어마어마한 통증이 엄습해 왔다.

하지만 흡혈시마는 이를 악물며 놈의 팔꿈치를 물고 늘어졌다. 그리고 놈의 검격에 의해 신형을 축 늘어뜨리면서도 무릎으로 놈의 허벅지 안쪽을 강타했다.

"큭!"

놈이 인상을 찌푸리며 뒤로 물러났다.

때맞춰 오보추혼 사무기와 냉면사신 담극이 합공을 펼쳐온 것이다. 하지만 그 대가로 냉면사신 담극은 허벅지에 긴 검상을 입고 바닥으로 널브러졌고, 오보추혼 사무기는 술에 취한 사람처럼 정신없이 비틀거렸다. 그리고 흡혈시마 역시 머리에 피를 철철 흘리면서 양 무릎을 털썩 꿇고 말았다.

　모두의 합공을 물리친 남해신검이 저승사자처럼 다가왔다.

　"큭큭, 여기가 내 인생의 종착지란 말인가?"

　흡혈시마는 툴툴거리며 놈의 살점을 퉤 뱉어버렸다. 그리고는 죽일 테면 죽이라는 심정으로 바닥에 벌렁 드러누웠다.

　이젠 진짜로 움직일 힘이 없었다.

　반격은커녕 손가락 끝도 까닥일 힘이 없었다.

　그런 흡혈시마를 향해 남해신검이 검을 치켜들었다.

　흡혈시마는 눈을 질끈 감아버렸다.

　쉬익!

　섬뜩한 검명이 귀를 울려왔다.

　흡혈시마는 온몸에 소름이 돋는 걸 느꼈다.

　바로 그때, 기적 같은 일이 벌어졌다.

　우르르르릉!

　갑자기 지면이 미친 듯이 요동을 쳤다. 그리고 저 뒤에 있는 무저갱에서 하얀 연기가 치솟아오르더니 바닥에 쩍쩍 금이 가기 시작했다. 뒤이어 진동에 못 이긴 바위와 종유석들이 와르르 떨어져 내리며 자욱한 흙먼지가 휘날리기 시작했다.

　"헉? 이게 무슨 일이야?"

　"지진! 지진이다!"

　갑작스런 지진에 남해신검은 물론이고 모두가 싸움을 멈

추며 일제히 뒤로 물러났다. 동굴 전체가 너울 치듯 흔들리며 바닥뿐만 아니라 천장에서도 쩍쩍 금이 가는 걸 보니 왠지 심상치 않은 기분이 든 때문이었다.

그리고,

우르르르룽, 콰아아아!

저 먼 무저갱에서부터 시뻘건 화광(火光)이 치솟아올랐다.

자욱한 연기를 뚫고 허공으로 솟구치는 시뻘건 불길.

그 무시무시한 광경에 남해신검뿐만 아니라 검웅 이시백마저 안색이 하얗게 질려 버렸다.

우르르르룽!

동굴을 뒤흔드는 강력한 지진.

묵자후는 한동안 자리에서 꼼짝도 할 수 없었다.

비록 엄청난 진동으로 온몸이 떨려왔지만, 만년오공의 내단이 코앞에서 뚝 멈춰 맹렬한 회전을 일으키고 있었으니 등에 식은땀이 나서 손도 까딱할 수 없었던 것이다.

'그런데 녀석이 왜 갑자기 공격을 멈춘 거지?'

방금 전까지만 해도 그렇게 무지막지하게 날뛰던 녀석이 지진이 일어나자마자 온순한 양처럼 변해 사지만 벌벌 떨고 있었다.

보아하니 지진에 잔뜩 겁을 먹고 있는 것 같은데, 그런 반응이 도무지 이해가 되지 않았다.

'왜지? 단순한 지진일 뿐인데?

물론 단순한 지진만은 아니었다.

묵자후도 난생처음 겪었지만, 지축이 요동치듯 흔들리고 사방에서 돌무더기가 와르르 쏟아져 내리고 있었다.

하지만 만년오공 정도 되는 괴물이 두려워할 정도는 아닌 것 같았는데, 잠시 후 그보다 더 놀라운 일이 발생했다.

쩌저저적!

묵자후도 미처 예상치 못한 지진의 여파.

갑자기 빙판에 금이 가듯 바닥 전체에 금이 쩍쩍 가기 시작하더니 용암이 미친 듯이 들끓기 시작했다.

'헉! 서, 설마?

예상은 언제나처럼 딱 맞아떨어졌다.

이미 갈라져 버린 지면이 점점 넓게 벌어진다 싶더니 그 사이로 하얀 연기가 치솟고 잠시 후 시뻘건 용암이 분출되기 시작했다.

부그르르, 콰아아!

"으아아!"

묵자후는 황급히 바닥을 굴렀다.

지금 상황에서는 만년오공의 내단이고 뭐고 신경 쓸 계제가 아니었다. 방금 전까지만 해도 멀쩡하던 바닥이 시뻘건 불길에 휩싸여 버렸으니.

'으으……'

놀란 것은 묵자후뿐만이 아니었다.

만년오공의 움직임도 다급해졌다.

녀석은 급히 내단을 회수하더니 날개를 퍼덕이며 동굴로 되돌아가려고 했다.

하지만 천장에서 돌무더기가 수없이 떨어져 내리고, 녀석이 은신하고 있던 동굴 입구 쪽에서도 시뻘건 화광이 치솟자 녀석은 공포에 질려 우왕좌왕하기 시작했다.

끼이이.

사방에서 분출되는 용암에 질렸는지, 녀석은 덩치에 걸맞지 않게 비명을 지르며 어떻게든 동굴로 되돌아가려고 발버둥을 쳤다.

하지만 몇몇 불덩어리에 얻어맞아 껍질이 벌겋게 달아오르자 놈은 사지를 비틀며 마구 괴성을 질러댔다.

바로 그때,

키아아아아아!

등 뒤에서 심혼을 뒤흔드는 무시무시한 기음이 들려왔다. 그리고 동굴 전체가 갑자기 밝아져 왔다.

"맙소사!"

지진으로 인해 무섭게 들끓고 있는 용암.

그 속에서 화령신조가 나타난 것이었다.

시뻘건 용암이 폭죽처럼 비산하는 가운데 눈부신 황금색 몸체를 드러내며 허공으로 날아오르는 화령신조.

'크윽!'

두 눈이 터져 나갈 듯했다.

이전과는 비교조차 할 수 없는 강렬한 광휘.

게다가 예전보다 더욱 커진 몸집으로 녀석이 길게 목을 뽑으며 연신 기음을 토하기 시작했다.

묵자후는 공포에 떨며 주춤주춤 뒤로 물러났다.

만년오공 역시 마찬가지였다.

놈은 이제 동굴로 되돌아가는 건 완전히 포기해 버렸는지, 서둘러 이곳을 빠져나가려고 아무 벽에나 머리를 쿵쿵 찧어 대고 있었다.

하지만 화령신조는 그에 눈길조차 주지 않고 마음껏 허공을 날아다녔다.

시뻘건 용암이 녀석의 몸을 뒤덮을 때마다 녀석은 더욱 커지고 더욱 찬란해졌다. 그리고 녀석이 무시무시한 기음을 터뜨리며 날갯짓을 할 때마다 녀석에게서 황금빛 불꽃이 우수수 떨어져 내렸다.

지면에서 허공으로 솟구치는 시뻘건 불길.

그리고 허공에서 아래로 떨어져 내리는 황금빛 불길.

동굴에는 때 아닌 불의 향연이 벌어지고 있었다.

결국 묵자후는 자의 반 타의 반으로 동굴을 빠져나왔다.

하지만 소기의 목적은 이미 달성한 상태였다. 만년오공이 겁에 질려 정신없이 자기 뒤를 뒤따라오고 있었으니……

'으음······.'

검웅은 굳은 표정으로 좌우를 둘러봤다.

갑작스런 지진과 용암 분출로 넋을 잃고 있는 동안 사방은 이미 초열지옥으로 변해갔고, 마인들은 어둠 속으로 종적을 감춰 버렸다.

'허허.'

어쩌면 일이 이렇게 공교로울 수 있단 말인가?

지진이 반 시진 정도만 늦게 일어났더라도 놈들을 모두 척살할 수 있었을 텐데······.

'설마하니 하늘이 저들을 돌봐주고 있단 말인가?

괜히 그런 생각까지 들었다.

느닷없는 천재지변이 일어나서 놈들을 놓쳐 버렸을 뿐만 아니라 애꿎은 수하들이 피해를 당했으니······.

'그러나 아직 늦진 않았어.'

고작해야 반 시진 차이.

지금이라도 추격을 명하면 놈들을 몰살시킬 수 있으리라.

그러나 선뜻 입이 떨어지지 않았다.

왠지 불길한 예감이 들어서였다.

지진이 일어나면서부터 이곳 공기가 완전히 바뀌어 버려, 숨도 쉴 수 없을 만큼 지독한 유황 냄새가 코를 찌르고 있었다. 그리고 지진이 간헐적으로 계속 이어지고 있는 데다 곳곳에서 용암이 분출되고 있었으니, 여기서 조금만 더 지체하면 동굴 전체가 폭발할 것 같은 기분이 들어 명을 내리기가 망설여졌다.

'그렇다고 이대로 돌아가자니 양(楊) 공자가 실망할 테고⋯⋯.'

사실 검웅이 그 신분에도 불구하고 이곳까지 오게 된 이유는 뇌존의 셋째 제자인 비룡검(飛龍劍) 양욱환(楊旭煥) 때문이었다.

양욱환은 자신의 사형이자 뇌존의 둘째 제자인 운룡검(雲龍劍) 유소기(兪召起)가 뇌존의 허락하에 비밀 세력을 양성하고 있다는 말을 듣고 한동안 질투심에 시달렸다. 그 이유는 다름 아닌 영웅성의 차기 권력 구도 때문이었다.

뇌존 탁군명은 이미 환갑이 넘었는데도 웬일인지 후계자 지명을 않고 있었다.

그는 슬하에 아들 둘과 딸 하나를 두었고 세 명의 제자를 거느리고 있었는데, 그들 모두에게 공평한 기회를 주려는지, 아니면 그 스스로 아직 한창 일할 때라고 생각했는지 몇 년 후에 후계자 지명을 하겠다고만 이야기하고 의욕적으로 대내외 업무를 관장하고 있었다.

그러다가 십 년 전쯤 강호에 흑마련(黑魔聯)이라는 정체불명의 단체가 등장하고, 그들이 무서운 속도로 세를 모으기 시작하자 대제자인 천화신검(天華神劍) 장무욱(張武昱)에게 백

의전(白衣殿)을 맡겨 그들에 대한 뒷조사와 그 처리를 담당케 했다.

그리고 둘째 제자인 운룡검 유소기에겐 예전부터 키우고 있던 특수 살인 집단을 맡겼고, 셋째 제자인 양욱환에겐 본성의 무공총사(武功總師) 직을 맡기기에 이르렀다.

하지만 무공총사라는 게 겉보기에는 화려해 보이지만 휘하에 무력 단체 하나 거느릴 수 없는 명예직에 불과하기에 양욱환은 남모를 불만과 위기의식을 느꼈다. 그러다가 겨우 묘안을 짜낸 게 바로 이번 천금마옥 건이었다.

강호에 정체 모를 세력이 나타났으니 만약의 사태에 대비하기 위해서는 먼저 강호의 우환거리나 마찬가지인 이곳 마인들을 척살해야 한다는 논리를 편 것이다.

그 결과, 영웅성 최고의 무력 부대인 척마단을 동원할 수 있었고, 그 바람에 척마단의 후견인이자 어린 시절부터 양욱환을 유달리 아꼈던 검웅 이시백이 여기까지 따라오게 된 것이었다.

그런데 지금과 같은 예기치 못한 상황에 직면하게 되니 진퇴를 결정하기가 심히 난감했다.

만에 하나라도 이곳 마인들이 살아나가게 되고, 그들 중에 누가 지존령을 갖고 있기라도 한다면 상황은 일파만파의 소용돌이에 휩싸이게 된다.

게다가 지존령을 가진 이가 정체불명의 단체와 손을 잡기라도 하면 상황은 최악의 국면으로 번져 제이의 정사대전이 발발하게 될지도 모른다.

'그렇게 되면 애써 이곳까지 온 의미가 없을뿐더러 삼공자나 성주를 볼 낯이 없게 되니 결국 위험을 무릅쓰고 놈들을 몰살시킬 수밖에 없단 말인가?'

검웅은 나직한 한숨을 쉬며 주위를 둘러봤다.

자신들이 지나온 무저갱.

이미 그곳에는 다섯 자(尺)에 이르는 용암이 분출되고 있었다.

저 높이가 만약 일 장을 넘게 되면 대부분의 수하들은 이곳에 뼈를 묻을 수밖에 없으리라.

'하지만 어쩌겠는가? 이미 시작한 일, 돌이킬 순 없다!'

검웅은 결심과 함께 검을 뽑았다.

스르릉!

나직한 검명이 울리자 복면인들이 일제히 눈을 빛냈다.

파라라락!

멀리서 옷자락 떨리는 소리가 들려왔다.

마인들은 그 자리에서 흠칫 굳어버렸다.

"크윽! 놈들이 벌써 뒤쫓아왔단 말인가?"

음풍마제가 통한의 눈빛으로 뒤를 돌아봤다.

이미 그의 전신은 피로 범벅이 되어 있었고, 특히 넝마처럼 헤집어진 그의 양손엔 가슴이 쩍 갈라진 채 혼절해 있는 마뉘가 안겨 있었다. 그리고 그 옆에는 묵잠과 금초초가 무풍수라의 양 어깨를 부축하고 있었고, 구유도 등곽과 오보추혼 사무기 등이 탈진한 흡혈시마를 부축하고 있었다. 그리고 혈영노조를 비롯한 나머지 사람들도 각자 중상을 입어 운신하기 힘든 이들을 부축하거나 서로 몸을 의지하면서 걸음을 재촉하고 있었는데, 벌써 놈들이 추격해 온 듯하자 모두 암담한 표정으로 주먹을 움켜쥐었다.

"으드득! 여기서 끝장을 봅시다!"

누군가가 이를 갈며 소리치자 다들 비통한 표정으로 고개를 끄덕였다.

그때 묵잠이 말했다.

"모두 계속 가시오! 제가 놈들을 막아보겠습니다."

그러자 금초초가 입술을 깨물며 묵잠 곁에 나란히 섰다.

모두들 뺨을 씰룩이며 어찌할까 고민하는데, 무풍수라가 두 사람 앞을 막아섰다.

"흐흐, 자네들이 그놈들을 막겠다고? 아서라. 차라리 내가 놈들을 막으마."

"선배?"

"선배고 자시고, 자넨 용암동굴로 가서 후아를 찾아봐야 할 게 아닌가? 그리고… 알다시피 난 이미 한쪽 팔이 망가져버렸어. 이 상태로는 모두에게 짐만 될 뿐이야."

히죽 웃으며 부러져 버린 손을 치켜드는 무풍수라.

그 처연한 미소가 모두의 가슴을 저릿하게 울려왔다.

이미 양발이 잘려 나가 두 손으로 움직이던 그였는데, 이젠 한쪽 팔마저 부러져 버렸으니 그 몰골이야 말해 무엇 하랴?

"관두시오, 선배. 그 몸으로 어찌 싸운단 말이오? 차라리 선배가 후아를 찾아봐 주시오. 그래서 그 아이에게……."

묵잠이 뭐라고 당부를 하려는 순간, 누군가가 그의 말을 잘라 버렸다.

"크흐흐, 난 네놈을 믿지 않아! 예전처럼 또다시 놈들에게 무릎을 꿇어버릴지 모르잖아? 차라리 형님과 내가 싸우고 있을 동안 대장로나 잘 모셔!"

"시마 선배?"

"그런 눈으로 보지 마! 나와 형님이 힘을 합치면 네놈 열이 와도 못 당해. 뭐 하슈, 형님? 어서 내 어깨 위로 올라오슈!"

"네 어깨 위로? 흐흐흐, 좋아. 이심동체(二心同體)라……. 아주 재미있는 싸움이 되겠군. 그런데 내 마지막을 네놈 어깨 위에서 맞이해야 하다니, 내 인생도 참 복도 지지리도 없군."

"이 양반이 주둥이만 살았나? 야, 냉면사신! 거기서 아픈 체하고 있지 말고 이리 와서 형님 좀 안아드려!"

"예!"

냉면사신 담극이 꿍꿍거리며 무풍수라를 안아 흡혈시마의 어깨 위에 목말을 태웠다.

"선배⋯⋯."

묵잠이 억눌린 목소리로 불렀지만 흡혈시마는 애써 못 들은 체하며 등을 휙 돌려 버렸다.

"다들 뭘 보고 있어? 어서 출발하란 말이야! 놈들에게 단체로 목을 내주고 싶어? 우리에겐 아직 용암호가 남았단 말이야! 가서 용암호를 터뜨리고 후아를 찾아!"

흡혈시마가 충혈된 눈빛으로 고함을 질렀다.

마인들은 저마다 눈시울을 붉히면서도 천천히 뒤돌아섰다.

어차피 누군가는 시간을 벌어줘야 한다. 그래야 용암호를 터뜨려 놈들과 동귀어진을 벌일 수 있다.

실로 비참한 결말이 되겠지만, 그마저도 하지 않으면 원통해서 눈을 감을 수 없다.

"여기⋯ 최후의 순간에 쓰시오."

폭마가 마지막 남은 세 개의 화탄 중 하나를 무풍수라에게 건네주려 했다. 하지만 흡혈시마가 대신 고개를 내저었다.

"싫소! 우리가 이걸 써버리면 탈출을 못하지 않소!"

하긴 그럴지도 모른다.

마지막 남은 세 개의 화탄은 용암호를 터뜨리고 지네 동굴을 폭파하기 위해 아껴둔 것이다.

그러나 묵자후가 돌아오지 않으면 하나는 소용이 없다.

"받아두시오. 지금까지도 안 오는 걸 보면 아마도⋯⋯."

마뇌가 씁쓸한 표정으로 입을 열자마자였다.

"이 양반이 지금 무슨 개소리를 하고 있는 거야? 후아는 와! 반드시 돌아온다고! 그러니 아껴뒀다가… 후아 녀석에게 전해주시오!"

아직도 묵자후에게 기대를 걸고 있는 흡혈시마.

폭마는 나직이 한숨을 내쉬며 말했다.

"화탄도 없이 그 몸으로 어찌 놈들을 막겠단 말이오?"

흡혈시마가 피식 웃으며 대답했다.

"형님도 마찬가지겠지만, 내겐 최후의 무공이 있소. 아직도 방원 십 장 정도는 초토화시킬 수 있으니 걱정 마시오."

그 말에 모두의 얼굴이 딱딱하게 굳어갔다.

흡혈시마 최후의 무공.

그건 바로 온몸을 폭사시키는 천참폭혈이다.

"선배……."

묵잠이 격동을 이기지 못해 눈꼬리를 떨며 흡혈시마를 쳐다봤다. 흡혈시마는 피식 웃으며 묵잠에게 눈웃음을 보냈다.

"나중에… 후아 녀석을 보거든 말해줘. 녀석 때문에 그동안 행복했었다고."

그때 무풍수라가 흡혈시마의 뒤통수를 후려쳤다.

"이놈아! 궁상 떨지 마라! 마인들은 죽는 그 순간까지도 당당해야 하는 법이다!"

"이런 빌어먹을! 유언도 못 남긴단 말이오?"

흡혈시마가 눈을 치뜨며 항의했지만 오히려 뒤통수만 한 대 더 얻어맞고 말았다.

"유언은 무슨! 원없이 싸우다 죽으면 그뿐이야!"

"젠장, 멋있는 척하기는."

흡혈시마는 입을 삐죽이며 툴툴대다가 모두를 향해 다시 고함을 질렀다.

"어서 떠나라니깐! 벌써 놈들이 언덕을 넘어오고 있어!"

그때부터 모두의 움직임이 바빠졌다.

폭마는 한숨을 내쉬며 화탄을 돌려받았고, 묵잠을 비롯한 나머지 마인들은 두 사람에게 예를 취해 보인 뒤 혈영노조를 호위하며 서둘러 자리를 떴다.

그런데 냉면사신 담극이 머뭇거리며 움직일 생각을 않았다.

"뭐 해, 임마? 어서 떠나라니깐!"

흡혈시마가 눈알을 부라렸지만 냉면사신은 처연한 표정으로 고개를 가로저었다.

"보시다시피 제 다리가 이 모양이라서요."

"이 자식, 무인은 몸뚱아리가 밑천인데……."

흡혈시마는 충혈된 눈빛으로 냉면사신의 허벅지를 바라보다가 갑자기 등을 돌렸다.

"온다! 준비해!"

그 말이 떨어지기가 무섭게 냉면사신이 다리를 절룩이며

앞으로 뛰쳐나갔다.

"야, 임마! 어디 가?"

흡혈시마가 소리쳐 불러봤지만 냉면사신은 뒤도 돌아보지 않고 검을 뽑았다. 그리고 단신으로 놈들과 맞부딪쳐 나갔다.

아무래도 흡혈시마가 폭혈공을 펼치는 데 방해가 될까 봐 먼저 싸우다 죽으려는 모양이었다.

흡혈시마는 뺨을 씰룩이며 냉면사신의 최후를 지켜봤다.

그는 정말 장렬히 싸웠다.

그 몸으로도 무려 세 명의 복면인을 쓰러뜨려 놓고야 말았다.

그리고 그의 최후.

목이 달아나는 그 순간까지도 그는 무릎을 꿇지 않았다.

꿋꿋이 서서 피를 흘리고 있다가 마침내 쿵! 하고 쓰러졌다.

흡혈시마는 그 광경을 지켜보며 눈물을 줄줄 흘렸다. 그리고 양발을 어깨 넓이로 벌리며 말했다.

"그런데 말이오, 형님. 만약 우리가 여기서 살아난다면 서열을 다시 정합시다."

"그게 웬 뚱딴지같은 소리냐?"

무풍수라가 부러져 버린 한쪽 팔을 억지로 끼워 맞추며 물었다.

"뚱딴지같은 소리가 아니라… 내 생의 마지막을 장식하는 이 순간까지도 형님을 머리 위에 모시고 있어야 한다고 생각하니 기가 막혀서 그러오."

"미친놈, 좋다! 만약 우리가 여기서 살아나거든 그 기념으로 널 형님으로 모셔주마. 그럼 되겠냐?"

"흐흐, 약속했소?"

"그래, 약속했다."

"좋소. 그럼 그 위에서 이 형님의 무공을 똑똑히 지켜봐 주시오. 내 무공이 얼마나 대단한가를……."

그 말과 함께 흡혈시마가 폭혈공을 끌어올렸다.

그의 전신이 우두둑 커지며 혈관이 잔뜩 부풀어 오르기 시작했다.

"와하하! 이놈들! 어서 오너라! 어서 와서 나와 같이 황천길로 유람을 떠나자꾸나!"

흡혈시마가 광소를 터뜨리며 앞으로 달려갔다.

세 명의 복면인이 그를 발견하고 무서운 속도로 검을 날려왔다.

바로 그때, 무풍수라가 갑자기 흡혈시마의 어깨를 벗어나며 말했다.

"이놈아, 서둘지 마라! 가도 내가 먼저 간다!"

"안 돼, 이 빌어먹을 형님아!"

흡혈시마가 고함을 쳤지만 이미 늦어버렸다.

무풍수라가 눈에 분홍빛 기류를 일렁이며 벌써 복면인들

사이로 뛰어들어 양손을 휘두르고 있었다.

퍼퍼펑!

한 놈이 장력에 얻어맞아 고개를 덜컥 꺾으며 절명했다. 다른 한 놈은 네 활개를 뻗으며 바닥에 엉덩방아를 찧었다. 그러나 마지막 한 놈은 절묘하게 신형을 틀며 무시무시한 검기로 무풍수라의 목을 잘라갔다.

"야, 이 새끼야! 손을 멈춰!"

흡혈시마는 눈을 부릅뜨며 비명을 질렀다.

바로 그때,

쐐애액! 따당!

어디선가 지풍이 날아와 복면인의 검을 날려 버렸다.

뒤이어,

"헉, 헉! 벌써 여기까지 밀린 거예요? 어서 뒤로 물러나요! 어서요!"

아아,

드디어 묵자후가 왔다.

그것도 만년오공까지 데리고.

끼아아아아!

멀리서 들려오는 가슴 철렁한 기음이 지금 이 순간에는 가슴 벅찬 환희의 찬가인 듯 들렸다.

"크하하! 이놈들! 이제 네놈들은 다 죽었다!"

묵자후와 만년오공이 오자 흡혈시마는 기가 산 듯 복면인들을 노려보며 큰소리를 쳤다.

하지만,

"지금 그런 말 할 틈이 어딨어요? 어서 달아나요! 안 그러면 저놈에게 중독돼요!"

묵자후가 벌써 무풍수라를 안고 저만치 달아나고 있다.

깜짝 놀란 흡혈시마는 헐레벌떡 묵자후를 뒤따랐다.

물론 복면인들도 그 뒤를 쫓아가려 했지만 갑자기 암벽 너머에서 집채만 한 괴물이 나타났다.

끼아아아!

만년오공이 녹색 광망을 번뜩이며 기음을 토하자 복면인들이 사지를 부들부들 떨며 그 자리에서 굳어버렸다.

"헉, 헉! 도대체 어디서 저런 괴물이?"

검웅은 질린 표정으로 만년오공을 노려봤다.

연신 날카로운 기음을 토하며 흉성을 드러내는 괴물.

이미 수하들은 태반이 중독되어 한 줌 독수(毒水)로 변해버렸고, 나머지는 중독을 우려해 저 멀리 떨어져 있다.

그와 남해신검, 그리고 진천문주만이 번갈아가며 만년오공을 상대하고 있었는데, 어찌나 지독한 괴물인지 검강도 통하지 않고 화탄도 통하지 않았다.

거기다 섬전을 방불케 하는 속도로 움직이며 독을 뿜어대니 이러다가는 오히려 자신들이 당할 판국이었다.

하지만 별다른 대응 방법이 떠오르질 않아 헉헉거리며 만 년오공을 상대하고 있었는데, 어느 순간 남해신검이 묘안을 떠올렸다.

"으으, 이럴 바에야 차라리 놈을 무저갱으로 유인해 보면 어떨까요?"

"옳거니!"

놈을 무저갱으로 유인한 뒤 화탄을 집어 던지면 일말의 가능성이 있을 것 같았다. 놈이 아무리 지독한 괴물이라지만 들끓는 용암에는 당하지 못할 것이니.

"그런데 문제는 자칫 잘못하면 이전보다 더한 천재지변이 일어날 수 있다는 겁니다."

진천문주가 지친 표정으로 우려를 표명했지만 더 이상 선택의 여지가 없었다.

"설령 이곳이 무너진다 하더라도 어쩔 수 없소. 우선은 저 놈부터 처리해야 다음 방법을 모색할 수 있으니……."

그러면서 검웅은 척마단주에게 명을 내렸다.

"우리가 저 괴물을 유인할 동안 자네들은 놈들을 뒤쫓아가게."

과연 절대고수는 달랐다.

이런 상황에서도 냉정을 잃지 않고 차분히 명을 내린다.

"알겠습니다. 부디 보중하시기를……."

검웅과 남해신검 등이 만년오공을 유인해 저 무저갱 뒤로 사라지자 살아남은 척마단과 남해검문 무인들은 또다시 마인들을 추격하기 시작했다.

묵자후는 비통한 심정을 금할 수 없었다.

설마하니 이렇게 처참하게 당했을 줄이야.

자기가 늦게 오는 바람에 생존자가 오십 명도 채 되지 않았다. 그것도 모두 쓰러지기 일보 직전의 상태여서 얼굴을 대할 용기조차 나지 않았다. 그런데도 다들 환한 표정으로 자신을 반기고 있었다.

"오오! 후아가, 우리 후아가 살아 있었구나!"

"하늘이시여, 감사합니다! 감사합니다!"

다들 스스로의 상처에는 관심도 없다는 듯 눈물을 글썽이며 머리를 쓰다듬고 손을 어루만져 왔다.

콧날 시큰한 위로와 격려의 말들.

그러나 이러고 있을 시간이 없었다.

"서둘러야 합니다. 지네 녀석을 데려오긴 했지만 놈들이 언제 뒤쫓아올지 모릅니다."

그랬다. 비록 악전고투를 치렀든 말든 자신도 놈의 마수에서 벗어날 수 있었으니 검웅이라고 맥없이 당하고 있지만은 않을 것이다.

"그런데 불새가 걱정입니다. 녀석이 너무 신비롭게 변해 버렸어요."

그러나 이 중에서 화령신조를 제대로 본 사람은 아무도 없었다. 겨우 흡혈시마나 먼발치에서 봤을까, 아무리 설명해도 무슨 말인지 이해하지 못했다.

"아무튼 지금 가야 합니다. 그쪽도 용암 천지지만 불새 녀석만 조심하면 어떻게든 지네 동굴로 갈 수 있을 것 같습니다."

그때 혈영노조가 조용히 묵자후를 불렀다.

"아직 이곳에서 할 일이 있다. 그러니 출발을 잠시 미루고 총군사와 마지막 인사를 나누도록 해라."

"마지막… 인사라니요?"

묵자후가 떨리는 목소리로 묻자 혈영노조가 눈짓으로 음풍마제에게 안겨 있는 마뇌를 가리켰다.

그의 안색은 이미 푸르죽죽하게 변해 있었다.

남해신검에게 가슴을 베여 회생 불능의 상태였다.

"공손 백부!"

묵자후는 눈물을 흘리며 마뇌에게 달려갔다.

마뇌는 그 목소리를 알아들었는지 힘겹게 고개를 들었다.

그의 안색이 살짝 밝아졌다.

회광반조(廻光返照)의 현상.

묵자후는 사지를 부들부들 떨며 그의 손을 잡았다. 급히 진기요상법을 펼치려 했으나 마뇌가 힘없이 고개를 가로저었다. 그리고는 들릴락 말락 한 목소리로 입을 열었다.

"후아야, 강호로 나가거든… 중원제일루(中原第一樓)… 중원제일루에 마등(魔燈)을 거는 걸 잊지 마라. 마등, 마등이다."

"마등이라니요?"

묵자후가 눈물을 흘리며 묻자 혈영노조가 대신 대답했다.

"이미 네 기억 속에 각인시켜 뒀다. 나중에 시간이 나면 따로 설명을 해주마."

묵자후는 고개를 끄덕이며 마뇌의 손을 어루만졌다. 그리고는 눈물을 뚝뚝 흘리며 말했다.

"공손 백부, 이렇게… 이렇게 가시면 안 돼요. 저랑 같이 강호로 나가기로 했잖아요! 제가 결혼하는 것도 지켜보고 제 아이들이 크는 것도 지켜봐 주겠다고 했잖아요! 그런데 이렇게, 이렇게 가시면 어떻게 해요? 정신 차리세요! 네? 제발! 공손 백부!"

묵자후가 손을 흔들며 거듭 고함을 지르자 마뇌가 처연한 표정으로 미소를 지었다. 그리고는 억지로 숨을 들이마시며 떠듬떠듬 말했다.

"후아야… 약속해 다오. 무슨 일이 있더라도 이곳을 빠져나가 꼭… 꼭 마도천하를 이루겠다고."

"약속드리겠습니다! 반드시 약속을 지키겠습니다!"

묵자후가 울면서 다짐하자 마뇌가 웃으며 고개를 끄덕였다.

"그래… 부디 마도인의 긍지를 잊지 말거라. 그리고 정파 놈들에게 복수할 수 있을 때까지 절대 경거망동하지 말거라."

"예, 그렇게 할 테니 제발, 제발 정신 차리세요! 제바알!"

묵자후가 그토록 애타게 부르짖었지만 마뇌는 그 소리를 듣지 못한 듯 어딘가를 향해 고개를 돌렸다. 그리고는 제대로 벌어지지도 않는 입술로 간신히 소원을 빌었다.

"천지신명이시여… 부디 이 아이를… 이 아이를 강호로 인도해 주시길…….."

그 말을 끝으로 마뇌는 힘없이 고개를 떨어뜨렸다.

"공손 백부—!"

묵자후가 비통한 절규를 터뜨리며 그의 시신을 끌어안았다.

마인들 역시 굵은 눈물을 흘리며 그의 영혼을 떠나보냈다.

마뇌 공손추.

금옥 팔마존의 한 사람이자 옛 철마성 제일의 두뇌였던 그가 강호로 나가보지도 못하고 한 많은 일생을 마감하고 말았다.

마뇌의 시신은 그가 강호로의 복귀를 꿈꾸며 손수 설계했던 용암호에 묻혔다.

부글부글.

용암의 불길에 휩싸여 붉게 타 들어가는 시신.

묵자후는 이를 악물며 그 광경을 끝까지 지켜봤다.

그리고 슬픔을 채 가누기도 전에 놈들이 쳐들어왔다.

마인들은 원한 어린 눈길로 복면인들을 노려봤다.

그러나 어찌 된 일인지 아무도 움직일 생각을 않았다.

복면인들은 그런 마인들을 보며 노골적인 비웃음을 흘렸다.

"후후, 그렇게 노려만 보고 있으면 무슨 수가 생긴다더냐?"

놈들이 살기등등한 표정으로 다가왔다.

여기서 끝장을 보려는지, 십 인 일 조로 반원형의 포위망을 이루며 다가왔다.

묵자후는 이를 갈며 검을 뽑아 들었다. 그리고 놈들을 향해 몸을 날리려는 찰나, 혈영노조가 고개를 가로저었다.

"힘들게 싸울 필요 없다. 어차피 이곳이 저놈들의 무덤이 될 테니까."

그 말과 함께 혈영노조가 손을 번쩍 치켜들었다.

순간,

꽈꽈꽈꽝!

용암호 입구 쪽에서 엄청난 폭발이 일어났다.

철광석을 녹이려고 만들어둔 배수로 부근이었다.

폭마가 던진 화탄에 의해 배수로가 터져 나가자 물막이 식으로 되어 있던 용암호가 줄줄이 터져 나갔다. 그리고 시뻘건 용암이 노도처럼 복면인들을 덮쳤다.

콰아아! 쿠쿠쿠쿠쿠!

시뻘건 불길을 일렁이며 해일처럼 복면인들을 집어삼켜 버리는 용암.

필설로는 도저히 형용할 수 없는 끔찍한 광경이었다.

"으아악! 피해!"

"끄아아악!"

놈들은 아비규환의 비명을 지르며 앞 다퉈 뒤로 달아나려고 했지만 혈영노조가 또다시 손을 치켜들자 두 번째 폭발이 일어났다.

이번에는 용암호 주변을 감싸고 있던 흙벽이 와르르 무너져 내리기 시작했다.

눈앞에는 시뻘건 용암이 밀려오고 머리 위로는 싯누런 흙더미가 쏟아져 내리자 놈들은 혼비백산한 표정으로 갈팡질팡했다.

"으아아……."

"끄으으……."

이윽고 시간이 흐르자 그토록 처절하던 비명도 차츰 잦아들기 시작했다.

놈들은 시뻘건 불길에 휩싸여 대부분 시신조차 온전히 남기지 못했다.

그나마 구사일생으로 목숨을 건진 몇몇 복면인들만 망연자실한 표정으로 숨을 헐떡이고 있었다.

"이제 그만 가도록 하지."

마음 같아서는 저놈들도 모두 처치하고 싶었지만 시간이 없었다. 용암이 끊임없이 밀려오고 있었으니 언제 동굴 전체를 집어삼킬지 모른다.

마인들은 아쉬움을 뒤로한 채 서둘러 자리를 떴다.

그런데 마인들이 막 용암동굴 입구로 들어서는 순간,

쿠콰콰콰쾅!

멀리서 엄청난 폭발음이 들려왔다.

검웅 등이 만년오공을 유인한 무저갱 쪽에서 들려온 소리였다. 그 폭발음으로 인해 동굴 전체가 우르르 떨리더니 갑자기 조용해졌다. 바로 옆 사람 숨소리도 들을 수 있을 만큼 기괴한 정적이었다.

마인들은 불안한 표정으로 서로를 봤다.

스멀거리는 공포가 등줄기를 오싹하게 만들었다.

그러나 망설이거나 머뭇거릴 여유가 없었다. 저 폭발의 여파가 언제 들이닥칠지 모르니.

마인들은 서로 눈빛을 교환한 뒤 전력으로 몸을 날렸다.

종유석들이 빠른 속도로 스쳐 갔다.

그런데 막 동굴 중간쯤 다다랐을 무렵,

드드드드드드.

갑자기 지축이 요동을 쳤다.

이전과는 비교조차 되지 않는 엄청난 진동이었다.

동굴 전체가 미친 듯이 요동치더니 발아래가 쩍쩍 갈라지고 천장이 와르르 무너져 내리기 시작했다. 동시에 갈라져 버린 지면 사이로 무시무시한 압력이 분출했다.

우르릉, 콰앙!

퍼퍼퍼펑! 콰아앙!

상상을 초월한 지진이었다. 아니, 경천동지할 폭발이었다.

발밑이 펑펑 터져 나가며 무수한 바위와 흙무더기가 천장으로 솟구쳤다. 거기다 동굴 저 뒤쪽에서부터 천장이 차례차례 붕괴되기 시작했다.

"모두 속도를 내요! 동굴이 무너지고 있어요!"

묵자후가 비명처럼 소리치며 머리 위로 쏟아져 내리는 바위들을 쳐냈다.

그러나 한계가 있었다.

부상자를 안고 있는 데다 발밑이 쩍쩍 갈라지며 엄청난 압력이 분출되었기에 몸도 제대로 가눌 수 없었다.

더구나 머리 위로 쏟아져 내리는 흙더미와 바위들 때문에 시야가 확보되지 않아 일일이 쳐낸다는 게 한계가 있었다. 그래서 몇몇 바위에 어깨를 얻어맞기도 하고 갈라져 버린 지면 사이로 발을 빠뜨릴 뻔하면서 천신만고 끝에 중앙 광장으로 들어서는 데 성공했다.

그런데 눈앞에는 실로 경악할 만한 일이 기다리고 있었다.

방금 전의 지진으로 땅이 완전히 갈려져 버렸는지, 용암이 광장 전체를 가득 메워 시뻘건 불길이 바닷물처럼 일렁이고 있었다.

거기다 천장에서 무수한 바위들이 떨어져 내리며 사방으로 용암을 튕기고 있어 지네 동굴로 가기는커녕 광장을 지나기도 힘들어 보였다.

더욱이 머리 아픈 사실은, 아직도 화령신조가 활개를 치며 허공을 날아다니고 있다는 사실이었다.

"이 일을 어쩌면 좋죠?"

묵자후가 허탈한 표정으로 묻자 마인들이 저마다 심각한 표정으로 묘안을 궁리하기 시작했다.

그때 혈영노조가 말했다.

"벽호공을 써서 천장으로 건너가면 되니 걱정할 필요 없다. 후아야, 네가 먼저 앞장서거라!"

그 말에 마인들은 흠칫한 표정을 지었다.

아직도 격한 진동을 일으키며 무수한 바위들을 떨어뜨리고 있는 까마득한 천장과, 강렬한 광휘를 내뿜으며 허공을 선회하고 있는 불새가 있는데 어찌 허공으로 날아오를 수 있단 말인가?

그러나 묵자후는 입술을 깨물다 말고 곧바로 몸을 날렸다.

파라라락!

미약한 파공음을 일으키며 묵자후가 허공으로 날아오르자 화령신조가 못마땅한 눈길로 고개를 돌렸다. 마치 괜한 행동으로 자신의 비위를 거스르지 말라는 듯한 눈빛이었다. 하지만 묵자후는 그에 개의치 않고 빠르게 공중제비를 돌았다.

천장이 너무 높아 단숨에 오를 수 없었을뿐더러 아래에서 뜨거운 열기가 올라오고 있어 공력을 계속 이어나갈 수 없었다.

그때 혈영노조가 장력을 날렸고, 그 탄력을 빌어 묵자후는 무사히 천장에 양손을 박아 넣을 수 있었다.

"와! 성공이다!"

마인들이 그 광경을 보며 탄성을 터뜨리는 순간, 화령신조가 키잇! 하며 화염을 내뿜었다.

"이크!"

마인들이 깜짝 놀라 뒤로 물러서자 화령신조는 오연한 눈길로 마인들을 노려보다가 다시 허공을 선회하기 시작했다.

혈영노조는 그 모습을 지켜보다가 화령신조가 더 이상 자신들에게 신경 쓰지 않고 있는 듯하자 이번에는 금초초를 돌아봤다.

"자, 이제 금 당주 차례네."

금초초는 깜짝 놀란 표정으로 고개를 가로저었다.

"아니에요. 대장로께서 먼저 가시는 게 좋을 것 같아요."

"그게 무슨 소린가? 나는 맨 나중에 움직일 테니 먼저 출발하도록 하게."

"아뇨. 대장로께서 먼저 가세요. 제가 뒤를 받쳐 드릴게요."

"허허, 이 사람이……."

두 사람이 때 아닌 실랑이를 벌이자 음풍마제가 인상을 쓰며 중재에 나섰다.

"금 당주, 한시가 급하네. 어서 출발하도록 하게. 이러다가 동굴이 무너져 버리겠네."

아닌 게 아니라 상황은 점점 다급해지고 있었다.

지진은 갈수록 심해져 천장은 금방이라도 무너질 듯 요동을 쳤고, 동굴을 가득 메우고 있던 용암도 부글부글 끓어오르며 점차 그 수위를 높여가고 있었다.

그런데도 금초초는 한사코 고개를 내젓고 있었다.

결국 누군가가 왜 그러느냐고 묻자 금초초가 주저주저하는 표정으로 대답했다.

"우리가 다 떠나고 나면 대장로께선 어찌하신단 말입니까? 차라리 저희 부부가 남는 게 좋을 것 같습니다."

그 말에 마인들은 일제히 흠칫한 표정을 지었다.

금초초가 말한 대로 다들 천장으로 올라가 버리면 맨 마지막 사람은 혼자 남겨질 수밖에 없다. 그의 뒤를 받쳐 줄 사람이 없게 되니.

"그러고 보니 부상자들도 힘들긴 마찬가지겠구려."

잠자코 있던 구유도 등곽까지 끼어들자 모두 근심 어린 표정으로 부상자들을 돌아봤다.

원래부터 양손이 없는 흡혈시마를 비롯해, 음풍마제나 무풍수라처럼 손을 다친 사람들은 벽호공을 쓰고 싶어도 쓸 수 없는 실로 난감한 상황이었다.

그때 혈영노조가 웃으며 말했다.

"내가 금 당주더러 먼저 가라고 한 이유가 바로 그 때문일세. 몸이 성한 사람들부터 먼저 올라가서 부상자들을 이어 받으면 만사가 해결되지 않는가?"

일리있는 말이었다. 하지만 금초초는 재차 고개를 저었다.

"그래서, 대장로께서 혼자 장력을 날려주시겠다구요? 그러다가 탈진이라도 하시면 어쩐단 말입니까?"

"허허, 이 사람이……."

혈영노조가 난감한 표정으로 수염만 어루만지고 있자 묵자후가 화령신조의 눈치를 살피며 답답하다는 듯 소리쳤다.

"차라리 옷을 찢어 밧줄을 만들어요! 그러면 간단하잖아요."

"아, 맞아! 그러면 되겠군!"

마인들은 반색한 표정으로 급히 옷을 벗기 시작했다.

"그런데 밧줄이 불에 타버리면 어떡하지?"

흡혈시마가 묻자 무풍수라가 그의 이마를 쥐어박으며 말했다.

"이런 바보 같은 놈! 중간에 병장기를 연결해서 여러 개 만들면 되잖아!"

"아, 그 방법이 있었군요?"

흡혈시마가 머쓱한 표정으로 웃고 있는 동안 마인들은 옷을 찢어 각자의 병장기에 연결했다. 그리고 그중 하나를 묵자후에게 집어 던졌다.

"됐어요. 꽉 잡고 있을 테니 한 분씩 올라오세요."

묵자후가 밧줄을 붙잡고 말하자 마인들은 일제히 혈영노조를 바라봤다.

"대장로께서 먼저 움직이시지요."

"허허, 이 사람들이……."

혈영노조는 계면쩍은 표정으로 미소를 짓다가 다시 금초초를 돌아봤다.

"이제 우려하던 게 해결됐으니 먼저 출발할 수 있겠지?"

금초초는 그제야 고개를 끄덕였다.

"그럼 가가를 모시고 먼저 출발하도록 하겠습니다."

그런데 금초초가 묵잠과 함께 막 밧줄을 붙잡을 때였다.

고오오… 쿠쿵!

갑자기 등 뒤에서 요란한 진동음이 들려왔다.

지진 때문에 차례차례 무너져 내리다가 중간쯤에서 멈춘 동굴 쪽에서 들려온 소리였다.

"이게 무슨 소리지?"

마인들은 불안한 표정으로 고개를 돌렸다.

그러나 잠시 동안 아무 소리도 들려오지 않았다.

"아마 동굴에 금이 가 있다가 뒤늦게 무너진 소리겠지. 어서 출발하도록 하게."

"예, 그럼 먼저 출발하도록."

바로 그때였다.

고오오… 쿠쿠쿵!

예의 그 소리가 다시 들려왔다.

모두의 안색이 서서히 굳어갔다.

이 소리는 결코 동굴이 무너지는 소리가 아니었다.

뭔가가 이쪽으로 다가오고 있는 소리였다.

'지축이 흔들리는 소리도 아니고 동굴이 무너지는 소리도 아니라면… 설마……?'

마인들은 심각한 표정으로 자신들이 지나온 동굴을 주시했다. 그리고 혈영노조부터 차례로 눈을 부릅뜨기 시작했다.

'맙소사! 저 사람은?'

이미 무너져 버린 동굴을 또 한 번 부숴 버리는 저 무시무시한 광채, 그리고 어둠 속에서 하얀 안광을 번뜩이며 다가오고 있는 사람은 다름 아닌 검웅 이시백이었다.

그의 몰골은 의외로 처참했다.

한쪽 팔은 어디로 날아가 버렸는지 시커멓게 녹아 있었고, 전신에는 끔찍한 화상을 입어 만신창이가 된 몰골로 악귀처럼 검을 휘두르고 있었다.

그 참혹한 몰골과 가슴 철렁한 기세에 질려 마인들은 주춤 주춤 뒤로 물러났다.

지금 상황에서 절대 마주치고 싶지 않은 최악의 상대와 맞닥뜨린 것이었다.

저자에겐 어느 누구도 상대가 되지 못한다.

그게 마인들의 공통적인 생각이었다.

그러나 이대로 손을 놓고 있을 순 없다.

"후아야, 어서 이곳을 빠져나가거라!"

혈영노조가 다급히 외치며 먼저 검웅을 향해 몸을 날렸다. 그러자 폭마가 묵자후에게 화탄을 던져 주며 뒤따라 몸을 날렸고, 음풍마제를 비롯한 나머지 마인들이 그 뒤를 따랐다.

"그래, 이왕이면 한 번에 끝내는 게 낫지."

검웅은 싸늘한 눈빛으로 검을 세워 들었다. 그리고 그가 전신 공력을 끌어올리며 검을 휘두르자 눈부신 강기가 해일처럼 일렁거렸다.

고오오오오.

상상을 초월하는 무지막지한 강기.

마인들은 사력을 다해 합공을 펼쳤다.

하지만 도저히 격돌음이라 여겨지지 않는 엄청난 폭음이 울렸고, 거센 후폭풍이 동굴을 휩쓸었다. 마인들은 그에 휘말려 일제히 뒤로 튕겨났다.

우르르르릉! 콰콰쾅!

"크윽!"

"쿨럭쿨럭!"

격돌의 여파로 천장이 와르르 무너져 내리는 가운데 잠시 정적이 흘렀다.

마인들은 피를 울컥울컥 토하며 망연자실한 표정으로 검웅을 쳐다봤다. 무려 사십칠 대 일의 대결이었음에도 불구하고 자신들 쪽이 엄청난 피해를 입은 것이다.

물론 검웅도 무사하진 못했다.

그 역시 삼 장 밖으로 튕겨 나가며 피를 한 바가지나 토했다. 그러나 그는 신형을 비틀거리면서도 다시 검을 세워 들었다.

그 모습을 보자 마인들의 눈에 암담한 그림자가 드리워졌다.

몇 사람이 간신히 몸을 일으키며 다시 검웅을 맞을 준비를 했다.

검웅은 피에 젖은 입술로 섬뜩한 미소를 지었다. 그리고 다시 검강을 내뿜으려는 순간,

"모두 비켜요!"

저 뒤에서 일진 광풍이 휘몰아쳤다.

묵자후가 천장을 박차며 사력을 다해 검을 날려오고 있었다.

그러나 아무리 만년오공에게 당하고 마인들의 합공에 당했다지만 검웅은 여전히 검웅이었다.

그가 냉소를 흘리며 검을 휘두르자마자 묵자후가 날린 검이 산산이 부서졌고, 뒤이어 묵자후의 전신이 폭풍을 만난 듯 뒤로 튕겨났다.

하지만 검웅도 만만찮은 충격을 받았는지 피를 토하며 몇 걸음 뒤로 물러났다. 그때, 정신없이 튕겨나고 있던 묵자후의 신형이 갑자기 멈춰 선다 싶더니 전신이 우두둑 커지기 시작했다. 그리고 양 손가락에서 열 줄기 강기가 맺히고, 섬전을 방불케 하는 속도로 다시 검웅에게 몸을 날리기 시작했다.

'……!'

검웅의 눈에 처음으로 당혹감이 스쳤다.

마인들의 눈에도 경악과 감탄, 걱정과 우려가 뒤범벅되어 있었다. 그러나 묵자후는 굳은 눈빛으로 양손을 펼쳤다.

방금 검웅과 맞부딪친 뒤 떠오른 생각.

그 역시 정상이 아니었다.

예전 같으면 그의 검격에 당하는 순간 숨이 멎어버릴 것 같은 충격에 휩싸였으리라.

그러나 지금은 달랐다.

비록 내부에 극심한 충격이 전해지긴 했지만 호흡을 되돌릴 여유는 남아 있었다. 그래서 급히 호흡을 가다듬으며 아수라파천무와 생사보법을 동시에 펼친 것이다.

쐐애액! 퍼퍼퍼퍼퍽!

찰나간에 격한 공방이 벌어졌다.

검과 장력이 부딪치자 가죽 북 터지는 소리가 잇따라 흘러나왔다. 뒤이어 묵자후의 전신에 피보라가 튀었고, 검웅의 어깨가 격렬히 흔들렸다. 그리고 두 사람 모두에게서 묵직한 신음성이 흘러나왔다.

"크윽!"

"끄으!"

결과는 양패구상!

둘 다 피를 울컥울컥 토하며 허물어지듯 쓰러졌다.

그때, 잠시 그쳤던 지진이 다시 시작됐다.

드드드드드!

동굴이 또다시 무너져 내리며 용암이 마구 들끓어 올랐다.

그 진동 때문이었을까?

검웅이 초인적인 의지력을 발휘해 다시 몸을 일으켰다.

그는 장검에 몸을 의지한 채 쏟아지는 돌무더기를 그대로 얻어맞으며 생기 잃은 목소리로 중얼거렸다.

"미안하지만… 아무도 이곳을 빠져나갈 수 없다네."

그 말과 함께 검웅이 품속에서 뭔가를 꺼내 들었다.

쇠 구슬처럼 생긴 물체, 화탄이었다!

그것도 심지에 불을 붙이는 방식이 아닌, 일정 강도의 충격을 받으면 곧바로 터지는 화탄이었다.

그 모습을 보자 모두의 얼굴에 핏기가 싹 사라졌다. 그리고 검웅이 화탄을 집어 던지려는 찰나, 바닥에 쓰러져 있던 묵자후가 필사적으로 몸을 날렸다.

"후아야, 안 돼!"

누군가가 대경실색한 표정으로 비명을 지르는 순간, 허공을 선회하고 있던 화령신조가 고개를 돌렸고, 검웅이 화탄을 던지는 대신 다시 검을 움켜잡았다. 그리고 자신에게 장풍을 날려오는 묵자후의 정수리를 향해 무시무시한 검격을 날렸다.

바로 그 순간,

우르르르릉!

또다시 지진이 일어났다. 그것도 검웅이 서 있던 곳 주변을 단번에 쪼개 버리는 예상치 못한 지진이었다.

"아앗?"

검웅은 미처 몸을 피할 겨를도 없이 갈라져 버린 지면 아래로 추락하고 말았다.

"휴우……!"

마인들이 그 광경을 보며 안도의 한숨을 내쉬었다.

묵자후 역시 가슴을 쓸어내리며 뒤돌아섰다.

바로 그때,

턱!

갈라져 버린 지면 위로 피 묻은 손이 불쑥 튀어나왔다.

검웅이었다.

그가 사력을 다해 몸을 끌어 올리며 모두를 향해 기이한 미소를 지었다. 그리고 입 안에서 화탄을 꺼내 바닥을 향해 힘차게 내리찍었다.

"안 돼—!"

누군가가 비명을 질렀다.

묵자후가 이를 악물며 다시 몸을 날리려 했다.

하지만 그보다 먼저 눈부신 섬광이 번쩍였다.

쿠콰콰콰콰쾅!

고막을 찢는 굉음과 함께 엄청난 폭발이 일어나자 무시무시한 화염이 사방으로 번졌고, 동굴 천장이 한꺼번에 무너져 내렸다.

그러나 동굴이 무너지기 직전, 기괴한 울음소리가 모두의 귀에 메아리쳤다.

화염이 묵자후를 덮치기 직전, 화령신조가 그 앞을 막아선 것이었다.

그리고 놀라운 광경이 벌어졌다.

화령신조가 날개를 활짝 펼치며 입을 벌리자마자 그 무시무시하던 화염이 곧바로 화령신조에게 흡수되기 시작했다.

하지만 묵자후를 비롯한 마인들은 거센 후폭풍에 휘말려 일제히 허공으로 날아갔고, 그들 모두가 용암으로 빠지려는 찰나, 용암동굴 전체가 한꺼번에 무너져 내렸다.

뒤이어 지축이 또 한 번 요동을 치며 땅거죽이 풀썩 내려앉았다가 한꺼번에 부풀어 올랐다. 그리고,

고오오오오!

기이한 공명음이 천금마옥 전체를 뒤흔들었다. 마치 아득한 지저(地底) 세계에서 거대한 괴수가 울부짖는 듯한 소리였다.

그 소리의 여운이 채 사라지기도 전에 동굴 전체가 폭풍을 만난 듯 일제히 흔들렸다. 뒤이어 땅거죽이 펑펑 터져 나가고 시뻘건 용암이 분출하기 시작했다.

그 광경을 보고 화령신조가 희열에 찬 표정으로 목청껏 기음을 터뜨리는 순간, 상상을 초월하는 이변(異變)이 일어났다.

쿠쿠쿠쿠쿠쿠쿠!

갑자기 천지를 뒤흔드는 폭발음이 울리더니, 천금마옥 중심부에 있던 온천에서 거대한 불기둥이 치솟았다. 뒤이어 천금마옥 전체가 터져 나가고 시퍼런 바닷물이 해일처럼 밀려왔다.

콰아아아아아!

어마어마한 기세로 들이닥친 물살은 사방에서 분출되는 용암을 급격히 식혀 버렸다. 하지만 해저(海底)에서 치밀어 오르는 불기둥에 휘말려 이내 뜨거운 물살로 바뀌더니 하얀 연기를 내뿜으며 다시 위로 솟구쳤다.

실로 하늘도 놀라고 땅도 놀랄 대폭발이었다.

시뻘건 불기둥이 바닷물을 휘감으며 끊임없이 하늘로 솟구치고 거대한 바위와 잿더미들이 폭음을 일으키며 사방으로 비산했다. 그리고 섬 전체가 쩍쩍 갈라지며 점차 바다 속으로 침몰하는 가운데, 거대한 해일이 산악처럼 일어나 바다를 온통 뒤집어놓았다.

그동안 해저에서 웅크리고 있던 용암이 일시에 터져 나가며 경천동지할 폭발을 일으킨 것이다.

쿠쿠쿠쿠쿠!

대폭발의 순간, 시퍼런 물살이 전신을 휘감았다. 뒤이어 주면 경물이 미친 듯이 소용돌이치고 머리 위로 무수한 바위들이 떨어져 내렸다.

묵자후는 본능적으로 불사혈영신공과 둔겁탄마공을 발동했다. 그리고 귀식대법으로 숨을 멈춘 뒤 다급히 주변을 둘러봤다. 부친과 모친을 비롯한 다른 이들의 생사 여부를 확인하기 위해서였다.

그러나 아무도 보이지 않았다.

모두 폭발에 휘말려 버렸는지 시퍼런 바닷물과 이리저리 날아다니는 바위들만 보일 뿐이었다.

그나마 노도처럼 들이닥친 바닷물이 용암을 식혀 버려 다소 안심이 된 묵자후는 더 이상 주변을 살필 여유를 얻지 못하고 필사적으로 몸을 움직여 주변에 있는 암벽을 붙잡았다. 그리고 지둔술을 이용해 그 안으로 파고들려는 찰나, 갑자기 시야가 어두컴컴해지고 발아래에서 뜨거운 열기가 느껴졌다. 뒤이어 저 밑에 있던 지면이 통째로 터져 나가며 묵자후의 전신을 강타했다.

그 충격으로 인해 허공으로 붕 떠오른 묵자후는 어마어마한 물체가 자신을 덮친다는 느낌을 받으며 그만 의식을 잃고 말았다.

제19장

그리고…

魔道天下

'으음…….'

묵자후는 희미한 신음을 흘리며 눈을 떴다.

뭔가가 자꾸 자신을 건드리고 있어 무의식적으로 눈을 뜬 것이었다. 하지만 묵자후는 이내 아연실색하고 말았다.

눈앞에 난생처음 보는 신비로운 광경이 펼쳐지고 있었기 때문이다.

저 끝 간 데 없이 펼쳐진 황홀한 벽록색 물빛과 그 안에서 떼 지어 몰려다니고 있는 형형색색의 물고기들.

그 위로 시린 빛을 발하고 있는 둥근 달과 찬란하게 빛나고 있는 보석 같은 별빛들.

그 모두가 코끝으로 스며드는 맑고 신선한 공기와 더불어 환상적인 분위기를 연출하고 있었기에 눈을 휘둥그레 뜰 수밖에 없었던 것이다.

'여기가 대체 어디지?'

태어나서 단 한 번도 바깥 세상을 겪어본 적이 없는 묵자후였다. 때문에 끝없이 펼쳐진 넓은 바다와 어스름한 여명이 깔린 하늘을 보며 한동안 넋을 잃고 있었다. 그러다가 어느 순간 몸을 부르르 떨며 황급히 주변을 둘러봤다.

아무도 없었다.

자기 혼자뿐이었다.

저 너른 바다 그 어디에도 폭발의 흔적은 없었다.

그 끔찍하던 기억이 마치 꿈속의 일인 양 그저 바람 따라 출렁이고 있는 짙푸른 바다만 보일 뿐이었다.

그때부터 묵자후의 눈빛이 서서히 젖어들기 시작했다. 그리고 하늘을 쳐다보며 미친 듯이 괴성을 질렀다.

"우우우우아아아아아아!"

그리운 사람들.

그토록 자신을 아껴주던 모든 이들의 얼굴이 아직도 눈에 선한데 하늘이 그 평화를 부숴놓았다. 아니, 놈들이 산산이 짓밟아놓았다.

같이 나가기로 했는데,

다 같이 웃으면서 강호로 나가기로 했는데, 모두 사라져 버리고 자기 혼자만 남았다.

"찾을 것이다! 시간이 얼마나 걸리더라도 모두 찾을 것이다! 하늘이 막는다면 하늘을 부숴서라도, 땅이 막는다면 땅을 뒤집어서라도 찾을 것이다! 으아아아아!"

묵자후의 절규가 한동안 메아리쳤다.

비통한 울부짖음이었고, 애통한 다짐이었다.

그 소리가 아득히 울려 퍼지자 어디선가 갈매기 울음소리가 들려왔다.

끼룩끼룩거리는 구슬픈 울음소리는 마치 홀로 남은 묵자후를 위로해 주려는 하늘의 배려인 듯했다.

묵자후는 목이 쉴 때까지 통곡했다. 그리고 어느 순간부터 미친 듯이 바다를 뒤지기 시작했다.

이미 어릴 때부터 온천에서 놀아 하루 종일 헤엄쳐도 지치지 않을 자신이 있었다.

묵자후는 쉴 새 없이 물살을 헤쳤다. 끊임없이 주위를 둘러보고 끊임없이 바다를 뒤졌다. 최악의 경우엔 침몰해 버린 섬의 흔적이라도 찾아보려고 발버둥을 쳤다.

그러나 먼동이 트기 시작하자 그마저도 불가능한 일이라는 걸 깨달았다.

붉은 태양이 서서히 솟아오르자 두 눈이 금방이라도 멀어 버릴 듯했고 전신이 타버릴 듯 뜨거워졌기 때문이다.

묵자후는 또 한 번 울분이 치솟았다.

고작 햇빛 따위가 두려워 몸을 움츠려야 하다니.

그러나 빛에 적응하기 전까지는 방법이 없었다.

결국 묵자후는 햇빛이 미치지 않는 깊은 바다 속으로 잠수해 들어갔다. 그리고 숨이 막히자 다시 수면 위로 부상했는데, 물 밖으로 고개를 내밀자마자 다시 잠수해 들어갈 수밖에 없었다. 햇빛에 몸을 드러내자마자 피부가 벌겋게 타 들어가기 시작했기 때문이다.

할 수 없이 묵자후는 하루 종일 수면 위를 오르락내리락거리며 바다 속을 뒤졌다.

그렇게 사흘 정도 지나자 드디어 몸에 무리가 왔다.

그동안의 격전으로 인해 이미 만신창이가 된 몸이었기에 상처 부위가 보기 흉하게 썩어 들어가기 시작했다. 거기다 참을 수 없는 허기와 갈증으로 인해 점점 몸에서 힘이 빠져나갔다.

결국 나흘째 되던 날 저녁.

묵자후는 그저 물 위를 둥둥 떠다니기만 했다.

극심한 피로와 갈증, 허기와 졸음이 밀려와 더 이상 헤엄칠 기력이 없었기 때문이다.

그런데 갑자기 주변에서 기이한 파동이 느껴졌다.

'뭐지? 뭔가가 물속에서 움직이고 있어!'

낯선 느낌에 놀라 안력을 모아보니 달빛 아래 시커먼 지느러미들이 보였다.

상어 떼였다.

검푸른 빛깔의 상어 떼가 어둠을 가르며 서서히 접근해 오고 있었다.

묵자후로선 난생처음 보는 괴물들.

그러나 반가웠다.

드디어 허기를 면할 수 있게 됐다는 생각에 정신이 번쩍 들었다.

묵자후는 씨익 미소를 띠며 놈들에게 다가갔다.

그리고 한참의 시간이 흐른 뒤, 묵자후는 드디어 굶주림과 갈증에서 벗어날 수 있었다. 그리고 하루가 더 지나 닷새째 되던 날 묵자후는 더 이상 바다를 헤매고 다니지 않아도 되었다.

"엇? 저게 뭐야? 사람이잖아?"

"에이, 재수없게. 야! 밧줄이나 하나 던져 줘! 보고 쓸 만하면 노예로 팔아버리든지 하지, 뭐."

느닷없이 나타난 구원자들.

그들은 바로 인근 해역을 주름잡고 있던 해적들이었다.

*   *   *

광동(廣東) 땅 남서부 연안의 천산군도(川山群島).

그곳은 상천도(上川島)와 하천도(下川島)라는 두 개의 큰 섬과 주변에 위치한 몇 개의 섬으로 군도(群島)를 이루고 있었다.

천산군도의 유명한 점은, 이곳이 광동 땅 최대의 무역 도시이자 중계 무역항인 향항(香港)과 오문(澳門), 그리고 대륙에서 두 번째로 큰 섬인 해남도 중간에 위치해 있다는 것과, 이곳에 광동 남부 지방을 휩쓸고 다니는 최대의 해적 집단이 도사리고 있다는 사실이었다.

이름하여 흑경방(黑鯨幇)!

흑경방 방주 좌무기(左務基)는 야심이 고래만큼이나 큰 자였다. 그래서 스스로의 별호마저 흑경만리(黑鯨萬里)라고 짓고 휘하에 두 개의 해적단을 거느리며 광동 연안에서 황제처럼 군림하고 다니던 자였다.

그런데 지금, 그는 한 올의 진기만이라도 끌어올릴 수 있다면 어디론가 천리만리 달아나고 싶은 심정이었다.

"꾸웨액! 끄그극! 아이코!"

그는 오늘 하루 동안에만도 이제껏 질렀던 비명을 모두 다 합쳐도 상대가 안 될 만큼 다양한 비명을 지르고 있었다.

그런 그를 쥐 다루듯 하며 마구 두들겨 패고 있는 사내는 다름 아닌 묵자후였다.

얼마 전까지만 해도 바다 속을 헤매고 있던 묵자후. 그것도 흉측한 상처와 징그러운 화상이 전신을 뒤덮고 있는 묵자후가 시퍼런 안광을 빛내며 좌무기를 마구 두들겨 패고 있었던 것이다.

그들 주위에는 좌무기와 함께 광동 남부 지방을 덜덜 떨게 만들었다던 흑경단들이 쭉 늘어서 있었다.

그런데 기이한 것은, 좌무기가 저토록 처참하게 얻어맞고 있는데도 아무도 말릴 생각을 하지 않고 있다는 사실이었다.

다들 어깨를 웅크린 채 사지만 벌벌 떨고 있었다.

도대체 묵자후와 저들 사이에 어떤 사연이 있기에 저 잔인하고 흉포한 해적들이 자기들 우두머리가 떡이 되도록 얻어맞는 걸 보고도 감히 말릴 엄두를 내지 못하고 있는 것일까?

그 사연을 이해하기 위해서는 사흘 전으로 거슬러 올라가야 했다.

사흘 전.

그날따라 좌무기는 아침부터 거하게 취해 있었다.

전날 저녁, 모처럼 상선을 털어 거금을 만질 수 있었기 때문이다. 그래서 밤새도록 술에 취해 있었던 것인데, 갑자기 수하 한 놈이 뛰어들어 오더니 난데없는 보고를 해왔다.

자신들의 본거지와는 천리만리 떨어져 있는 중사군도(中沙群島) 근처에서 원인 모를 폭발이 일어나 사방에 엄청난 해일이 일어났고, 그 여파로 인해 바닷물이 뒤집혀 고기 떼가 지천을 이루자 광동 남부 지방에 있는 어선들이 총출동했다는 보고였다.

그 소식을 듣자 좌무기는 술이 확 깨는 기분이었다.

'오오! 드디어 하늘이 내게 돈벼락을 안겨주시는 모양이구나! 어제저녁에 이어 또다시 이런 횡재수라니!'

희색 만연한 좌무기는 서둘러 중사군도로 달려갔다. 그리고 예상대로 엄청난 수확을 올릴 수 있었다. 하지만 왠지 성에 차질 않아 이틀 동안 바다를 더 뒤지고 다니다가 더 이상 눈에 띄는 어선이 없자 아쉬움을 뒤로한 채 철수를 명하려 했다.

그런데 수하들이 난데없는 표류자를 발견한 게 아닌가?

원래 뱃사람들이나 해적들은 미신에 약하다.

다들 천변만화하는 바다를 겪다 보니 생사는 하늘에 달렸다고 생각해 여러 가지 미신에 집착하는 것이다.

좌무기 역시 마찬가지였다.

그는 요 며칠간의 행운이 자신에게 내려준 하늘의 복이라고 생각하고 있다가 난데없는 표류자를 보자 잠시 갈등했다.

배에 여자를 태우면 불행이 오는 것과 마찬가지로 바다에 빠진 사람을 구하면 불행이 찾아온다는 미신 때문이었다.

하지만 거듭된 행운에 기분이 좋기도 했고, 또 해적들의 천성이 멀쩡한 상선을 덮쳐 약탈하고, 그 배에 타고 있던 사람들을 노예로 팔아먹거나 자기 수하로 만들어 버리는지라 일단은 구조를 명했다.

그런데 반쯤 건져 보니 이건 사람이 아니라 시체나 마찬가지가 아닌가?

저래서는 노예는커녕 수하로도 못 써먹겠다 싶어 다시 바다에 던져 버리라고 했는데, 놈이 바람처럼 날아왔다.

겁도 없는 놈, 싫어 죽여 버리라고 명했는데, 맙소사! 놈은 상상을 초월한 괴물이었다.

하긴, 정사대전 때부터 강호를 덜덜 떨게 만들었던 희대의 마인들과 함께 생활한 묵자후다. 더구나 그 마인들에게 고금 제일의 마인이 될 것이라는 기대를 받은 묵자후다. 그러니 고작 해적 집단에 불과한 그들이 어찌 묵자후를 당할 수 있겠는가?

묵자후의 눈빛 한 번에 좌무기는 물론이고 그 수하들까지 뱀을 대한 개구리처럼 버쩍 얼어버렸고, 그때부터 재앙이 시작되었다.

묵자후가 몸을 번쩍이는 순간, 좌무기는 초식이고 뭐고 써 볼 겨를도 없이 '어어' 하며 바닥을 나뒹굴었고, 그 이후부터는 때리는 대로 얻어맞을 수밖에 없었다.

그렇게 장장 두 시진 동안 얻어맞다가 기절해 버렸고, 깨어나 보니 어느새 배의 주인이 바뀌어 있었다.

수하들이 모두 묵자후 말이라면 죽는시늉까지 하고 있었던 것이다.

좌무기는 배신감에 치를 떨며 기회만 엿보고 있다가, 묵자후가 잠든 틈을 노려 기습을 감행했다.

하지만 분홍빛 기류가 흘러나오는 묵자후의 눈빛에 또 한 번 얼어버렸고, 뒤늦게 정신을 차려보니 어느새 돛대에 매달린 신세가 되어버렸다.

그리고 오늘, 수하들이 모두 지켜보고 있는 가운데 또다시 얻어맞고 있을 수밖에 없는 이유는 묵자후가 내린 명령을 거절한 때문이었다.

하긴 좌무기 입장에서는 목에 칼이 들어오는 한이 있더라도 거절할 수밖에 없는 명령이었다.

그 명령이 뭐였느냐 하면, 지금부터 해적질을 포기하고 저 넓은 바다를 몽땅 뒤져 보라는 것이었으니…….

*　　　*　　　*

'흑흑, 이게 무슨 꼴이야? 내가 전생에 무슨 죄를 지었다고 이런 짓이나 하고 다녀야 된단 말이냐?'

좌무기는 오늘도 애꿎은 하늘만 원망하고 있었다.

벌써 일 년째.

이제껏 광동 연안에서 황제처럼 군림하고 다니던 자신이 어쩌다 이 모양 이 꼴이 되고 말았는지…….

웬 괴물 같은 작자 하나 잘못 만난 죄로 허구한 날 속옷 차림으로 깊은 바다 속을 헤매야 했다.

지금도 저 선실 문이 열리면 또다시 바다 속으로 뛰어들어야 하는 처지다.

'대체 하늘은 뭐 하고 있는 거야? 저런 모진 놈을 당장 데려가 버리지 않고!'

그렇게 이를 갈아붙여 봤지만 헛된 망상에 불과하다는 사실을 잘 알고 있었다.

놈은 도무지 이 세상 사람 같지가 않았다.

이제껏 지켜본 바에 의하면 놈은 밥도 거의 먹지 않고 잠도 제대로 자지 않는 것 같았다. 게다가 선실 밖으로도 잘 나오지 않고, 하루 종일 가부좌를 틀고 앉아 뭔가를 들여다보며 생각에 잠겨 있었다.

그런데도 놈의 눈빛만 보면 괜히 오금이 저려왔다.

하긴 끼니마다 독을 처먹여 봐도 아무 효과가 없고, 수없이 암습을 해봐도 오히려 칼만 되튕겨 나오니 이젠 제발이지, 놈이 하루빨리 이곳을 떠나가 주기만 바랄 뿐이다.

아마 수하들도 마찬가지 생각일 것이다.

다들 명색이 해적인데, 매일같이 바다만 뒤지고 다녀야 하니 어느 누가 진력이 나지 않을까? 이런 생활을 계속하느니 차라리 새우잡이 어선으로 끌려가 그물을 던지는 게 백번 나을 것이다.

하지만 놈 앞에선 게으름을 피울 수도 없고 달아날 수는 더더욱 없었다.

게으름을 피워봤자 귀신같이 알아채고, 몰래 도망쳐 봤자 하루도 지나지 않아 금방 뒤쫓아오니 당할 재주가 없었다.

좌무기만 해도 벌써 다섯 번 도망쳤다가 다섯 번 다 잡혀왔다. 그리고 수하들 역시 떼 도망을 갔다가 이틀도 안 돼 모두 잡혀오고 말았다.

'도대체 놈에게 어떤 신통력이 있기에?'

어쩌면 놈이 가끔 바다에 들어가 희한한 조화를 부리는 것과 관련이 있을지도 모른다. 그게 아니면 놈이 배 이곳저곳에 꽂아놓거나 본채 주변에 쿡쿡 찔러 넣은 나무 막대기와 관련이 있을지도 모르고.

'그것도 아니라면……'

그때였다.

"이봐, 삐쩍 마른 고래!"

선실 문이 벌컥 열리더니 놈의 목소리가 들려왔다.

좌무기는 후닥닥 부동자세를 취했다.

묵자후에게 하도 얻어맞다 보니 이젠 습관이 되어버린 행동이었다.

'그래, 어쩌면 머리를 멍하게 만드는 저 빌어먹을 눈빛 때문인지도 몰라.'

아닌 게 아니라 좌무기를 바라보는 묵자후의 눈에선 무시무시한 안광이 연신 흘러나오고 있었다.

그런 눈빛으로 묵자후가 말했다.

"이렇게 당신들만 믿고 있다가는 될 일도 안 되겠어. 혹시

이 근처에 당신 같은 놈들 또 없나?"

그 물음에 좌무기는 홀린 듯 대답했다.

"예, 두어 군데 더 있습니다."

"그래? 그곳이 어딘데?"

딱딱 끊어지는 말투인데도 좌무기는 당연하다는 듯 대답했다.

"예, 본채를 중심으로 좌측 오백 리쯤 떨어진 곳에 해남도가 있습니다. 그곳에 백교단(百鮫團)이란 놈들이 똬리를 틀고 있고, 우측으로 삼백 리쯤 떨어진 곳에는……."

"잠깐! 방금 해남도라고 했나?"

"예."

갑자기 묵자후의 눈빛이 새파랗게 빛났다.

해남도, 남해검문!

그래, 그놈들을 잊고 있었다.

자신에게 섬뜩한 검기를 날려오던 남해신검과 아저씨들을 무참하게 살육하던 그 수하 놈들을…….

"여기서 오백 리쯤 떨어져 있다고?"

"옛, 그렇습니다."

묵자후는 잠시 생각하다가 착 가라앉은 음성으로 말했다.

"오늘 밤에 배 한 척 준비해 둬."

"배 한 척 말입니까? 알겠습니다!"

좌무기는 으스스한 묵자후의 눈빛에 질려 감히 무슨 일인지 물어볼 엄두도 내지 못했다.

잠시 후 묵자후가 선실로 되돌아가자 좌무기는 문득 한 가지 생각이 떠올라 자기도 모르게 히죽 미소를 지었다.

'뭐야? 그리고 보니 잠수 명령도 없었잖아? 그럼 오늘 하루는 쉬어도 좋단 말인가?'

좌무기는 갑자기 기분이 좋아졌다. 그래서 수하들에게 해산 명령을 내린 뒤 곧바로 선실로 향했다.

원래는 갑판 위에 있는 특급 선실이 그의 숙소였으나 지금은 갑판 아래에 있는 창고 같은 선실을 써야만 했다.

'그래도 좋다. 아! 이 꿀맛 같은 휴식이라니……'

침상에 누워 간만의 휴식을 취하고 있던 좌무기는 갑자기 무슨 생각이 들었는지 자리에서 벌떡 일어나 선실 한구석에 처박아둔 동경을 꺼내 들었다.

동경 안에는 독사 같은 눈빛에 툭 튀어나온 광대뼈를 지닌 사십대 초반의 중년인이 어른거리고 있었다.

'젠장! 이렇게 거울로 보면 나도 꽤 무섭게 생긴 얼굴인데……'

좌무기는 곧바로 동경을 집어 던져 버렸다.

쨍그랑!

'그러나 놈에겐 도저히 상대가 안 돼!'

놈의 눈빛은 쳐다보기만 해도 가슴이 울렁거린다.

"안 되겠어. 앞으로는 눈에 힘주는 연습 좀 해야겠어."

좌무기는 혼잣말을 중얼거리며 다시 침상으로 향했다.

묵자후는 지존령을 어루만지며 한동안 생각에 잠겼다. 그리고는 그리움에 잠긴 눈길로 먼바다를 쳐다봤다.

'벌써 이곳 해적들과 함께 바다를 뒤진 지도 일 년이 지났군.'

그런데도 부모와 혈영노조 등의 생사를 확인하기는커녕 천금마옥이 있던 위치조차 발견하지 못했다.

그렇게 아무 성과 없이 흘러가 버린 시간들.

'이제 그만 미련을 떨쳐 버리라는 하늘의 뜻이란 말인가?'

아직도 눈을 감으면 그리운 얼굴들이 떠올라 가슴 한구석이 저릿하게 아파왔지만, 더 이상 이곳에서 시간만 허비하고 있을 순 없다.

물론, 부모와 혈영노조 등의 생사를 확인하고 그 유해를 수습하고자 하는 마음이 어리석은 미련이나 집착일 수는 없겠지만, 혈영노조를 비롯한 그 많은 사람들이 왜 그토록 자기 한 사람을 살리기 위해 발버둥을 쳤었던가?

그동안 잃어버린 마도의 명예와 자존심을 되찾고 정파 놈들에게 통쾌한 복수를 안겨주기 위함이 아니었던가?

그러니 이제 그만 이곳을 떠나 강호로 나가야 한다. 그래서 정파 놈들에게 마도의 힘과 저력이 어느 정도인지 똑똑히 보여줘야 한다. 그게 바로 자신에게 지워진 사명이요, 숙명이었다.

'후우웁!'

묵자후는 긴 숨을 들이마시며 창가로 향했던 시선을 돌려 다시 지존령을 쳐다봤다.

지존령!

마도제일의 권능을 지닌 신패.

지존령은 그 자체만으로도 모든 마인들을 호령할 수 있는 무상의 권위가 부여되어 있었다. 거기다 한 시대를 풍미했던 절대마인들, 천마 이극창의 무공 중 일부와 철혈마제 곽대붕이 익힌 모든 절기가 수록되어 있었다.

'그리고 마등(魔燈).'

마뇌 공손추가 죽기 전에 당부했던 물건, 그리고 혈영노조가 양의합일도인법을 통해 뇌리에 심어준 내용을 각성하면서 새롭게 깨닫게 된 사실.

'중원제일루에 마등이 걸리면 전 마도인이 한군데로 집결한다고 했던가?'

그런 사실을 깨닫고 나자 정파 놈들이 왜 그토록 지존령을 두려워했는지 그 이유를 알게 됐다.

비록 철혈마제는 이미 한 줌 흙으로 돌아가 버린 사람이지만, 그가 남긴 발자국은 무척 컸다.

그는 철마성을 세워 전 마도인들을 하나로 통합했을 뿐만 아니라, 예기치 못한 상황이 발생해 자신들이 마정대전에서 패하게 되더라도 언젠가는 다시 일어설 수 있도록 만반의 대비를 해놓았다.

그게 바로 마등을 통한 전 마도인의 소환 명령이었다.

중원제일루에 마등이 걸리면 철혈의 법을 따르기로 한 마인들은 한 달 이내에 정해진 장소에 집결해야 한다. 그렇지 않으면 지존령을 통한 무참한 응징이 가해진다. 따라서 지존령의 권위에 불복하려는 마음을 갖고 있지 않는 한 소환 명령에 응할 수밖에 없다.

물론 철마성이 무너진 지도 벌써 이십 년이 흘렀으니 예상만큼 많은 인원이 모이진 않을 것이다.

하지만 이미 천금마옥에서 혈영노조를 비롯한 마인들이 어떻게 생활했었는지 두 눈으로 똑똑히 지켜본 묵자후다.

'만약 지존령에 불응하거나 배신한 놈들이 있다면 개미새끼 하나 남기지 않고 몰살시켜 버리고 말리라!'

그에 대한 안배도 이미 마련되어 있었다.

중원제일루에 마등이 걸리면 누군가가 묵자후를 찾아오게 되어 있었다. 오랜 세월 동안 신분을 숨긴 채 마등의 출현만을 기다리고 있던 마등령주(魔燈令主)가 묵자후에게 마도명부록(魔道名簿錄)을 건네줄 것이다. 그리고 마도명부록에는 철혈의 법을 따르기로 한 마도 방파의 이름이 모두 적혀 있으니, 만약 소환령에 불응한 자들은 처참한 최후를 맞이하게 될 것이다. 정파의 강호 공적 선언보다 더 무서운 게 바로 마도의 추살령(追殺令)이었으니.

'기다려라! 마등이 오르는 순간, 피의 복수가 시작될 테니까.'

물론 그전에 먼저 들를 곳이 있다.

해남도!

해남도는 대륙과 완전히 동떨어진 곳이니 마등이 오르기 전에 먼저 그곳부터 처리할 생각이었다.

혈영노조를 비롯한 천금마옥의 모든 마인들이 그렇게 기다렸던 지존행.

그 폭풍행보는 바로 해남도에서부터 시작되리라.

그날 밤,

묵자후는 천산군도를 떠났다.

물론 혼자 떠난 건 아니었다.

전직 흑경방 방주 출신인 좌무기와 함께 떠났다.

달빛 하나 없는 밤에 졸지에 사공 신세가 되어버린 좌무기.

끙끙거리며 노를 젓다가 한바탕 파도를 뒤집어쓴 뒤 볼을 잔뜩 부풀린 얼굴로 조심스럽게 물어봤다.

"저어… 이 밤중에 갑자기 어디로 가자는 말씀입니까?"

묵자후는 죽립을 눌러쓰며 무뚝뚝한 음성으로 대답했다.

"해남도."

"예엣?"

좌무기의 안색이 파랗게 질려 버렸다.

혹시나 해서 물어봤는데 정말 해남도로 가겠다니?

여기서 해남도까지의 거리는 무려 오백 리도 넘는다. 그러니 자신이 죽도록 노를 저어도 꼬박 한나절 이상이 걸린다.

거기다 자신 같은 해적들이 설치고 다니는 통에 수군(水軍)의 기찰이 보통 삼엄한 게 아니다.

그런데 이 밤중에 그곳으로 가자고?

'쓰벌, 누굴 잡으려고 그러나?'

좌무기는 이미 세상이 다 아는 특급 지명 수배자다. 그러니 만에 하나라도 수군의 검문에 걸려 버리면 그의 인생은 그날로 종 치고 만다.

더구나 눈치를 보아하니 아침에 이야기했던 백교단으로 갈 듯하지 않은가?

'설마하니 나랑 둘이서 백교단을 치잔 말인가?'

생각하다 보니 어이가 없었다.

자신이야 '어어' 하는 순간 당해 버렸지만 놈들은 다르다.

다들 본거지에 웅크리고 있으니 하늘이 두 쪽 나는 한이 있더라도 당할 재주가 없다.

"아이고, 안 됩니다! 대체 뭣 때문에 그러시는지 모르겠지만 우리 둘이서 백교단을 친다는 건 계란으로 바위 치깁니다. 우리 아이들을 몽땅 데려가도 될까 말까 한 놈들인데……."

좌무기가 그 사악한 얼굴에 어울리지 않는 목소리로 거듭

애원을 하자 묵자후는 허리춤에 찬 쇠사슬을 어루만지며 담담한 음성으로 대답했다.

"걱정 마, 당신더러 함께 싸워달라고 하진 않을 테니."

"예에? 그럼… 혼자서 백교단과?"

내심 가슴을 쓸어내리며 '이런 미친놈이 있나?' 하는 표정으로 묵자후를 바라보는 좌무기.

만약 묵자후가 백교단이 아닌 남해검문을 치러 간다는 사실을 알았다면 그의 표정이 어찌 변했을까?

〈제2권 끝〉

입소문을 통해 아는 분은 다 알고 계십니다!
올 한해 공인중개사 최고의 화제작!

1~2권 합본 | 이용훈 지음
3~4권 합본 | 이용훈 지음
5~6권 합본 | 이용훈 지음
용어해설 | 이용훈 지음

수험생 기본 필독서
만화 공인중개사

제목 : 만화공인중개사 쓰신 분에게 감사드립니다.

학원을 두 달 다녔어요. 근데 과연 그 숫자 외우기 그런 게 몇 문제나 나올까 생각을 했어요.
아니라는 생각이 드네요. 학원강의를 뒤로하고 서점을 갔어요. 내 머리에 가장 이해될 수 있는
책이 없나 하구요. 거기서 만화를 발견했어요. 무조건 세 번 봤어요. 3개월 걸렸어요. 문제집을 보라고
했는데 그건 시행을 못했어요. 근데 합격을 했네요.
어떻게 감사의 말을 해야 될지……
도서관에서 만화책 들고 다니니까 사람들이 비웃더라구요. 만화책으로 공인중개사를 공부한다고
미친 사람처럼 보더라구요. 근데 그거 다 감수하고 했던 내가 자랑스럽습니다.
어떻게 감사의 말을 해야 할지… 정말 감사합니다.
부디 행복하세요. 제 나이 41살에 좋은 스승을 만난 것 같습니다.
엎드려 감사드립니다.

－본사 홈페이지에 독자분이 올린 메일 中에서 발췌－